MÉMOIRE
D'UNE IDYLLE

MÉMOIRE D'UNE IDYLLE

MOHAMMED ESSAADI

AuthorHouse™ UK Ltd.
1663 Liberty Drive
Bloomington, IN 47403 USA
www.authorhouse.co.uk
Phone: 0800.197.4150

© 2014 Mohammed Essaadi. All rights reserved.

No part of this book may be reproduced, stored in a retrieval system, or transmitted by any means without the written permission of the author.

Published by AuthorHouse 10/16/2014

ISBN: 978-1-4969-9366-3 (sc)
ISBN: 978-1-4969-9367-0 (e)

Any people depicted in stock imagery provided by Thinkstock are models, and such images are being used for illustrative purposes only. Certain stock imagery © Thinkstock.

This book is printed on acid-free paper.

Because of the dynamic nature of the Internet, any web addresses or links contained in this book may have changed since publication and may no longer be valid. The views expressed in this work are solely those of the author and do not necessarily reflect the views of the publisher, and the publisher hereby disclaims any responsibility for them.

L'ÉLOGE FUNÈBRE

Le temple du cimetière Urnenfriedhof de la circonspection de Berlin-Mitte, était bondé de monde. Toutes les places assises occupées et bon nombre de personnes suivaient la messe funéraire, debout le long des murs.

Daniel, pasteur bien connu de la circonscription de Wedding, était habillé tout de noir, les cheveux sel-poivre. L'homme portait une barbiche blanche qui lui donnait l'air d'un imam oriental. Content d'avoir un si large auditoire, il fit signe à la chorale d'entamer un chant de circonstance de Jean Sébastien Bach, accompagné de musique d'orgue.

Le murmure cessa dans la salle, laissant place aux soupirs et aux pleurs à peine audibles. La chorale s'arrêta subitement pour laisser place au panégyrique. Les yeux se posèrent sur le pasteur qui ajusta ses binocles, passa une courte caresse sur sa barbiche, avant de jeter un regard circulaire au-dessus de l'auditoire.

D'apparence maigrichonne, Daniel était vif, alerte et avait un délicieux accent berlinois, de tonalité chaude et haute.

L'homme de l'Église parla de la longue odyssée de la disparue qui parcourut l'Europe, encore enfant, dans des classes scolaires de campagne, au cours de l'opération dite Kinderlandverschickung. Pour échapper aux bombardements massifs de la ville de Berlin par les Alliés et surtout pour fuir le déferlement de l'armée rouge sur la capitale, les mois précédant l'armistice général. Elle fut transférée en Silésie, à Breslau puis à Trentschin Teplitz, au pied des chaînes de montagnes des Carpates, au nord-est de Bratislava, la capitale actuelle de la Slovaquie.

Après des études de styliste dans une école de haute couture du boulevard Hausmann à Paris, le destin la conduisit en Afrique pour fonder un foyer et élever des enfants.

Les intermèdes du long panégyrique, furent meublés par la chorale berlinoise de l'église Kaiser-Wilhem-Gedächtnis-Kirche à laquelle appartenait la défunte, pendant plus d'une décennie. L'année précédente, cette dernière, se portant comme un charme, avait célébré, en compagnie de ses collègues, le mémorial de la soixante-dixième année de la destruction de l'Église du Souvenir, en novembre 1943, par un bombardement aérien.

Profitant des breaks, Daniel jetait un coup d'œil fasciné sur la foule, en retenant l'émotion qui lui serrait la gorge. Impressionné par le nombre important de femmes, d'hommes et d'enfants venus, tous, faire leurs derniers adieux à cette femme adorable qu'il n'avait jamais connue. Ému par les commentaires pleins de louanges témoignés, tout à l'heure, devant l'esplanade du temple, par les amis et les membres de la famille de la disparue. À travers ces commentaires, il découvrit une vraie joie dans la voix de certaines personnes affirmant que les gens de bien finissent toujours par avoir une mort douce comme celle de la défunte. Une mort sans souffrance ni douleur. Un dernier soupir d'amour aux harmonies enchanteresses du paradis retrouvé.

La défunte, de nature positive, resta vivace et mobile jusqu'à la dernière seconde de sa vie. Elle avait toujours prié le Ciel de la préserver pour ne pas tomber malade et pour garder le contrôle des fonctions essentielles de son corps et de son esprit, jusqu'au rendez-vous inéluctable avec la mort. Dieu exauça ses vœux.

En recueillant les nombreux témoignages des proches et des collègues de la disparue, le pasteur déduisit que le sort de cette dernière était, en quelque sorte, similaire au sien. Lui rappelant ce moment sombre de l'histoire allemande, alors qu'il avait cinq ans.

Son père était sur le front de l'Est dont il ne revint plus jamais. Au plus fort du déferlement de l'armée rouge sur l'Allemagne, sa mère quitta sa maison et les terres de ses parents, en Lettonie, prit l'enfant par la main et marcha, à pied, jours et nuits en direction de l'Ouest. Elle eut la chance de s'embarquer dans l'avant-dernier navire de sauvetage, le suivant connut un sort tragique. Arrivée sur la terre ferme, elle ne trouva refuge nulle part car partout où elle passait, les gens étaient en détresse. Elle finit par se fixer à Emden, en Ostfriesland, à l'embouchure de la rivière Ems. Plus tard, le fils fit des études sérieuses à Berlin et devint pasteur par vocation. Il tomba follement amoureux de sa femme de ménage, une demoiselle de confession et de nationalité différentes.

Au milieu d'un intermède occupé par le chant de la chorale, les yeux du pasteur tombèrent sur l'urne dressée, à sa droite, au milieu d'une avalanche de bouquets de fleurs dont le rose et le blanc dominaient.

Soudain, Daniel vit surgir devant ses yeux, le visage radieux de la défunte dont il célébrait les funérailles. Un visage aux traits fins. Un visage doux et attrayant d'une femme mure gardant les caractères de la jeune femme d'antan. Un visage qu'il admira longtemps sur une photo récente que la famille lui présenta, au cours de la réunion destinée à recueillir les points phares résumant la vie de la disparue.

Soudain, il entendit la voix de la morte résonner au fond de ses oreilles. Il écouta cette dernière lui dire.

-Que savez-vous de l'au-delà, vous, les mortels ? La grande différence entre vous les « vivants » et moi, délivrée de mon cadavre de boue, est que je sache beaucoup plus de choses sur vous que vous sur moi. Je viens de faire le grand saut qui fait trembler les plus puissants parmi vous. J'ai laissé derrière moi le monde fictif de l'apparence pour intégrer le monde éternel de la Vraie Justice, le monde de la Vérité Absolue.

Interloqué, le pasteur imagina les milliards et milliards d'années-lumière qui le séparaient de cette âme dont il ressentait pourtant la présence en lui. Plus encore, il avait l'impression de s'adresser à elle, de la voir dans le temple, en chair et en os, présente parmi le public. Elle était là, pour assister, en direct, à la célébration de la messe de ses funérailles. Heureuse, calme et paisible.

Pour la première fois de sa vie, le religieux regarda la mort en face. En pensant à la sienne. À sa mort. Pas à celle des autres. Il sentit que la mort ne lui fit pas peur. Il la considéra comme une délivrance. Une délivrance vers les éternelles lumières. Et non pas comme un évènement effrayant, un événement horrible que la plupart des fidèles rejettent. Non un fait monstrueux ne concernant que les autres.

Dans sa longue vie de dévot, il entendit les gens parler de la mort. De la mort des autres. Pas de la leur. La peignant, chacun selon ses fantasmes. Ou bien, selon les interprétations subjectives, suggérées par les Livres sacrés ou inspirées par certaines lectures d'œuvres philosophiques et littéraires.

On lui parla d'horloge interne qui, en s'arrêtant, arrête la machine. Identique en cela, à l'horloge biologique qui règle notre sommeil et notre veille. On avança la cause de la mort à la diminution d'une substance produite par le corps, en l'occurrence la glutathionne. Si l'on prévient cette diminution, on peut prolonger la vie et même éviter la mort, ce monstre terrifiant étroitement lié à la vie.

Les uns projetaient l'image de la mort dans le profil d'un ange mû de mains qui tombent et qui repoussent à la cadence des naissances et des morts des êtres vivants. Les autres y appréhendaient la présence d'un squelette au crâne décharné et aux longs doigts osseux manipulant une longue faux coupante, destinée à faucher les âmes, quelquefois au hasard. Parfois, « La grande faucheuse » est figurée par une femme vêtue d'une toge noire.

Certains décrivaient la mort comme une intense énergie lumineuse qui traverse le corps des orteils à la tête, pour éponger l'âme. Cette dernière, habituée à son habitat, s'échappe laborieusement hors du corps qui devient cadavre ou plutôt dépouille mortelle. Selon les tenants de cette hypothèse, l'âme sort par les yeux du moribond qui s'ouvrent largement comme pour regarder le monde invisible. L'intensité de cette énergie lumineuse laisse les empreintes marquantes de son passage, en déformant le visage du moribond et en écartant les mâchoires, pour forcer la bouche à s'ouvrir.

Les orteils se refroidissent les premiers. Le macchabée change de couleur, devient dépouille insensible, susceptible de putréfaction avant sa réduction en poussière.

Dans son entourage, le pasteur entendait souvent dire, à l'occasion de la mort d'une vieille personne.

"Es ist schrecklich. Es tut mir Leid. My Beileid !"

(C'est affreux. Cela me fait de la peine. Mes condoléances !"

Personne ne parle plus de mort naturelle, de mort par vieillesse. La guerre contre la mort est bel et bien déclarée. Guerre qu'on peut emporter, avec un peu de volonté, en s'appuyant sur la science. Déboucher sur l'impasse de la mort est considéré comme un échec. Chaque arme offensive suscite la création d'un bouclier efficace.

Lorsque le pasteur perdit sa femme, il y a quatre ans, une habituée de l'église, apprenant la nouvelle, fit une mine d'enterrement et s'exprima ainsi, pour le soutenir et lui remonter le moral.

"Oh wie schrecklich, es tut mir sehr leid. Das ist eine schwere Zeit für Dich Ich wünsche Dir viel Kraft und hoffe, dass du erholsamen Schlaf finden kannst. Gott sei mit Dir und Deiner Familie."

(Oh comme c'est terrible, cela me fait de la peine. C'est un moment difficile pour toi Je te souhaite beaucoup de force et j'espère que tu puisses trouver un sommeil reposant. Dieu soit avec toi et ta famille.)

Dès qu'il apprenne la vérité absolue sur sa mortalité, l'être humain abomine la mort. À ses yeux, elle devient l'ennemi absolu à vaincre. Par les progrès de la science et de la médecine. Par la fuite hors de cette bulle nébuleuse qui l'emprisonne et l'empoisonne. Casser l'œuf qui l'enferme pour aller à la découverte d'autres planètes où la vie serait éternelle.

Par tous les moyens à sa disposition, L'homme moderne essaie de balayer le spectre de la mort de son esprit. Indésirable et crainte, la mort devient mythe et tabou. Y penser ou le simple fait d'en parler, de l'évoquer, l'attire. Vaut mieux ne pas la provoquer pour qu'elle ne vienne pas semer la panique.

Nous ne sommes pas préparés pour l'affronter de face. Nous ne sommes pas armés pour la combattre. Alors, nous choisissons de l'ignorer. De ne pas en parler en famille. De ne pas l'enseigner à l'école. On ferme les yeux et l'on raye, d'un trait de plume, une part importante de notre existence. Comme ce qu'il avait été fait au sujet de la vie sexuelle.

Pourquoi perpétuer davantage le tabou de la mort ?

Peut-être, parce que nos enfants sont fragiles pour affronter cette vérité. Leur dire que le corps n'est qu'un emballage, un hardware en quelque sorte et que le plus important est l'âme, le software, risquerait de provoquer des troubles psychiques dans leur personnalité en formation. Leur dire que l'âme monte au ciel et que le corps redevient poussière, les pousse à poser un tas de questions concrètes. Sur cette chose invisible qu'on nomme l'âme. Sur sa localisation précise dans le corps humain. Sur son existence ou non existence dans le corps des animaux et dans la sève et les fibres des plantes. Et cette autre chose qu'on appelle « esprit ». La partageons-nous avec tous les vivants ? Ou bien, est-elle exclusive aux seuls croyants qui remplissent leur cœur de Dieu ? Les non-croyants sont-ils dépourvus d'esprit ?

Bien qu'il ait accompagné des centaines de morts à leur dernière demeure, tout au long de sa longue carrière, Daniel n'a pas encore abouti à rédiger une thèse susceptible d'humaniser le phénomène. Démontrer que la « mort » d'un individu est identique à l'événement « vie », lors de sa venue au monde. Afin de traiter les deux manifestations sur le même pied d'égalité. Pour faire admettre la mort et la vie comme des faits naturels et pour les faire accepter dans la joie.

À maintes reprises, le pasteur tenta d'affubler la « mort » d'un doux visage, d'un visage familier, mais il ne trouva pas encore les mots idoines à prononcer pour la faire approcher de l'esprit et du cœur des gens.

Quoi qu'on dise, la mort reste synonyme de souffrance dans l'entendement de la plupart des êtres humains, qu'ils soient religieux, animistes ou athées.

Dans sa quête de domestication et d'apprivoisement de la mort, Daniel ne se décourageait pas de la rendre, un jour, familière à ses ouailles.

Pendant ses visites de malades dans les hôpitaux, pour adoucir leur sort et nourrir leur esprit de foi, il lui arrivait de se voir confronter à des questions existentielles. De vieilles personnes atteintes de maladies incurables lui demandaient de faire pression sur l'Église évangélique pour son adhésion à l'application de l'euthanasie aux personnes en fin de vie, comme cela se passait en Hollande, en Belgique et en Suisse.

Le pasteur les incitait à accepter la volonté divine, sachant que l'être humain ne peut pas vivre sans souffrance. Dieu a créé la vie, l'homme ne doit pas la détruire. Il leur offrait l'exemple du patriarche Job qui, malgré la perte de ses biens et de ses enfants, malgré sa douleur et son désespoir, a gardé la foi intacte en Dieu qu'il ne renia point.

Le pasteur tenait le même langage aux jeunes malades, atteints de cancer ou de sida, souvent plongés aux abimes de la dépression. Ces derniers manifestaient, ouvertement, leur frustration d'être affligés. Ils approuvaient un fort ressentiment vis-à-vis de ceux qui ont la santé. Ils ne supportaient pas le fait de se voir devenir un fardeau indésirable pour leurs familles, pour ceux qu'ils aimaient et pour la société. Ils avouaient ne plus avoir goût pour la vie et qu'ils se séparaient, physiquement et émotionnellement, de tout ce qui les entourait. Bref, ils cessaient complètement de se battre. Ils abandonnaient toute lutte. Ils n'avaient plus qu'un seul désir. Ils souhaitaient la mort de tous leurs vœux.

Confrontés aux malades incurables, aux rejetés, aux trahis et aux déçus, Daniel trouvait beaucoup de difficulté à les remette sur le chemin de Dieu. Il avait beau expliquer leur appartenance à la communauté des Chrétiens et qu'ils n'étaient pas des orphelins. Il avait beau expliquer qu'ils sont des greffons sur le même tronc, l'Église, et qu'ils se nourrissaient de la même sève, la sève de la foi. Il avait beau dire qu'ils étaient les maillons d'une même chaîne et que lorsqu'un maillon défaille, la chaîne casse. Il avait beau tout dire et redire, une tranche de la population, se sentant incomprise, s'éloignait de plus en plus de l'Église, considérait la religion ne plus répondre à leurs inquiétudes et à leurs soucis, ne voyaient plus dans la religion qu'un héritage imposé par la société et où se greffait, magistralement, cette superstructure appelée, l'État.

Heureusement que l'appartenance à la communauté des croyants reste, malgré tout, bien ancrée dans l'esprit humain et que les églises continuent à être fréquentées les dimanches et surtout les jours des fêtes religieuses. Et l'on y retourne pendant les moments durs, catastrophes naturelles ou guerres destructives. L'État, lui-même, y retrouve refuge pour le renforcement de l'identité et de l'intégration sociale.

Un jour, un jeune homme prénommé Tim, rétorqua au pasteur qu'il y a contradiction entre l'immortalité du Créateur et celle de l'âme. Cette dernière ne peut pas être éternelle, sinon elle se placerait sur le même pied d'égalité que le Divin. Tim disait avoir écouté sa mère souhaiter « voir » écrit sur son épitaphe, « Ici gît en paix l'âme de ».

Dès l'instant où le jeune homme prétendit que l'âme ne connaîtrait jamais la paix, il entra dans une controverse, sans fin, avec sa mère. Selon Tim, ou l'âme serait maudite et alors, elle irait directement aux enfers pour vivre l'éternelle torture. Ou bien, elle serait bénite et admise à l'Éden pour vivre l'éternel enchantement.

Tim croyait plutôt à la réincarnation. Il prétendit que, depuis la mort de sa grand-mère, un rossignol venait chanter les aubades, régulièrement, caché dans les branchages d'un arbre, situé face à la fenêtre de sa chambre.

Daniel resta bouche-bée devant le jeune homme, bien ancré dans ses croyances. Avant de se séparer, il l'invita à revenir, dès qu'il en ressentait le besoin, pour continuer la conversation entamée.

Un matin, Tim rejoignit le pasteur. Après une longue discussion, le jeune homme resta ferme sur ses positions. D'une probité entière, il refusa de faire le pari sur l'existence de Dieu, comme certaines gens le font, pour avoir au moins cinquante pour cent de chances de gagner le paradis. Cette manière hypocrite de raisonner le dégoûta.

Il dit avoir rencontré, durant sa vie, des dieux différents les uns des autres. Le bon dieu magnanime, à la barbe blanche et au bonnet rouge, qu'il avait connu comme enfant. Ce dernier n'était pas celui qu'il avait étudié, au lycée, dans les cours d'histoire moyenâgeuse. Un dieu omniprésent, terrifiant et qui condamnait, de mort cruelle, tous ceux qui lui tournaient le dos. Aujourd'hui, le Dieu Tout-Puissant dont parlait l'Église, lui semblait insupportable. Pour son silence sidéral devant l'holocauste et devant la corruption, à grande échelle, éclaboussant aussi bien le monde politique que celui des affaires, y compris la Maison de Ses propres serviteurs.

- Ou l'on croit en Dieu, dit le jeune homme, ou l'on n'y croit pas.

-La recherche de Dieu est un long chemin, mon fils, conclut le pasteur. Tu as raison de douter. La foi n'est pas un jeu de loterie, comme tu l'as si bien dit. Dieu ne fait pas la religion dans le cœur de ses créatures. Il les laisse, eux, venir à lui. Librement.

Chaque fois que Daniel repensait à Tim, il priait pour lui, terminant ses litanies par ces mots.

"Homme, souviens-toi que tu es poussière et que tu retourneras poussière !»

La vie citadine a détruit tout humanisme dans l'homme moderne, pensait Daniel. L'atomisation de la famille a brisé les réseaux patriarcaux qui vivaient proches de la nature et en symbiose avec elle. L'homme de l'âge cybernétique a détruit la vie sauvage autour de lui. Les paysages naturels ont été «dénaturés», civilisés, urbanisés, percés de tunnels et traversés de ponts. Les belles forêts, éventrées par des lignes électriques de transport, qui enlaidissaient toute vue panoramique sur leur passage. Plus de place pour l'ours, le loup, le lynx, le sanglier ou la biche. L'homme désapprend à vivre, en harmonie, avec son environnement. Les animaux « prédateurs » sont pourchassés, exterminés ou exilés dans des zoos.

La vie sacrée est transgressée par le clonage qui risque de s'étendre à l'être humain, passant outre les considérations éthiques et morales.

L'homme est mort mais pas Dieu !

"Dieu est mort », hurlait le poète-philosophe à controverses, Nietzsche. Le Royaume de l'Homme qu'on attendait aussi bien en Occident qu'en Orient, s'effondra lamentablement, se métamorphosant en Royaume de corruption matérielle et spirituelle.

Nietzsche, lui aussi, sombra dans la folie comme l'avaient été son père et son grand-père, avant lui. Les peuples dominés ont souffert de cette lubie de Surhomme, de ce Übermensch, seul capable de diriger la cité. Un Superman n'ayant de compte à rendre qu'à lui-même.

La double-morale nietzschéenne ! La morale individualiste du Herrenmensch, l'homme noble et la morale de l'esclave, à l'usage du vil troupeau, le peuple. L'évangile nietzschéen conduisit aux guerres planétaires conduite par l'Homme chaotique, déchaînant sa folie barbare et ne se fiant qu'à son instinct. L'Homme chaotique, enivré par le progrès technique, se lance à la domination d'autres peuples, sur d'autres continents. Des peuples considérés non pas comme des frères mais comme des « inférieurs ». Il les réduisit à l'esclavage. Il les rabaissa au rang de l'animalité. Allant jusqu'à leur renier la capacité d'avoir une âme.

-Je ne suis pas sûr de ce que je dis, à mes fidèles, au sujet de Dieu et au sujet de la mort, se dit le pasteur, surpris par cette pensée qui effleura, soudain, son esprit. Et pourtant, je suis personnellement convaincu par ce que me fait dire l'Église et par ce que je dis.

Daniel pensa à la résurrection du Christ, le troisième jour après sa crucifixion. Il pensa au doute infiltré dans l'esprit de certaines gens repoussant son argumentation et arguant que cette renaissance n'est en fait qu'une symbolique plutôt qu'une réalité tangible. Le dieu qui meurt et qui ressuscite, selon eux, n'est qu'un mythe emprunté aux anciennes religions païennes.

Un jour, l'homme de l'Église faillit être agressé par un homme qui vient de perdre sa femme. Devenu subitement furieux, ce dernier foudroya le pasteur d'un regard satanique, dardant des flammes rouges. Il hurla des vociférations qui résonnèrent aux quatre coins du temple.

-Tu me dis de remplir mon cœur de Dieu ! Dieu seul ne peut remplir un cœur devenu aussi vide que l'univers. Dieu m'enleva, tragiquement, l'unique être qui m'est le plus cher au monde. Ma femme ! Un être unique, une créature douce, une personne irremplaçable ! Dieu est assassin ! Et tu l'aides dans son immense entreprise, en remplissant ton cœur de lui, pour conduire, docilement, ses victimes dans les cimetières !

-Dieu ne t'abandonne pas, répliqua le pasteur. Il est avec les souffrants.

-Où est-il, ton Dieu ? Pourquoi m'a-t-il choisi, moi ? Je suis totalement transformé. Je ne redeviendrai plus jamais ce que j'étais avant !

Effondré, l'homme s'accroupit et se mit subitement à pleurer. Le pasteur posa sa main sur son épaule pour l'apaiser.

-Ma femme, c'est Dieu qui me l'a envoyée, dit l'homme, en levant des yeux noyés de larmes vers le pasteur. Dites-moi pourquoi Il me l'a prise ?

-Dieu te l'a envoyée, comme tu dis, pour qu'elle vive longtemps à tes côtés. Eh bien, elle a accompli sa mission et Dieu l'a rappelée à Lui. Le Bon Dieu l'a reprise pour t'éprouver, toi ! Mais sache bien que Sa Miséricorde est immense. Il est Amour. Il donne sans compter.

L'homme se ramassa, montra un visage serein, remercia et disparut.

La chorale accompagnée de musique d'orgue se tut depuis un bon moment. Un lourd silence pesa sur la chapelle du cimetière d'Urnenfriedhof de la rue Seestrasse. Tous les yeux se tournèrent vers le pasteur resté silencieux, debout devant son pupitre, regardant sans voir la liasse de papier constituant son discours funèbre.

Rumeur, chuchotement, toussotement. Les choristes cherchaient, par tous moyens, de faire sortir Daniel de sa longue méditation. Pour qu'il puisse continuer la cérémonie et la mener à son terme.

Enfin ressaisi, l'homme de Dieu poursuivit son panégyrique, d'une voix touchante qui fit couler des larmes sur les joues de nombreux assistants.

L'apologie se termina par le dernier adieu à la défunte, au terme duquel le pasteur renvoya l'assemblée.

La directrice des pompes funèbres redistribua les bouquets de fleurs à ceux qui les avaient apportés puis organisa un long cortège à la tête duquel marchait le fossoyeur, tenant l'urne soulevée au niveau de sa poitrine, suivi par le pasteur qui semblait marmonner des prières.

Le carillon des cloches accompagnait les marcheurs le long de la longue allée, à-moitié bigarrée de larges tâches d'ombres, projetées par les branchages des châtaigniers et des tilleuls. Des lapins détalèrent de toutes parts pour aller se réfugier dans les haies et se cacher derrière un monument rouge, dressé au milieu d'une grande pelouse verte, en l'honneur aux victimes du fascisme, tombées partout dans le monde.

Plongé dans ses médites, le regard du pasteur se posa, soudain, sur un grand arbre couronné de fleurs roses, annonçant l'approche imminente du printemps. Un arbre semblable à celui qui poussait dans le jardin de la paroisse où il habitait autrefois. Un arbre qui lui rappela sa chère épouse, décédée, il y a quatre, après une courte maladie. Une séparation brutale qui le marqua dans l'âme. Elle fut ensevelie au cimetière de Marienfelde, dans la circonscription de Wedding-Tempelhof. Le discours funèbre fut prononcé par un pasteur, ami intime de la famille.

Une chaude larme coula sur la joue de Daniel. Il n'essaya pas de l'essuyer.

À quelques pas du lieu d'ensevelissement des cendres de la défunte, dans un carré du cimetière d'Urnenfriedhof, le pasteur revit défiler, devant ses yeux, l'essentiel de sa vie de couple. Un intense condensé d'histoire des quarante-cinq années de mariage, vécues aux côtés de son épouse Soraya, une Musulmane originaire du pays de Kazakhstan. La famille patriarcale de cette dernière avait été chassée de ses terres agricoles, par les pouvoirs soviétiques, pour opérer des essais nucléaires en pleine atmosphère. Les parents de Soraya se fixèrent dans la capitale Alma-Ata pendant quelque temps, avant d'émigrer en Allemagne pour s'installer à Berlin.

Au début des années soixante, Daniel rencontra Soraya et tomba follement amoureux d'elle. Soraya ! Un petit nom de l'une des sept étoiles d'une pléiade de la voie lactée céleste.

La mère de Daniel était scandalisée par cet amour impromptu, incompatible avec les études théologiques de son fils.

Lorsque le jeune homme annonça son projet de conversion à l'Islam, condition sine qua non pour son mariage avec une Musulmane, la mère tomba de saisissement.

Quitter le pastorat ? Un non-sens ! Ne pas lire la Bible, ne pas porter la croix, ne pas boire du vin et manger du porc, considérer Jésus comme un être humain et pas comme un Dieu, quelles aberrations !

Pour contenter sa mère, Daniel continua ses études religieuses, sans plus faire de vagues.

Plus tard, il se rendit au pays des Kazakhs pour célébrer le mariage avec sa bien-aimée Soraya. Sa conversion préalable à l'Islam sunnite ne dura que quelques minutes, le temps de répéter la prière de la Chahada, trois fois de suite.

Daniel eut trois enfants avec Soraya, tous élevés dans le christianisme évangélique et dans l'Islam.

Apprenant le catéchisme sous la conduite de son mari, Soraya ne trouva pas grande différence entre sa propre religion et celle de son mari. Ayant épousé un serviteur de Dieu, elle s'engagea, dans la mesure du possible, à soutenir son mari dans ses tâches multiples. Et pour l'approcher un peu plus de sa religion à elle, elle lui offrit une copie du saint Coran en allemand et passa du temps à commenter certaines sourates et à les discuter avec lui.

Daniel ne tarda pas à découvrir les nombreux points de convergence existant entre le Protestantisme et l'Islam ce qui l'amena à s'intéresser davantage aux trois religions monothéistes. Le premier point commun à ces religions, est la croyance en un Dieu, un Dieu incorporel et immuable, un Dieu éternel, Seul digne de notre adoration.

Comme en Islam, le protestantisme se réfère aux prophètes de l'ancien Testament et à son attachement à Abraham. Le culte protestant est simple, refusant les images et les statues au profit de la Parole. La liberté de mariage est reconnue comme en Islam. Et comme pour les sunnites musulmans, il n'existe pas de clergé chez les Protestants.

Ancrée dans sa religion, la femme kazakhe adopta, nonobstant, les fêtes religieuses des deux confessions, ce qui mit de la joie et de l'ambiance dans le foyer multiconfessionnel.

Vers la fin de sa vie, l'épouse musulmane conclut un pacte secret avec son époux. Si elle mourait à Kazakhstan où elle se rendait tous les trois à quatre à ans, elle souhaiterait être enterrée selon la tradition musulmane. Si sa vie s'achevait en Allemagne, elle consentirait à être inhumée dans un cimetière évangélique.

Pour la première fois de sa vie, depuis le décès de son épouse, le pasteur s'intéressa à la mort en tant que telle et au processus de la mort à sa phase finale. Il eut recours à sa propre expérience vécue aux côtés de sa femme moribonde. Puis, il se porta volontaire, dans certains hospices, pour accompagner les personnes agonisantes, dans leur dernier voyage.

Il discuta du thème du stade terminal de la vie avec de nombreux collègues de différentes confessions chrétiennes et avec des confréries de Musulmans sunnites soufis, installés à Istanbul.

Le phénomène de la mort était décrit par les uns et par les autres, selon leur culture et selon leur propre perception du monde.

Cependant, la plupart des gens consultés, décrivirent la mort comme un agent agresseur aux prises directes avec l'âme, la contraignant de quitter son gîte. Et comme l'oiseau qui s'est trop habitué à sa cage, l'âme refuse de prendre son envol, hors de sa prison pour recouvrer la liberté.

Alors, l'agonie devient interminable. Souffrance physique et émotionnelle du moribond.

Pour faire raccourcir le temps de mort et délivrer l'âme de son emballage, les hommes, quelle que soit leur confession, prient pour le mort.

Certains peuples chantent et dansent pour accélérer la phase finale. D'autres retiennent leur désespoir, cachent leur tristesse et répriment leur désarroi pour aider l'âme du moribond à quitter le corps.

Parfois, on recommande de verser de petite quantité de miel dans la gorge du mourant pour aider l'âme à partir. Cette suave nourriture est sensée écourter le travail de la mort.

Chez les Musulmans, la mort, en elle-même, fait moins peur que le châtiment de la tombe qui suivra l'inhumation. Pour réussir cet examen, il faut avoir vécu une vie exemplaire. Et pas suivre la voie de Satan le maudit, le lapidé. Cet ange créé de feu, qui désobéit au Seigneur, en refusant de se prosterner devant Adam. Disant être supérieur à l'homme qui, lui, sort de la boue.

L'esprit ailleurs, Daniel marchait derrière le fossoyeur qui tenait l'urne, soulevée au niveau de la poitrine.

Une longue procession suivait derrière. De temps à autre, un avion de ligne venant de l'aéroport Berlin-Tegel, venait effleurer les cimes des arbres et rompre la quiétude du cimetière berlinois de la rue Seestrasse.

Soudain, le fossoyeur s'arrêta et attendit l'ordre d'enfouissement.

L'aboutissement de la cérémonie funéraire ne dépendait plus que de ce moment ultime d'inhumation, accompagné de gestes et de paroles répétés depuis des siècles.

Envahi d'émotions fortes et se sentant plus vulnérable qu'un ver de terre, Daniel répéta la parole de Dieu qui vint frôler son esprit et se dit confier sa route au Seigneur. Jamais aucune cérémonie funéraire ne l'avait si intensément atteint. Le grand nombre de personnes venant rendre le dernier hommage à la défunte, la présence de la prestigieuse chorale de l'Église du Souvenir, toute cette ambiance inhabituelle le secoua, le remua au plus profond de lui-même.

Mais dès qu'il vit les regards se poser sur lui, il reprit confiance en lui. Son importance dans la communauté lui procura une force divine qui remplit son esprit.

L'homme de l'Église donna l'ordre au fossoyeur de descendre l'urne dans la tombe. Daniel récita des prières. Ensuite, il rappela, brièvement, certains passages du panégyrique. Que le corps terrestre gisant sous nos yeux quittait ce monde pour le monde éternel. Qu'il n'est pas impossible que l'âme, survivant à la dépouille mortelle, soit à cet instant parmi nous. Et qu'enfin, nous arriverons tous à cet ultime et dernier sommeil où le corps tombe, l'âme s'élève.

Le pasteur se dirigea vers un vase contenant du sable humide. Il dit une prière, prit trois poignées de terre qu'il jeta dans la tombe.

Les membres de la famille de la défunte posèrent les bouquets tout autour de la tombe et, à tour de rôle, prirent chacun trois poignées de terre qu'ils jetèrent dans la fosse.

Ensuite, ce fut le tour des amis, des invités et des membres de la chorale d'accomplir les mêmes gestes.

LE PARADIS PERDU

Au début du mois de janvier de l'an deux mille, Angelika se réveilla d'un profond sommeil, heureuse de vivre un nouveau jour.

Soudain, elle vit deux infirmières s'approcher de son lit, l'air gentil.

Elle se rappela le rendez-vous et eut le cœur serré. Elle répondit aux salutations, fit une courte prière et se dit prête.

On poussa le lit roulant vers l'ascenseur qui descendit, prestement, vers les étages du sous-sol. Elle savait qu'elle allait être conduite dans une salle d'opération. De nature optimiste, elle estima pourtant ses chances de survie à cinquante pour cent. Elle pensa à la famille et aux amis. Une larme coula sur sa joue.

Comme prévu, l'intervention chirurgicale commença à sept heures du matin précises. Dans l'une des nombreuses salles d'opération de la méga-polyclinique, la Buchklinikum appartenant à la commune de Buch. Un paisible village situé à une cinquantaine de kilomètres, au nord-est de la ville de Berlin.

Au temps de la division de la Germanie en deux États, le complexe hospitalier Buchklinikum était considéré comme ce qu'il y avait de plus moderne dans l'ex-zone de la République Démocratique d'Allemagne, la RDA.

Perdu au milieu d'une immense forêt de hêtres, d'ormes, d'érables et de sapins, ce haut lieu de la médecine allemande, était inaccessible aux communs des mortels. Seule la Nomenklatura du régime communiste pro-russe, y avait accès.

Une dizaine d'années, avant la chute du mur de Berlin, ce sanctuaire de la médecine high-tech, n'était aménagé que pour recevoir les apparatchiks du régime marxiste défunt, les patriarches de la Sozialistische Einheitspartei Deutschlands, la SED, l'ex-parti unique de la RDA.

Et, à la tête de la hiérarchie suprême du Parti Unique, gouvernaient le Président de la République, les officiers supérieurs de l'état-major ainsi que la Haute Cour des hauts dignitaires de la STASI, le tout puissant ministère de la sûreté de l'Etat (Ministerium für Staatssicherheit der DDR, brièvement Mfs ou STASI) avec ses nombreux organes tentaculaires de surveillance et de contrôle des opposants et des critiques du système. Un ministère effrayant, une hydre des temps modernes procédant aux enquêtes pour les délits politiques et n'hésitant pas à torturer ou à tuer pour le maintien en vie du système.

Dans la nuit du 9 novembre 1989, sans révolution brutale et sanglante, le mur de Berlin s'effondra, de manière inattendue, entraînant dans sa chute, le naufrage des régimes « démocratiques » dictatoriaux de l'Europe de l'Est.

L'Allemagne se réunifia, après vingt-huit années de séparation inhumaine de familles d'un même peuple. Une réunification dont le Chancelier Helmut Kohl a été l'artisan, surpris, lui-même, de se trouver au-rendez-vous de l'Histoire, sans grande vision ni préparation préalables. La chance que Gorbatchev, Gorbi, soit là ! Il laissa tomber la RDA, entraînant Erich Honecker, le puissant Secrétaire Général du Comité Central du SED, à s'exiler au Santiago du Chili où il mourut en 1994.

Dès cet instant, beaucoup de choses changèrent dans cette Allemagne enfin retrouvée. Et parmi les changements intervenus, l'ouverture au peuple des portes du gigantesque complexe hospitalier de Buch. Pour offrir des soins de qualité aux citoyens, à tous les citoyens de l'Allemagne, sans distinction ni de race, ni de classe, ni de religion.

Deux semaines durant, Angelika fut préparée à l'opération, physiquement et mentalement, dans une clinique « post-opératoire », avant son transfert aux bâtiments de chirurgie. Examens cliniques approfondis pour la surveillance de tous les paramètres affectant le métabolisme du corps. Sans oublier l'examen complet du système digestif y compris la bouche pour le traitement éventuel de caries.

La veille de l'opération, pas de repas consistant au déjeuner. Une soupe légère avec un peu de vermicelle.

Une infirmière passa le matin prendre les urines à l'aide d'une sonde pour un ultime examen. Elle revint plus tard prendre une seconde épreuve, prétendant que les paramètres de la première n'étaient pas bons.

Le médecin anesthésiste apparut dans l'après-midi, avec toute une liasse de papiers entre les mains. Il salua la patiente, lui demanda si elle avait passé une bonne nuit, si le repas de midi avait été à son goût. Par la suite, une petite conversation s'enchaîna, sur un ton amical qui fit plaisir à Angelika.

Enfin, il apprit à la patiente qu'il allait, lui-même, se charger de la faire dormir. Après l'opération, il se chargerait, également, de son réveil.

- Vous serez couchée pendant quarante-huit heures sur le dos, informa-t-il. Mais le temps passera si vite que vous n'allez même pas vous en rendre compte.

L'anesthésiste se mit à lire la liasse de papier. À chaque interruption, il prenait le temps de répondre aux questions d'Angelika, en précisant les détails.

A la fin de la visite, il quitta la malade mise en confiance, la rassurant que tout irait bien.

Ce jour-là, la nuit tomba abrupt. Plus tôt que d'habitude. Plongeant la commune de Buch dans le noir. De gros nuages sombres couvraient le ciel toute la journée et un vent glacial venant du nord, s'acharnait contre la forêt, la fouettant, la faisant gémir.

Rassurée par les bons résultats des épreuves d'urine et par le soutien réconfortant de l'anesthésiste, Angelika sentit le besoin pressant de faire quelques prières avant de s'endormir.

Elle se décida à réciter la prière ultime des morts. La prière de l'être humain conscient de sa fin dernière et sentant le moment venu d'être rappelé à Dieu.

Elle chercha, longtemps, dans son répertoire mémoriel, sans trouver une récitation appropriée, qui corresponde parfaitement à la circonstance. Pour la première fois de sa vie, elle eut l'impression de l'existence d'une grande lacune dans le catéchisme.

Chez les Musulmans, une telle récitation, appelée la Chahada, est apprise aux enfants, par cœur, dès leur jeune âge.

Le moribond qui s'en rappelait, la balbutiait avant de rendre le dernier souffle. Sinon, un membre de sa famille ou un Fquih la lui récitait dans l'oreille.

Tout à coup, des bribes de psaumes frôlèrent son esprit et elle répéta les phrases suivantes venant se bousculer dans sa tête.

"Ton soleil ne se couchera plus. Ta lune ne s'obscurcira plus. L'éternel sera ta lumière à toujours."

Satisfaite de sa trouvaille, elle se montra joyeuse. Soudain, d'autres invocations firent irruption dans sa mémoire, et elle se mit à psalmodier une prière, en silence, et à plusieurs reprises.

- Heureux ceux qui sont conscients de leurs besoins spirituels, puisque le royaume des cieux leur appartient… Dieu ! Donne-moi la pureté de l'enfance, la fraîcheur d'âme de la jeunesse et la vie éternelle après la résurrection…

Et elle termina ses prières en balbutiant cette maxime.

„Wer an mich glaubt, der hat das ewige Leben"

(Qui croit en moi, a la vie éternelle.)

Enfin, elle sombra dans un sommeil profond.

-Cette nuit-là, mon repos ne fut pas total, se souvint Angelika. Un autre moi-même errait, hors de mon contrôle. Je me vis engagée dans une ruelle sombre, étroite, trop étroite, juste large pour le passage d'une seule personne.

La ruelle était longue, très longue. Aucune voie transversale ne la coupait. Des murs aveugles, sans portes ni fenêtres, la bordaient, l'isolaient de tout environnement extérieur. Tout était nuit noire. Et je courais dans cette ruelle, éperdue, sans secours.

Je courais dans une même direction, lorsqu'une forme mouvante m'apparut. Venant à mon encontre. Une espèce de pyjama couleur blanc-crème. La forme se déplaçait légèrement, presque volant, sans se déformer, comme habitée de l'intérieur par une créature invisible. Elle occupait toute la largeur de la ruelle. Elle s'approchait de moi, les bras largement ouverts.

Je réalisai que la forme qui venait vers moi, était la mort, incarnée dans cette silhouette fantomatique. Je saisis qu'elle venait pour me prendre. Qu'elle venait m'arracher au monde des vivants pour m'emporter là d'où l'on ne revenait plus jamais.

Prise de panique, je rebroussai chemin. Je courus, les jambes au cou, sans me retourner.

Dans ma fuite précipitée, je rencontrai des ombres noires, distinctes les unes des autres, venant toutes vers moi. J'essayais de les éviter, en rasant les murs, sans les toucher, jusqu'au moment où je me trouvai face à face avec une ombre beaucoup plus grande que les autres. Elle portait, dans ses bras, une silhouette d'enfant. La créature, occupant toute la largeur de la ruelle, sema la frayeur dans mon cœur.

Je repliai chemin et je courus en sens inverse. Je vis alors foncer vers moi, l'ombre fantomatique, couleur blanc-crème, que j'avais mémorisée comme la personnification de la mort.

À nouveau, je lui tournai le dos pour me sauver à toute allure, sans plus me préoccuper des ombres. Mon unique souhait fut d'échapper à la mort, de survivre.

Dans ma folle course, je vis surgir, devant moi, Brahim, l'oncle de mon mari, dans un âge avancé, portant une longue barbe blanche qui lui couvrait la poitrine.

- Pourquoi avoir peur de la mort, me lança-t-il d'un ton calme et rassurant. Ne sais-tu pas que le bébé qui quitte le ventre de sa mère pour voir la lumière du jour, ne demanderait plus jamais de retourner aux pénombres d'où il venait si l'on le lui demandait ? Il en est de même du moribond, sur le seuil de quitter le monde des vivants. En pénétrant les lumières éclatantes du monde éternel, il refuserait à jamais retourner vivre parmi les mortels.

Il était deux heures du matin, lorsque, prise de panique, je me réveillai. J'essayai de me rendormir, impossible. Mon rêve cauchemardesque me priva de sommeil.

La tête sous la couverture, les yeux mi-clos, je tentai d'éloigner l'affreux présage de la mort de ma pensée. Impossible. Il collait à moi.

Je renonçai de lutter. Je me résolus à faire dérouler les images du rêve sous mes yeux, pour essayer de les interpréter. Après plusieurs interprétations, aussi burlesques les unes que les autres, je me sentis totalement épuisée. J'abdiquai et je cédai au sommeil.

Assoupie, ma tête continuait à bouillonner, à émettre des bulles qui éclataient sous forme d'idées. Et l'idée dominante qui trottinait dans mon cerveau, était la mort !

Demain, je n'existerai plus. Pourquoi dormir et laisser passer ces merveilleuses secondes de ma vie ?

Lorsque l'infirmière vint me réveiller, il était six heures du matin. J'avais juste le temps de me laver les dents et de livrer mon corps au corps médical.

On me transporta sur un lit roulant vers les étages inférieurs.

L'ascenseur descendait, rapidement, mais en douceur.

L'infirmière me regardait. De temps à autre, elle me souriait. Je restai absente. Ou plutôt, je me parlai à moi-même. Pour me donner du courage.

Curieusement, je ne sentis aucune peur à cet instant suprême, marquant, à mon sens, la dernière frontière entre le monde des vivants et celui des morts. Paisible et confiante, je remis mon destin entre les mains de Dieu et du corps médical.

Dans une salle post-opératoire, je fus accueillie par une seconde infirmière qui m'administra une piqûre qui me plongea dans un profond sommeil.

Je ne vis ni la salle d'opération où mon destin allait se jouer ni le médecin chirurgien et son équipe qui s'apprêtaient à ouvrir ma cage thoracique et toucher, de leurs doigts, mon cœur malade.

Durant mon séjour de deux semaines passées à la clinique post-opératoire de Buch, je faisais, presque toutes les nuits, des rêves cauchemardesques qui me faisaient trembler d'effroi. Des rêves dont je retenais le contenu et d'autres qui quittaient ma mémoire dès mon réveil.

Dans un rêve, je me vis dans une rue de Berlin. Marchant tout droit devant moi. Serrant dans ma main, la menotte de ma fille âgée de cinq ou six ans. Soudain ma fille disparut. Je fus saisie d'effroi puis d'une espèce d'hystérie.

Je courais dans toutes les directions à la recherche de mon enfant.

Je posais des questions aux passants qui s'éloignaient indifférents. Je marchais sur un pont lorsque je vis ce dernier s'affaisser et s'effondrer devant moi avant de disparaître dans un fleuve en crue.

Mon chemin interrompu, je revenais sur mes pas, en courant, toujours à la recherche de ma fille, lorsque j'aperçus la grande silhouette d'un homme qui me sembla être un agent de police. Je fus quelque peu rassurée.

Je m'approchai de lui suppliante. L'homme s'effondra, devant mes yeux, étalé à mes pieds. Semblable à une pâte sur laquelle on passait un rouleau de cuisine. Une foule de badauds forma un cercle autour nous.

Une femme sortit un handy pour appeler les services de secours. Le portable se défit dans ses mains et perdit des perles qui tombèrent en rebondissant et en roulant sur le sol, dans toutes les directions.

Un passant arriva à appeler les secouristes. Je me penchai sur l'homme aplati et je fus saisie de peur de voir un visage connu. Brahim, l'oncle de mon mari.

Lorsque ses yeux s'ouvrirent et me fixèrent, je réalisai qu'il était en vie. Je le rassurai qu'il n'avait rien à craindre et qu'il allait bientôt être secouru. Il s'agrippa de toutes ses forces à mes bras et ne me lâcha point. Je criai de toutes mes forces, en essayant de me dégager, lorsque je me réveillai, en sueur, le cœur serré, tremblant jusqu'au claquement des dents.

Le lendemain, il faisait un temps de chien. Un jour orageux, sans soleil. Une tempête rageuse s'abattit sur la ville de Buch, malmenant la forêt, arrachant des branches, faisant tomber de vieux arbres.

Angelika se barricada toute la journée dans sa chambre.

Lassée de lire des magazines et de rêvasser, elle se concentra sur le spectacle extérieur.

Les cimes des arbres pliaient. Le vent sifflait le long des façades. Des seaux d'eau se déversaient, par intermittence, sur les vitres des fenêtres. De temps à autre, des éclairs déchiraient le ciel, suivis par de longs grognements du tonnerre.

Passant une nuit agitée, Angelika refusa d'appeler l'infirmière de garde pour demander un somnifère.

À l'aube, le sommeil vint enfin. Mais pas pour longtemps. Soudain, elle se redressa dans son lit, bouleversée, la tête grouillant d'images.

Elle revit Brahim dans un rêve. Il vint avec un message. Pour la préparer à quelque chose d'insolite. Pour lui révéler le secret du passage furtif de l'homme sur la terre.

- Notre existence, dit-il, se compose d'une quarantaine de calebasses qui se remplissent à la source de la vie, l'une après l'autre, année après année. Après une quarantaine d'années, toutes les calebasses sont pleines. L'homme atteint alors sa plénitude. Il est au sommet de ses forces physiques et mentales. Et puis, tout à coup, la tendance se renverse. Les calebasses se mettent à se vider progressivement, l'une après l'autre, année après année, jusqu'à épuisement total de leur contenu. Alors, nous cessons d'exister. Nous quittons le monde éphémère des injustes pour rejoindre le monde éternel des justes.

- Et comment retarder le remplissage et le vidage des calebasses? demanda Angelika d'un ton dubitatif.

- Simple ! Savoir équilibrer sa vie ! répliqua Brahim avec assurance. Manger, modérément, sans jamais remplir son estomac. Un quart de légumes, un quart de viande, un quart de fruits et le dernier quart vide. Pour laisser la place nécessaire au mélange des genres. Après chaque repas, se curer les dents au bois de santal. C'est plus hygiénique que la pâte dentifrice et la brosse à dents. Et pour renforcer le mental, ne jamais oublier de prier. De nos jours, on néglige souvent de s'adresser à Dieu. On ne pense à lui que dans le malheur. La prière combat la peur, éloigne la maladie, nous rapproche du Créateur.

- Et pourquoi viens-tu troubler ma paix ?

- Parce que ton heure approche. Il est temps de te préparer à franchir le dernier seuil.

Cette dernière vision troubla Angelika outre-mesure.

Le lendemain, elle voulut en parler à l'infirmière de garde et au médecin traitant. Pour faire dissiper ses inquiétudes. Pour qu'on lui donne des médicaments susceptibles de faire éloigner ces visions récurrentes.

Elle hésita longtemps à parler au corps médical, pensant se rendre ridicule de soulever des problèmes irrationnels dans un monde éminemment rationnel. Un monde bourré d'appareils de mesures, un monde qui ne se fie qu'aux prélèvements de sang et de tissus d'organe, pour analyse dans les laboratoires, avant prise de décision.

Les cauchemars d'un malade ainsi que ses états d'âme, importaient peu à un corps médical non spécialisé dans les interprétations de rêves et généralement peu concernés par les phénomènes parapsychologiques.

Et puis, le message du dernier cauchemar était bien clair pour Angelika. Il n'avait pas besoin d'interprétation savante. Alors, elle finit par garder son secret.

Cependant, le fantôme de la mort ne quitta point son esprit.

Elle se rappela ses cours de civilisation française qu'elle suivait à Paris, boulevard Haussmann. Elle était fascinée par le texte de la fable de La Fontaine, intitulé « La Mort et le Bûcheron ».

Ecrasé par le poids des ans et par les soucis de la vie, le bûcheron jeta son fagot à terre et appela la mort qui vint sans tarder.

"C'est, dit-il, afin de m'aider à recharger ce bois."

Moralité. Plutôt souffrir que mourir, c'est la devise des hommes.

Dans les années soixante, Angelika quitta la maison de commerce KADEWE de la rue Tauentzienstrasse où elle dirigeait le département des vêtements pour enfants. Elle quitta Berlin-Ouest que la RDA commença à emmurer. Elle quitta l'Allemagne pour aller s'installer à Paris.

Elle prit deux années sabbatiques pour aller dans la ville des lumières approfondir ses connaissances en français et, en même temps, se perfectionner en haute couture, en s'inscrivant dans un institut spécialisé, avoinant l'Opéra.

Pour financer son projet, elle travailla au pair chez les Cossigny, des nobles parisiens possédant des terres et des écuries de chevaux de course, dans la région parisienne.

Les Cossigny lui rappelèrent ses premiers amours. Une rencontre fortuite au Club des quatre vents, situé au Boulevard Saint-Germain. Une amitié toute banale avec un étudiant Magrébin, qui se transforma en une passion forte. Le coup de foudre. Une histoire qu'elle aimait se raconter pour égayer certains jours de tristesse.

- J'adorais mon bien-aimé, je l'aimais à la folie et il partageait les mêmes sentiments. À mon retour à Berlin, nous avions échangé de longues lettres passionnées, débordantes de nostalgie. Lorsque je signalais mon mariage à ma famille, levée de boucliers! Tout le monde était contre, pour différence de culture. En outre, à l'époque, l'Afrique était mal connue. Elle était perçue, dans son ensemble, comme une vaste vallée des lamentations. Chaque fois que j'y pense, ce grand continent est un paradis perdu pour moi.

Angelika s'étonna de se remémorer des souvenirs flétris qui, comme des plantes desséchées sentant l'eau sourdre aux racines, se redressaient, verdissaient et fleurissaient dans sa tête. La vie bouillonnante renaquit, en elle, dans son cœur, lui faisant refuser le trépas.

Soudain, elle se mit à rire. Elle se rappela une longue discussion qu'autrefois, elle avait eue avec Brahim. Au sujet de la notion du temps.

Se remémorant une lecture philologique étudiée en classe de civilisation française, elle prétendit que le temps à la forme d'un colimaçon ne conduisant nulle part et en même temps menant partout. Un colimaçon en conflit avec une sphère, sans début ni fin, voulant l'englober pour limiter son expansion.

Brahim soutint le contraire.

- Le colimaçon et la sphère ne peuvent représenter le temps qui court dans les veines de chacun de nous, argumenta-t-il. Lorsque je meurs, le temps meurt avec moi. Il en est ainsi pour toutes les créatures jusqu'au jour de la résurrection. L'éternité n'appartient qu'à Dieu et à lui seul !

-Mais si toi, tu meurs, ton corps redeviens poussière. Par contre, ton âme vit l'éternité là-haut, au Ciel. Le temps continue pour elle.

- Le temps des vivants s'achève lorsqu'Azraël reçoit l'ordre de Dieu de se prendre la vie. À cet instant, notre temps disparaît. Ce temps ressemblant à un flasque mollusque qui s'étend et se raccourcit selon notre bonne ou mauvaise humeur. Ce temps subjectif, élastique et mesurable, fluide et en même temps solide, disparaîtra à jamais.

L'autre « Temps », celui du monde invisible, échappe à notre savoir humain. Seul l'Éternel en a connaissance !

Soudain, l'histoire des calebasses ressurgit dans la mémoire d'Angelika. Elle l'avait entendue au moins une dizaine de fois de la bouche de Brahim. Et pour ne pas faire de bruit qui gênerait sa compagne de chambre, elle se mit la main sur la bouche pour étouffer le faux-rire et pour juguler cette joie intense qui fit subitement surface, en elle.

C'est bien curieux la vie ! Bien qu'elle soit à des milliers de kilomètres de cette terre d'Afrique, les gens et les choses de là-bas, la visitaient, l'habitaient encore.

De joyeuses réminiscences éclataient, dans sa tête, comme des bulles de champagne. Des impressions euphorisantes, semblables aux faisceaux lumineux d'un phare guidant le bateau ivre qui naviguait en pleins ténèbres, pour le conduire à bon port.

Angelika pensa aux toutes premières années qui suivirent son installation au Maroc. Au début des années soixante du siècle dernier. Dès les premiers mois, elle sentit une nostalgie indicible à l'égard de la mère patrie, Deutschland, le Vaterland !

Pour tempérer ces sentiments récursifs, elle s'était mise en tête d'écrire ses souvenirs d'enfance. En langue allemande. Par nostalgie au pays qu'elle venait de quitter. Une manière, comme une autre, d'adoucir le choc brutal avec une autre culture. Une façon, comme une autre, de s'adapter à son nouvel environnement.

Écrire sur son enfance pour essayer de se libérer, progressivement, de son enracinement profond au pays natal. Pour favoriser la pousse rapide de nouvelles racines qui la lieraient au pays de son mari. Pour, enfin, apparier deux grandes cultures et en tirer le plus grand bénéfice pour elle-même et pour sa famille.

Elle se fit un plan, campa ses personnages et se mit à écrire une sorte de biographie sous forme de fiction pour suppléer aux trous de mémoire possibles. Quelques semaines plus tard, elle abandonna son ouvrage pour d'autres priorités.

Deux années plus tard, lorsqu'elle voulut reprendre contact avec les personnages de son récit, ils l'avaient tous boudée. Et l'un après l'autre, ils commençaient à l'abandonner. Lui tournant définitivement le dos. Plus d'idées, plus d'imagination, plus d'élan pour reprendre et mener à terme le projet d'écriture.

Elle en parla à Brahim, spécialisé, entre autres activités ésotériques, à décrypter les rêves. Ce dernier ne lui donna pas de réponse immédiate. Il promit de se concentrer sur le sujet, en consultant un ouvrage spécialisé, bourré de ses propres annotations et de retourner, un jour, pour lui délivrer ses interprétations.

Au cours d'une visite inopinée, Brahim se présenta avec un gros livre tout noir de barbouillages et de gribouillages sur les marges.

Un livre écrit en arabe et portant des chiffres indous. L'ouvrage comportait des courbes, des graphiques, l'arbre de vie des anciens Egyptiens, des mandalas, toutes sortes de symboles dont les constellations zodiacales.

-Tout a été créé à partir du vide, répéta Brahim, en exhibant son bagage. Seuls les astres peuvent dire la vérité occulte. Les astres ne mentent pas. Êtres invisibles, créés de la flamme du feu, Les djinns influencent négativement notre vie si l'on ne sait pas vivre en paix avec eux. Si l'on vit en harmonie avec eux, ils peuvent nous servir utilement.

Ils étaient au service du Prophète Salomon, obéissant à ses ordres. Ils apparaissaient instantanément, lorsqu'il tournait sa bague au doigt. En un clin d'œil, ils lui amenèrent la reine de Saba du Yémen.

Après ce préambule savant, Brahim se mit au travail.

Il prit un bol en céramique blanche, le lava trois fois, le fit sécher au soleil. Et à l'aide d'une plume taillée dans un roseau, il commença à calligraphier, sur sa surface interne et externe, des signes et des symboles, parsemés de chiffres hindous et de bribes d'écriture en arabe.

À minuit, il monta sur la terrasse de la maison avec son bol, pour s'isoler et pour essayer d'extraire les messages dictés par les étoiles. Mettant en garde de ne pas venir perturber sa concentration active.

Au matin, le verdict était prêt. Il recommanda à Angelika de renoncer à l'écriture. De ne pas ressusciter l'esprit des morts. De laisser ses ancêtres dormir en paix. Il serait vain de tenter de les faire revivre, eux et le monde qu'ils avaient quitté. Il lui conseilla de brûler le manuscrit par le feu pour oublier et pour purifier son esprit. Afin de pouvoir jouir de la paix de l'âme.

Angelika suivit le conseil du chaman. Elle jura de ne jamais prendre un crayon pour se hasarder à réveiller le souvenir des morts.

Dès lors, elle se sentit soulagée, en harmonie avec elle-même et avec le nouveau monde où elle avait choisi de vivre.

A Buch, dans sa chambre d'hôpital, Angelika sentait roder autour d'elle, le fantôme envahissant de Brahim. Avec cette sentence qui résonnait encore au fond de ses oreilles.

"Personne ne peut échapper au Mektoub ! À l'Écrit ! Au Destin !"

Et la voici qui replongeait dans des réminiscences. Elle se rappela sa première fête du Mouloud, l'anniversaire du Prophète Mahomet.

La grande famille de son mari, venue de Rabat-Salé, de Khémisset et de Marrakech, vint camper à Casablanca, sans crier gare. Affolée, Angelika ne savait où donner de la tête.

Que faire, quoi faire et comment ? Pas assez de chaises et de couvert pour tout le monde. Où faire dormir les invités ? Pas de lits, pas de draps ni couvertures disponibles pour tout ce monde. Et quels repas préparer, susceptibles de chatouiller le palais de ce beau monde ?

Elle déballa le gros livre de cuisine, cadeau d'anniversaire de sa mère, et l'ouvrit à la page goulasch.

"Un ragoût, c'est du tagine, se dit-elle. Goulasch ou tajine, c'est du kif-kif au pareil, comme on dit ici. Il va plaire à tout le monde."

Elle parcourut rapidement la recette bien qu'elle la sache par cœur.

Du bacon à découper en dés. De la viande moitié veau, moitié porc. Du beurre saindoux, tomate, oignon, sel, poivre, du thym, du romarin et du vin rouge…"

Subitement, elle arrêta sa lecture. Consciente qu'elle était en train de déraisonner. Ce qui est bon pour les Allemands ne l'est certainement pas pour les Marocains.

Une citation de Voltaire, apprise aux cours de civilisation française à Paris, traversa son esprit.

"Les habitudes, les coutumes et les traditions sont plus forts que la vérité."

Rejetant de son esprit tout ce qui n'était pas casher, elle focalisa son attention sur un Schnitzel, une escalope panée avec des pommes de terre et des courgettes farcies. Ou bien, une escalope avec des pommes-frites. Ou tout simplement avec de la purée de pomme de terre, facile à avaler et à digérer.

Elle allait opter pour un Puffer aux légumes, pomme de terre, courgette et carotte lorsqu'elle entendit les femmes envahir la cuisine.

Les sœurs de son mari, ses nièces et ses cousines, se débarrassèrent de leurs djellabas et de leurs caftans, enlevèrent bracelets et bagues, retroussèrent les manches et se mirent au travail.

La maison fut astiquée depuis le seuil de la porte jusqu'aux vitres des fenêtres laissées largement ouvertes, pour laisser pénétrer l'air printanier salvateur.

À son tour, la cuisine fut occupée par les envahisseuses. Le frigo fut vidé de tout ce qui était futile, à leurs yeux, et bourré de légumes, de fruits et de viande apportés dans des couffins.

Et bientôt, des marmites et des tajines se mirent à mijoter et à exhaler des effluves suaves faisant titiller l'odorat d'Angelika, un peu fâchée de se voir envahie dans sa propre maison.

Lorsque la maîtresse de maison rentra dans le salon, elle prit la tête entre les mains, pour s'empêcher de crier comme une hystérique. Tous les meubles du salon ont changé de place. Le salon était transformé en une salle à manger, avec plusieurs tables rondes, entourées de chaises et de poufs. Des meubles empruntés, dare-dare, aux voisins qu'Angelika connaissait à peine. Des voisins qu'elle rencontrait dans la cage d'ascenseur, au gré du hasard.

Angelika n'aimait pas cette habitude étrange de venir frapper à la porte des gens, à tout moment, pour demander un peu de sel et un peu de poivre ou pour déposer un gosse pleurnichard parce qu'une maman devait aller faire des emplettes. Alors, elle mit fin, rapidement, à ces visites gênantes pour préserver son intimité.

Face à ces envahisseuses venues de loin, elle se sentit lésée, contrariée. Elle eut peur d'être prise dans le tourbillon de la famille patriarcale submergeant. Elle voulut rester maîtresse de son destin. Son idéal, la famille atomisée. Son credo, la double autorité parentale.

Elle voulut pleurer, hurler pour annoncer les limites à ne pas franchir, mais elle se retint pour ne pas gâcher la bonne ambiance et la joie visible autour d'elle.

Elle se rappela les Cossigny. Cette riche famille de la noblesse française, installée dans la région parisienne. Une famille patriarcale chez qui elle avait passé deux années au pair. Chargée de s'occuper de trois enfants de quatre à six ans. Les habiller, les nourrir et les promener dans les jardins et les vergers d'un manoir moyenâgeux, s'étendant sur des kilomètres, le long du fleuve, la Seine. Elle ne devait parler aux gosses qu'en allemand. Leur apprendre des lieds et des chants allemands pour qu'ils grandissent en possession de la langue de Goethe et de Schiller, de Ludwig van Beethoven et de Wolfgang Amadeus Mozart.

Les Cossigny étaient une famille patriarcale, regroupant, sous le même toit, quatre générations, allant des aïeuls aux petits enfants.

"Il faut que je me débarrasse de mes anciennes habitudes et que je me coupe de mes anciens réflexes, se dit-elle, si je veux vivre en harmonie avec les gens d'une autre culture. La famille est venue me voir, pour la première fois, avec de belles intentions et de belles choses. Des bouquets de fleurs, un foulard brodé à la main et des babouches berbères. Autant de signes d'amour qui me touchent."

Tout à coup, l'une de ses belles-sœurs, la plus âgée, s'approcha pour lui montrer des épices. Elle les nomma, chacune par son nom, et lui donna des éclaircissements sur le parfum et la saveur des ragoûts désirés en fonction de la combinaison des différents assaisonnements.

Intéressée, Angelika prit son calepin et nota persil et coriandre, safran et curcuma, gingembre et ras-el-hanout.

-Demain, c'est vendredi, jour de couscous, rappela la belle-sœur. Tu vas apprendre à le préparer. Un grand couscous avec les sept légumes et de la viande de veau. Plus tard, je t'apprendrai comment on prépare les crêpes marocaines et les gâteaux à servir les jours de l'aïd.

-Vous faites tout de tête, demanda Angelika abasourdie. Vous n'avez pas besoin de livre de cuisine ?

-Ce sont des choses qui s'apprennent à la maison, de mère à fille, depuis le commencement des temps. Pas besoin d'écriture. Chaque nouvelle génération essaie d'améliorer la recette apprise par la pratique, pour la transmettre, à la génération suivante, pour la conservation de la tradition gastronomique du pays.

Angelika disparut, un moment, puis revint avec un gros livre.

On appela la plus jeune des belles-sœurs, en classe de licence d'économie, pour lire et expliquer les recettes. Elle trouva le livre pesant, l'écriture scabreuse et arriva tout de même à prononcer difficilement les lignes suivantes.

Roland GÖÖCK

Das neue Große Kochbuch

Printer in Germany-Bestell-Nr. 12/12. Alle Rechte vorbehalten.1.654

Angelika feuilleta l'ouvrage, montra plusieurs plats, viande de veau et de porc, viande de canard, poulet et civet de lapin. Elle détailla la préparation de plusieurs sortes de sauces, de salades et de soupes. Elle montra le dessin d'un cœur et expliqua qu'il existe des repas diètes pour les gens obèses ou ceux qui ont une mauvaise circulation sanguine. Elle montra des photos en couleur et en noir et blanc de gâteaux appétissants. Des gâteaux aux pommes, aux fraises, aux cerises et au fromage. Elle informa que son mari adore le gâteau aux grains de pavot, préparé par elle-même, à l' occasion de son anniversaire.

Le livre passa d'une main à l'autre, avec respect, comme s'il s'agissait des écritures divines.

-Je vais préparer une ratatouille œufs-tomate, pour tromper la faim, avertit l'aînée des belles-sœurs.

-Et tous ces plats qui attendent dans la cuisine ! s'exclama Angelika, ahurie.

-Tous ces plats sont pour la soirée dite « Lila » du Samaâ soufi. Des chants spirituels glorifiant Dieu et le Prophète, paix et salut sur lui, seront psalmodiés cette nuit. Si la beauté charme les yeux, le Samaâ est de « l'audiospiritualité ». Il enchante l'oreille, s'infiltre dans l'âme, la purifie et la renforce. Ces litanies purifient les lieux en faisant fuir Satan et les djinns de la maison.

Angelika réprima sa colère. Surtout contre son mari, qui se déroba toute la journée, hors de sa vue. Pour donner libre cours à sa famille de fêter le Miloud, à sa manière, chez lui. Et pour donner l'occasion à sa famille de faire ample connaissance avec son épouse.

Le soir, vers 21 heures, après la prière d'el-Aacha, le mari accompagné de son oncle Brahim entrèrent dans la maison, suivis par une confrérie d'une trentaine de choristes, les Mounchidines soufis, avec à leur tête, Moulay Mehdi Kettani.

Angelika avança pour embrasser son mari et lui souffler des mots discrets dans l'oreille. À distance, il serra sa main, et sans autre explication, il lui présenta Moulay Mehdi Kettani, le chef de la confrérie. Ce dernier salua de la tête, sans tendre la main et disparut, derrière Brahim, dans le salon transformé en salle à manger.

Une fois confortablement installés sur des divans et bien calés au dos par des oreillers, les Mounchidines entamèrent la lecture de la Fatiha, tandis que Brahim les aspergeait de parfum de fleurs d'oranger, après les avoir trempés, au préalable, dans une fumigation au bois de santal.

Après la récitation d'une sourate du Saint Coran, le Samaâ, « Écoute », commença. Des chants polyphoniques sacrés, hymnes à Allah et au Prophète, paix et salut sur lui.

Les femmes, restées entre-elles, essayaient, chacune à sa manière, d'expliquer le soufisme à Angelika. Partir du fini pour atteindre l'infini. Oublier son ego flatueux et aveuglant. Effacer de sa mémoire toute rémanence de prépotence. Oublier l'appris et l'écrit, faire le vide en soi. Se couper du monde matériel qui n'est que fange, pour s'élever, spirituellement, vers la Transcendance divine, pour approcher le Créateur de toutes choses, Allah. La Miséricorde de l'Être Suprême est large. Elle couvre la terre et les cieux, touche le fragile ver de terre comme le puissant aigle qui plane au-dessus des cimes des grandes montagnes. Elle touche les fidèles comme elle touche les impies en repentance.

Angelika essaya de comprendre. Elle pensa à la compassion. Le fait de faire partie intégrante de la société universelle. Former une unité inclusive entre les hommes, le cosmos et la Divinité.

Après chaque arrêt de la chorale, le thé à la menthe et à l'absinthe fut distribué, accompagné de gâteaux marocains, cornes de gazelle, macarons, ghriba à la noix de coco. Vers minuit, le dîner fut servi.

Les hommes mangèrent les premiers, ensuite les femmes.

Angelika abandonna l'idée de s'éclipser pour aller au lit. Comment pouvait-elle dormir avec un bruit pareil ? Ce qui l'étonnait, ce sont les hommes et les femmes du voisinage qui se joignirent à la fête sans qu'ils y soient invités. Parce qu'ils ont prêté des meubles et donné certains ingrédients manquant à la préparation du festin.

Tout à coup, Angelika fut effrayé par des cris de guerre gutturaux, bien rythmés et répétés toujours les mêmes.

Debout, en cercle, les choristes tournaient de la droite vers la gauche, en criant.

"Allah Hay! Hay Allah! Allah Hay!», Dieu est vivant !

Et durant toute la nuit, se succédèrent des déclamations et des chants religieux en solo, interrompus par de courtes pauses.

Angelika ne pouvait plus résister au sommeil. Elle tomba dans son lit et dormit comme une souche jusqu'à dix heures du matin. Quand elle se réveilla, la confrérie avait disparu.

Dans la salle à manger, elle trouva le petit déjeuner prêt. Beignets, rghaif, baghrir et msemen ainsi que le café, le lait et le thé l'attendaient.

Les femmes se levèrent de bonne heure pour préparer les crêpes et tout le reste. Le salon avait été remis en ordre, comme il l'était auparavant. Meubles, poufs et chaises empruntés, ont été rendus à leurs propriétaires.

LE PETIT PRINCE DE MARRAKECH

Angelika s'intéressa à la vie aventurière de Brahim, qui commença dès qu'il apprit à marcher à quatre pattes. Devenu adulte, l'homme portait dans ses strates, les riches couches de sa propre histoire qui prit naissance vers la fin des années trente du siècle dernier. Il portait, également, dans ses strates, les couches non moins intéressantes de l'histoire contemporaine de son pays.

Dernier rejeton d'une série de douze enfants dont deux n'avaient pas dépassé l'âge de trois mois, le bébé, posthume à son géniteur, ne connut ni berceau, ni jardin d'enfant, ni fête d'anniversaire.

À la naissance, Brahim fut nourri au lait de chèvre parce que les seins de la maman, relâchés et desséchés, ne laissaient pas couler la moindre goutte de lait.

Un été de grande chaleur, son père mourut étouffé à l'intérieur d'une fosse de stockage mal aérée où il engrangeait la récolte de ses vastes terres céréalières, situées entre Oulad Haddou et Médiouna, dans la région de Casablanca.

Le père mort, la famille patriarcale se disloqua avec le partage des terres entre les frères et les sœurs adultes, selon la loi d'un bâton pour le mâle, un demi-bâton pour la femelle.

La mère, céda sa part à sa fille ainée, divorcée avec quatre enfants à charge. Les deux femmes choisirent de quitter le bled pour aller s'installer à Rabat, dans une vieille maison située au quartier Karioune, près des hôpitaux Marie-Feuillet.

Chaque jour qui se levait, l'enfant, âgé de cinq ans, allait cheminer, au gré du hasard, dans les rues du quartier Akkari et ne retournait au bercail que vers minuit, pour coucher dans un coin de la chambre partagée avec sa mère malade ou au seuil de la porte s'il trouvait la pièce fermée en temps de froid.

Ses coins préférés, la gare d'Agdal et les magasins de stock de marchandises de la Compagnie des Chemins de fer du Maroc. Là, il trouvait toujours quelque chose à manger ou quelque objet intéressant à vendre dans la Joutia, le marché aux puces.

Devenu plus grand et plus débrouillard, il s'aventurait du côté du quartier de l'Océan peuplé d'Italiens et d'Espagnols, pour aider les artisans cyclistes à réparer les crevaisons des chambres à air, moyennent quelques sous.

Un jour, il eut entre les mains, un vélo couleur magenta et lilas, avec de petites jantes portant des pneus bleu-ciel. La résonnance de la sonnette était agréable à son oreille. Il s'appliqua, avec grand soin, à réparer une crevaison. Il régla finement les freins avant et arrière, vérifia l'éclairage et il eut des difficultés à se séparer de l'engin.

Pour la première fois, il sentit le désir incompressible d'essayer le vélo. Pour faire un tout petit tour, juste devant le magasin artisanal. Il finit par demander au patron de faire l'essai, pour examen des freins.

Brahim eut la sensation de vertige en montant le « cheval aérien », comme disait sa mère, quand elle voyait passer une bicyclette à vive allure. Il prit la route côtière, descendit la pente à toute allure et se trouva, tout étonné, en face du grand phare de Rabat. Il pensa revenir au magasin pour ne pas fâcher le patron.

-Et si je continue jusqu'aux jardins des Oudaïas ? se dit-il, tout heureux. Je monterai la pente raide jusqu'à l'Obéra, pour tester la machine. Ensuite, retour au quartier de l'Océan.

Quand Brahim arriva devant le cinéma l'Opéra, il atteignit les Oudaïas en quelques pédales. Une pente raide se présenta devant ses yeux émerveillés. Alors, il décida de la dévaler d'un seul trait, jusqu'au pont flottant, reliant Rabat à la ville de Salé.

Il s'apprêta de traverser le pont, à pied, au milieu d'une foule dense, lorsqu'un batelier le héla.

-Viens ici ! Je te fais traverser la rivière, en bateau, pour un sou. Toi et ta bicyclette. Une belle promenade sur des eaux bleues comme le ciel et tu verras toutes sortes de poissons suivre l'embarcation.

-Je n'ai pas un sou, répondit Brahim, apparemment tenté par la traversée.

-Je t'achète ta bicyclette et tu auras plein de sous.

Après longue réflexion, le garçon décida de s'embarquer. En quelques minutes, il se trouva sur la rive slaouie, débarrassé du vélo, mais les poches pleines de sous. Alors, il décida de continuer, toujours en avant, le long de l'Atlantique, jusqu'à ce qu'il n'eût plus de mer. Il trouverait toujours un fondouk où passer la nuit et où prendre un grand bol de harira pleine de pois-chiches et de gros morceaux de viande, en plus du pain.

En deux jours de vadrouille, il se trouva en plein champs maraichers, entre Bouknadel et Mehdia, les oreilles et les bras bourdonnant de piqures de moustique. Alors, il décida de revenir à la maison pour partager les sous restants avec sa mère puis aller chercher un boulot intéressant dans un quartier situé bien loin du quartier de l'Océan.

Un matin, à l'aube, il repéra un camion chargé de légumes, arrêté devant une taverne. Le chauffeur et le graisseur prenaient le petit déjeuner. Il s'accrocha aux ridelles de l'engin qu'il escalada et prit place, dans un coin, parmi de grandes corbeilles d'osier. Lorsqu'il vit le camion prendre la direction de Rabat, il fut tout joyeux de retourner à la maison.

Il rentra chez sa mère, heureux, comme s'il venait d'un long voyage.

-Où as-tu disparu, tout ce temps-là, mauvais garnement ? Tu as la bougeotte dans le corps. Tu ne te fixes nulle part. Un jour au ferrane, deux jours chez un tailleur, quelques jours chez le matelassier puis c'est le tour du charbonnier. Tu me rends folle. Un jour, je vais mourir. Qu'adviendrait-il de toi ?

-Tu me dis que les oiseaux au ciel ne labourent pas, ne sèment pas, ne récoltent pas. Et pourtant le bon Dieu au ciel les nourrit. Il me nourrit aussi, en me conduisant, chaque matin, là où il y a un festin. Quand je descends à la mer, je ramène un panier plein d'oursins et de moules. Des fois, j'apporte des caroubes et des mûres récoltées sur les arbres de la route de Casablanca et des rues avoisinant les Jardins d'Essais. Un vrai régal. Aujourd'hui, je te laisse une petite somme d'argent, que Dieu a semée sur mon chemin. Le fruit du travail, comme tu dis. Pas du vol.

-Dieu te protège, mon fils ! Dieu couvrira ton chemin de roses et te fera éviter de marcher sur des épines. N'oublie jamais de réciter la Fatiha. Elle édifie l'esprit et procure la vie. Elle t'aide à surmonter les échecs. Elle asséchera tes larmes, dans les moments pénibles, lorsque tu te sentiras seul. Tu t'en souviendras !

-Oui, Maman !

Un matin, Brahim fut arrêté par la police, au marché central de la ville de Rabat. Il aidait les dames européennes à transporter leurs paniers et couffins, jusqu'à l'arrêt des calèches, moyennant quelques sous.

Se déclarant sans famille et sans domicile fixe, il fut remis à l'orphelinat du quartier Akkari, situé à proximité de l'hôpital Moulay Youssef, en face du marché aux puces.

L'internat et son rituel pesant ne tardèrent pas à l'étouffer. Il se sentit comme un oiseau en cage. Il se sentit étranger au sort de ces enfants casaniers, dociles et résignés.

Avide de grand air et de liberté, il devint sauvage et bagarreur ce qui exaspéra l'administration. Les privations de sortie et les sanctions corporelles, n'eurent aucun effet sur le comportement de l'enfant qu'on chercha de domestiquer comme on domestique un animal sauvage.

Frustré et mal compris, il échappa, une nuit, de ce qu'il appelait « l'asile des fous » pour entreprendre un long voyage qui devait le conduire, après plusieurs jours d'errance, à Marrakech, la ville rouge du Sud.

Pour gagner un morceau de pain et avoir un toit sur la tête, il exerça plusieurs petits métiers et se contenta de dormir dans un coin d'échoppe ou dans un réduit d'atelier artisanal.

Il pratiqua dans différents quartiers de l'ancienne médina de la ville rouge. D'abord comme mandelier, pour fabriquer des paniers et des corbeilles. Un travail douloureux pour les petites mains du petit apprenti. Ensuite, comme tanneur du côté de Bab Debagh, mais pas pour longtemps. L'atmosphère nauséabonde de la tannerie et les produits corrodants usant les pieds et les mains, lui firent dégoûter ce métier pour la vie.

Il travailla chez un forgeron, puis chez un sellier et un menuisier avant de se fixer, comme garçon de café, dans une taverne de la

Place de Jamâa el Fna. Une Place qui le séduisit. Une immense scène de théâtre à ciel ouvert où se jouait la comédie humaine, toute l'année. Sous le soleil ardent, sous la pluie, au clair de lune et aux lumières vacillantes de mille lanternes.

À force d'écouter la radio de la taverne cracher, jour et nuit, des décibels à la limite du supportable, il finit par apprendre de nombreuses chansons arabes, marocaines et égyptiennes. À force de fréquenter les halkas de la Place, il apprit la mimique, la rhétorique et l'art d'intéresser et d'attirer les foules, comme le miel attire les abeilles.

Et sans faire attention, il grandit vite, si vite qu'à l'âge de douze ans, il connaissait tous les bas-fonds de Marrakech et fréquentait toutes les maisons closes, publiques et privées, pour jouer à l'amour avec les filles de son âge et même avec les femmes beaucoup plus vieilles.

Il voulait tout voir, tout sentir, tout goûter, tout essayer, tout expérimenter. Filles et femmes des bordels, Arabes, Berbères, Juives marocaines et même des Européennes, convaincu que chaque femme avait un goût particulier.

Il goûta à l'alcool et à la drogue, notamment au Maajoune, en circulation dans la ville, pour son bas prix. Une sorte de mixture constituée de coquelicot, de noix de muscat, de harmale et autres plantes de montagne.

Une nuit, un peu éméché, Brahim traînait dans le quartier européen de Guéliz, lorsqu'il fut arrêté par une ronde de police qui le garda au commissariat jusqu'au matin.

Le lendemain, il fut remis à l'orphelinat de la ville pour avoir déclaré n'avoir ni père ni mère, ni même une famille.

Dans l'hospice pour enfants, il réapprit à lire et à écrire. Il apprit à chanter la Kassida Malhoune, des poèmes décrivant la vie sociale et sentimentale, morale et spirituelle. Il excellait dans les chants composés, spécialement, pour magnifier les vertus, les qualités et les mérites du Grand Pacha de Marrakech, le grand pacificateur du grand sud de l'empire Chérifien.

Brahim attira l'attention de son entourage par sa grande mémoire de rétention, par sa voix suave et doucereuse, par son joli minois et par sa grande taille.

Il fut confié à Ben Brahim, le grand poète du palais Glaoui, pour lui faire apprendre les chants arabo-andalous et orientaux. On chargea un violoniste professionnel de lui donner des cours quotidiens de violon.

Brahim se sentit devenir le centre d'intérêt des adultes. Une grande joie intérieure l'envahit et le poussa à décupler ses efforts pour continuer à plaire et à charmer le monde qui l'entourait.

Pour la première fois de sa vie, il se sentit moralement et matériellement à l'aise.

Pour la première fois de sa vie, il apprécia de dormir dans une vaste salle aérée, au fond d'un lit confortable. Rien à voir avec les dortoirs sombres et les lits superposés de caserne de l'orphelinat du quartier Akkari de Rabat.

À Marrakech, les pensionnaires devaient veiller à la propreté aussi bien de leurs corps que de leurs couches. Le matin, douche froide avant le petit déjeuner. Ensuite, récitation en chœur de la Fatiha, avant le commencement des cours de classe.

Brahim lia amitié avec de nombreux pensionnaires et, en particulier, avec Hamza, son voisin de chambrée. Un garçon d'Imine-Tanout, un village berbère situé en montagne, au sud de Marrakech, sur la route d'Agadir.

Le gosse fut recueilli par le foyer de l'enfance, à l'âge de sept ans, quatre années avant l'arrivée de Brahim. Il avait perdu tous les membres de sa famille, lors de très fortes précipitations de pluies, entraînant un glissement de terrain ensevelissant une cinquantaine de maisons et de huttes accrochées au flanc de la montagne.

Hamza était un beau garçonnet. Avec une tête ronde, couronnée d'une chevelure rousse. Un petit nez droit et des yeux gris comme ceux d'un chat. Peureux et timide, il fuyait la société pour aller s'asseoir à côté d'un enfant sourd-muet, marginalisé par les pensionnaires.

Dès que Brahim vint à l'hospice, il fut vite adopté par Hamza comme un grand frère. Et il se fâchait, terriblement, lorsque ce dernier l'abandonnait pour aller se mêler avec les autres enfants.

Hamza avait la manie de quitter son lit, avant l'aube, pour ne revenir à sa couche qu'au moment de l'appel du muezzin pour la prière.

Ces absences nocturnes intriguèrent Brahim.

Une nuit, il épia l'enfant qui quitta la chambrée sur la pointe des pieds. Se faufilant dans les couloirs, Hamza arriva devant une porte entrouverte. Il la poussa et la referma derrière lui.

Le cœur battant, Brahim s'approcha de la porte, s'accroupit et regarda, à travers le trou de la serrure, à l'intérieur de la chambre, éclairée par une bougie vacillante.

C'était la pièce réservée à Zaki, l'instituteur d'arabe, acceptant de cumuler son job normal de maître avec la surveillance de nuit de l'orphelinat, pour bénéficier de la gratuité de logement et de la cantine de l'établissement.

Tout d'abord, Brahim ne vit que des ténèbres distordues par la flamme de la bougie et projetées sur le mur. Il tendit l'oreille et perçut la présence du surveillant. Il entendit des chuchotements puis de longs respires, ensuite des geignements déplaisants et des soupirs qui lui firent dresser les cheveux sur la tête. Il comprit vite les desseins crapuleux du maître d'école. Il devina les manœuvres impures et les fourberies de cet homme malpropre qui se faisait passer pour un saint.

En public, il se montrait dévot, toujours pressé d'aller faire les ablutions pour accomplir les cinq prières quotidiennes, refusant de les ajourner. Et on le voyait, continuellement, en train de marmonner des supplications inaudibles, tout en défilant entre ses gros doigts poilus, des boules d'ambre d'un long chapelet, « rapporté de la Mecque », disait-il.

En classe, il aimait s'attarder à faire apprendre les règles ardues du « Nahaou », la grammaire arabe. Règles qui, selon lui, sont la clef indispensable de la maîtrise de la langue. Lorsque ses explications fastidieuses ennuyaient la classe, il recommandait aux élèves d'acheter, à la Joutia, des opuscules du talentueux écrivain et conteur, Abou Nouasse. La lecture assidue de courtes histoires, enrichirait le vocabulaire et amplifierait la fantaisie des jeunes apprentis.

Brahim s'enticha de ces petits ouvrages de lecture facile et prenante. Il adora les courtes histoires décrivant des lieux fantastiques, situés quelque part en Orient. Des lieux paradisiaques, avec des végétations luxuriantes, des fontaines éclaboussant et de jeunes princes nonchalants, vivant dans des harems dignes des mille et une nuits.

Abou Nouasse avait vécu à Bagdad. De père arabe et de mère persane, il naquit, en Iran, au milieu du huitième siècle. Il était connu pour son humour grivois et son esprit satirique ce qui lui valut l'exil sous le Calife Haroun Er Rachid.

La découverte de la littérature pornographique par les enfants, provoqua, en eux, une boulimie de lecture jamais connue auparavant. Ils s'arrachaient les petits livrets à la médina et s'isolaient, le soir, pendant des heures, pour les lire en toute tranquillité.

La lecture suivie d'Abou Nouasse, transforma l'esprit des jeunes pensionnaires, excita leur imagination et les conduisit sur des chemins jusqu'ici inconnus, les chemins de l'indicible, de l'interdit et du tabou. Les opuscules parlaient hautement de choses dites bassement ou totalement refoulées. Les livrets devenaient une drogue dont les enfants ne pouvaient plus s'en passer.

Avec délice, les garçons avalaient les écritures sur la masturbation, sur l'amour des femmes et sur l'amour des garçons. Et ils se racontaient les histoires les plus percutantes, pour ensuite les commenter en long et en large, tout en rigolant.

Parmi les histoires les plus lues, ce fut cette de la vielle femme au petit ânon.

Ayant dépassé l'âge de la ménopause, la vieille femme fut négligée par son mari qui passait, chaque nuit, avec l'une de ses trois autres femmes beaucoup plus jeunes. Le rôle de la vieillarde se restreignit, le jour, aux travaux de la cuisine et aux soins de la bassecour. La nuit, elle s'affairait à maquiller la femme élue et à la préparer pour satisfaire tous les caprices du mari.

Et chaque matin, au petit déjeuner, au lieu que la vieille dame soit remerciée par des mots doux, elle subissait le pénible affront des rires satisfaits des jeunes épouses.

Jalouse jusqu'aux bouts des ongles, la vielle détestait le mari égoïste et dépourvu de tout sentiment humain. Elle en voulait aussi aux coépouses ravies de vivre pleinement leur vie.

Pour compenser sa solitude, la dame au petit ânon allait vendre des poules et des œufs au marché hebdomadaire et s'attardait sur les marchandages avec les hommes, pour les regarder longtemps dans les yeux, pour écouter leur voix rauque et pour sentir l'odeur forte de leurs corps pour remplir pleinement ses narines.

Ses désirs restant inassouvis, elle commença à fantasmer sur son petit ânon. Elle ne lui donnait plus du foin mais le nourrissait avec de l'orge et de l'avoine. Et elle se mettait à le caressait longtemps, sous le ventre, jusqu'à ce que l'animal, relaxé, sentait son organe surexcité.

Une nuit, la vieille ne pouvait pas dormir. La plus jeune s'était retirée dans la chambre du mari, les deux autres épouses dormaient fermement.

La vieille sortit dans la cour inondée de pleine lune. Elle s'approcha de l'ânon et commença à le caresser et à l'exciter. Quand il était prêt, elle jeta son pantalon bas, se glissa sous l'ânon, dirigea son organe vers le sien et commença à jouir délicieusement.

Le lendemain, et pour la première fois depuis bien longtemps, elle rigola et s'amusa au milieu des trois autres femmes, étonnées par ce changement subit dans l'humeur de leur vieille campagne.

Brahim ne se fatiguait pas de lire et de relire cette histoire, jusqu'à dix fois par jour.

Mais ce qu'il venait de voir et d'écouter, cette nuit, dépassait l'entendement. Si les histoires d'Abou Nouasse, le libertin, étaient immondes, les agissements du surveillant de nuit de l'orphelinat, pouvaient être qualifiés d'abjects. Se vautrer sur le dos d'un enfant est criminel. En usant et en abusant d'un enfant, ce dérangé mental avait dépassé toutes les bornes.

Brahim n'avait jamais confiance dans cet énergumène hideux, au visage labouré de cicatrices noirâtres, témoins indélébiles d'une virulente variole mal soignée.

Chaque fois que le « varioleux » essayait de l'approcher pour exprimer son affection mensongère, Brahim le fixait d'un regard foudroyant pour éloigner le taré.

En assistant à ce « drame » inqualifiable, qui se déroula, sous ses yeux, à quelques pas de lui, Brahim voulut crier sa colère, cracher son ressentiment, alerter le monde entier sur cet acte « incestueux ».

Il voulut vomir. Il voulut pleurer. Mais les larmes fuirent ses yeux et les cris de rage s'étouffèrent dans sa gorge. Abattu, il retourna à son lit, se couvrit la tête avec le drap et se fit tout petit, en se recroquevillant sur lui-même.

Pour la première fois de sa vie, il se replia sur son être intérieur pour l'interroger. Mais aucune question précise ne traversa son esprit, aucune réponse ne vint guérir sa blessure.

Il se sentit métamorphosé. Il se sentit divisé en deux identités antagonistes, se détestant foncièrement l'une l'autre.

Une partie de lui-même se montrait ouverte, amicale mais faible. L'autre, incarnait le diable. Sans empathie ni sympathie. Haineuse et vengeresse.

Brahim sentit le Mal occuper son esprit, envahir l'espace de son corps. Un désordre de la personnalité, qui l'inquiéta et le réconforta tout à la fois. Dans cette force satanique, qui le remplit, il trouva une source d'énergie colossale, capable de réduire, en poussière, ce piteux « varioleux », cet odieux agresseur de mineur innocent.

Comment ce dévot, ce cul-bénit, pouvait-il se transformer en un vilain truand, en un odieux et exécrable malfaiteur ?

À son arrivée à l'orphelinat, Brahim trouvait, dans Zaki, le père qu'il n'avait pas eu. Et le voici, immensément, déçu par cet homme qui se comportait comme un animal. Qui se métamorphosait, selon les circonstances, comme un caméléon des jardins publics, changeant de couleur en changeant de place.

Sous de fausses apparences de piété et de charité, le « varioleux » dissimulait une âme de fange.

Brahim voulait lui faire tordre le cou. Il se sentait capable de le faire, lui-même. Avec la force du Mal qui l'habitait, il pouvait faire souffrir le véreux, l'humilier en public et lui faire demander pardon à Hamza.

Ce sentiment de pouvoir intérieur, calma la rage du jeune homme.

En brassant des idées pêle-mêle dans sa petite tête agitée, Brahim se souvint du Sage de Jamâa El Fna qui répétait comme un leitmotiv.

"Les êtres humains sont ce qu'ils sont. La face de la médaille et son revers à la fois. Lumière et obscurité. Bonté et méchanceté. Gloire et déchéance. Mais, une lueur d'espoir subsiste. Nous ne sommes pas des dés pipés. Nous roulons, mais nous ne tombons pas toujours sur la même face. Nous sommes capables de changement, de transcendance. Dieu nous a choisis comme des êtres humains et non pas comme des objets statiques. Il nous a préférés à toutes ses autres créatures. Anges et djinns s'étaient courbés devant l'homme par respect. Sauf Satan. Dieu a maudit ce dernier et l'a chassé de son paradis."

Concentré sur ses réflexions internes, Brahim constata que le Bien en lui, commençait, peu à peu, à prendre des forces et à se développer dans son esprit et dans son corps pour chasser le Mal.

Il s'étonna que son humanité puisse devenir inhumaine. Et en un laps de temps ! À tel point qu'il se sentait capable de tuer le surveillant s'il en avait les moyens. N'était-ce pas irrationnel et faiblesse de sa part de répondre à la violence par la violence ? Les religieux, ne sont-ils pas des êtres humains ? Il y en a des bons et des mauvais. Ils peuvent faire du bien comme ils peuvent faire du mal. Lui-même, n'avait-il pas échappé, intelligemment, aux sordides manœuvres de certains artisans pédophiles qui tentaient d'abuser de lui ? En quittant le lieu de travail, sans demander le sou.

Alors, il pensa à un stratagème. Une ruse mettant fin au viol et à la violence du monstre en perte de substance humaine. Et il jura de ne pas laisser Hamza seul. Sans défense.

À cet instant, son âme trouva le repos et il sombra dans un sommeil profond. À l'appel de la prière du Fajr par le muezzin, Hamza rejoignit sa couche.

Le même jour, Brahim s'isola avec Hamza et le mit au courant de ce qu'il avait vu et entendu. Il proposa d'alerter le directeur de l'établissement pour chasser le vilain homme.

Troublé, Hamza rougit et renia complètement les faits.

-Il faut dire la vérité. Il ne faut pas avoir peur, rassura Brahim. Le surveillant n'a pas le droit de te traiter comme il le fait. Aujourd'hui, Il abuse de toi, demain il essaiera de le faire avec moi ou un autre garçon.

- Je ne sais pas de quoi tu parles. Il ne s'était rien passé entre nous, persista l'enfant dans son reniement.

- Je ne vais raconter la chose à personne. Crois-moi. Tu es mon ami et je ne cherche que ton bien. Il faut que ce salaud cesse de t'humilier. N'aie pas peur. Il ne t'arrivera rien si tu parles.

- Il a juré de me tuer si je le dénonce. Il est violent et il est capable de tout. Il m'avait étranglé jusqu'à la mort, la première fois, quand j'ai refusé d'obéir.

- Ne va pas chez lui la nuit prochaine. S'il ose te faire du mal, je te défendrai. De toutes mes forces. Je sais me bagarrer. Tu me connais.

- Je ne vais plus chez lui si tu gardes le secret. N'en parle pas aux copains. Je serai ridiculisé, encore plus humilié. Ce qui m'arrive, c'est de ma faute.

- Je te promets de ne pas parler aux camarades. Mais arrête de te culpabiliser !

Pendant la quinzaine qui suivit l'incident, l'orchestre de l'orphelinat se préparait à célébrer, pompeusement, l'anniversaire du grand et puissant Pacha de la ville de Marrakech.

Durant toute cette période, le surveillant se montra prévenant, sobre et tolérant. Il n'exigea point que Hamza se présentât dans sa chambre.

Le jour J, l'orchestre au complet, costumé comme le veut la tradition, allait se produire devant Hadj Thami El Glaoui, dans les magnifiques jardins du palais où ruisselaient des fontaines et où se répandaient des senteurs suaves.

Brahim connaissait bien « Dar El Bacha », située au quartier Rmila, non loin de l'imposante porte de Bab Doukkala. Impressionné par les hautes murailles et le gigantesque portail en bois de cèdre, qui protégeaient le palais, il rêva de pénétrer, un jour, à l'intérieur de cette forteresse qu'on disait refléter la splendeur des châteaux des mille et une nuits de l'Orient.

Dar El Bacha est un véritable joyau architectural qui rivaliserait avec Ksar El Bahia, édifié par les nobles Sultans Saadiens.

Devant le palais pachalique, des deux côtés de la rue, de fiers cavaliers emmaillotés dans des djellabas et des burnous, montaient la garde. Les chevaux au pelage luisant, piaffaient d'impatience, balançaient la tête de haut en bas et expiraient par leurs narines de longues colonnes de vapeur.

Des pachas et des caïds, venus nombreux de loin, s'asseyaient le long du mur du palais, serrés les uns contre les autres, et passaient le temps à palabrer, en attendant l'ordre de rentrer dans la citadelle.

Juxtaposant le palais, le plus prestigieux hammam de la ville ouvrait largement ses portes aux populations les plus fortunées de la région. L'entrée coûtait quelques deux cents Rials, soit l'équivalent de la valeur d'un mouton vif d'une cinquantaine de kilogrammes.

Brahim aimait voir le spectacle de riches bourgeoises se rendant au bain maure, accompagnées de négresses portant une « stila », un petit seau en cuivre ciselé, contenant du ghassoul, sorte de champoing naturel, des flacons d'eau de roses et de fleurs d'oranger et autres herbes odorantes des montagnes, destinées aux soins de la peau et des plantes des pieds.

Un grand silence plomba le palais, ce qui fit sortir Brahim de ses rêveries. Le puissant Pacha de Marrakech était sur le point d'apparaître.

L'orchestre du foyer de l'enfance, musiciens et chanteurs, exhibaient leurs habits des grands jours. Chemises blanches immaculées, au col brodé. Djellabas blanches, tissées dans la petite ville de Bzou, tarbouches fassis rouges et babouches marrakchies en cuir jaune.

Dès que les pachas et les caïds prirent place dans l'immense jardin du palais, le Seigneur de l'Atlas apparut. Entouré de sa garde personnelle et de ses serviteurs, il avança tout droit, la démarche arrogante, le visage sévère.

Les pachas et les caïds les importants avancèrent, plutôt accoururent, courbés jusqu'au sol, pour aller arracher la main du Seigneur et l'embrasser, surabondamment, sur les deux faces, deux à trois fois de suite.

Rien n'échappa à la vigilance du tout puissant homme, couleur chocolat. De petite taille, le visage ovale et quelque peu émacié, il n'était pas dépourvu d'un certain charme. L'homme inspirait la crainte et le respect.

En présence du Pacha, la personne désignée à la cérémonie de préparation du thé, devait prendre sa fonction au sérieux. La boisson ne devrait être ni trop sucrée ni trop amère et aucune goutte d'eau ne devrait tomber sur le plateau où s'alignaient des dizaines de verres, couleur d'or et d'argent.

Certains vieux pachas et caïds, encore en vie, se rappelaient l'histoire de ce négligent préposé au thé, qui avait été condamné à une centaine de flagellation, pour avoir laissé des gouttes de thé asperger le plateau.

Pendant qu'il servait le thé, le malheureux homme perdit la maîtrise de la situation, alors que la théière se trouvait à une trentaine de centimètres au-dessus des verres !

Hadj Thami El Glaoui possédait, en plus de Dar El Bacha, plusieurs palais situés dans le Haut-Atlas, à Ouarzazate et dans les zones sahariennes du grand sud marocain.

Sa plus grande fierté était de recevoir des hôtes illustres du monde entier et de les conduire à la Kasbah de Télouet, au cœur de l'Atlas, sur la route de Marrakech-Ouarzazate, à quelques kilomètres du col de Tizi N'Tichka. Une ancienne Kasbah qu'il avait restaurée, en la faisant couvrir de tuiles de céramique vert et en engageant des centaines d'artisans, de différents corps de métiers, pour sa décoration intérieure.

Télouet était située au milieu d'une nature sauvage mais pittoresque, où le grand Seigneur aimait s'isoler avec ses prestigieux amis, pour se concerter et se distraire.

Parmi les éminentes personnalités ayant visité le Ksar, on comptait le maréchal Lyautey, le général Pétain, le général de Gaulle, les résidents généraux au Maroc, Juin et Guillaume, Churchill, le Premier Ministre anglais et tant d'autres.

Le palais disposait de toutes les commodités y compris un piano de grande marque. Un piano, dont l'histoire continuait à être relatée dans tous les douars, dans tous les kasbahs et dans tous les ksour du sud marocain.

Au milieu des années trente du siècle dernier, Churchill, frustré et dépité par la politique politicienne de son pays, décida de s'envoler pour le Maroc, pour y passer l'hiver, afin de s'y ressourcer. Il choisit l'hôtel Mamounia comme résidence, dans la ville de Marrakech.

La nouvelle arriva au Seigneur de l'Atlas qui ordonna de lui rendre le séjour le plus reposant et le plus confortable possible.

Profitant du passage, au Maroc, du grand pianiste français, Maurice Ravel, et en complicité avec ce dernier, Hadj Thami El Glaoui voulut faire la grande surprise à Churchill. Il ordonna à ses subalternes haut-gradés, de transporter le précieux meuble, à dos d'hommes, de la villa des hôtes à Guéliz, au centre de la ville de Marrakech, à Télouet, sa Kasbah perdue au cœur de l'Atlas.

Les autorités du territoire pachalik, Cheikhs et Caïds en personne ainsi que leurs subalternes, s'étaient reliés, à tour de rôle, jour et nuit, sur un parcours de plus de 200 Km, pour transporter le prestigieux objet à destination. Et gare à celui qui oserait malmener le piano pour le désaccorder ! Un travail à faire suer le burnous !

Invité à Télouet, Churchill fut interloqué d'écouter jouer le Boléro, les Jeux d'eau et les Miroirs de Ravel, dans un endroit sauvage, qu'il pensait être coupé de toute civilisation. Son étonnement fut plus grand, encore, lorsqu'il découvrit que le pianiste de service, n'était autre que le talentueux Maurice Ravel, en personne.

À son arrivée à la kasbah, l'homme politique admira l'architecture andalou-mauresque ainsi que la richesse de la décoration intérieure.

Churchill fut habité par le charme et la magie des lieux. Il ne résista pas à l'envie de peindre les chaînes de l'Atlas enneigés et les couchers du soleil qu'il qualifia de « magiques, uniques dans le monde ».

Bien avant Churchill, vers le milieu des années vingt, Colette visita le Maroc. Elle eut la curiosité intenable de rencontrer Hadj Thami El Glaoui, le puissant homme du sud marocain, dont elle avait beaucoup entendu parler. L'écrivaine française fut reçue à Dar El Bacha, par El Glaoui, en personne.

Colette fut étonnée qu'il parlât un bon français et qu'il fût d'une politesse très attentionnée. Il la regardait, droit dans les yeux, et répondait à toutes ses questions, avec force détails.

Colette admira les cascades de bougainvilliers, qui tombaient en gerbes, le long des murailles, exhibant une large palette de coloris, blanc, jaune, orange, mauve, rouge et rose.

Des tourterelles roucoulaient sur les toits, les pinsons, les mésanges et les chardonnerets chantaient, piaillaient, jacassaient dans les branchages des arbres. En haut des murailles, les cigognes, perchées sur une patte ou couchées, claquaient du bec, à tour de rôle, comme pour entamer une partition orchestrale.

L'intérieur du palais donna la certitude, à Colette, de se trouver dans un pays de haute civilisation. La main de l'artisan marocain était partout présente. Son empreinte se manifestait à travers les décors intérieurs, zelliges, travail du plâtre, travail du bois des meubles. La grande culture du pays transparaît à travers la bibliothèque du Seigneur, riche de plusieurs ouvrages anciens dont des documents manuscrits.

Colette garda un souvenir ineffaçable de cette première visite qu'elle renouvela, en 1938, avant de se rendre à Rabat et à Fès.

Au lendemain de la seconde guerre mondiale, EL Glaoui rendit une visite surprise à son amie Colette, à Paris, dans son appartement du 9 rue du Beaujolais, au premier arrondissement. La surprise fut immense pour cette dernière. Elle eut des larmes aux yeux. Des souvenirs de voyages à Télouet, à Dar El Glaoui et dans d'autres villes du Maroc, remontèrent en surface. Elle regretta de perdre sa mobilité, ne comptant plus que sur son fauteuil roulant pour se déplacer. Soudain, elle éclata en sanglots, cachant sa petite figure dans ses mains.

Le Seigneur de l'Atlas la serra à lui, trouva vite les paroles appropriées pour lui rendre le sourire. Il l'invita au restaurant Le Grand Vefour, pour déjeuner, ensemble, et faire revivre les beaux souvenirs partagés.

En 1943, lors du débarquement de la marine américaine dans certains ports du Maroc, Churchill choisit ce pays, pour conférer avec Roosevelt, le Président des États-Unis.

Au terme de la conférence de Casablanca-Anfa, Roosevelt s'apprêtait à retourner à Washington, lorsque Churchill lui proposa d'aller faire une pause, dans la ville rouge de Marrakech. Ce break imprévu surprit Roosevelt et l'indisposa, en quelque sorte.

Churchill insista pour prendre, tous les deux, un peu de repos et pour se ressourcer, avant de retourner au pays prendre les grandes décisions. Il alla jusqu'à prétendre que le Maroc sans Marrakech, n'était pas le Maroc.

Roosevelt fut médusé par cette passion maladive de Marrakech et gêné par cette invitation malvenue. Aller se détendre, au soleil, à Marrakech, au milieu d'une guerre mondiale, faisant rage sur tous les fronts !

Devant l'insistance du Prime Ministre, Roosevelt céda. Ils prirent la route, pendant plus de cinq heures, avec un court arrêt pour prendre le lunch.

Hadj Thami El Glaoui, alerté par le Palais, reçut avec faste les deux éminents hôtes qu'il installa dans la villa d'hôte du quartier chic de Guéliz.

Au courant de l'après-midi, Churchill monta sur la terrasse de la villa pour admirer la ville et contempler les cimes enneigés des montagnes du Haut-Atlas. Il ne résista pas à prendre le pinceau pour peindre les beaux panoramas se dessinant à l'horizon.

Au crépuscule, il dévala les escaliers pour aller inviter Roosevelt à monter assister au coucher du soleil.

On appela les Mokhaznis du Pacha, pour transporter Roosevelt, dans sa chaise roulante, sur la terrasse. Les escaliers étaient raides et sinueux. La manœuvre lente et délicate.

Le coucher du soleil était fantastique, inoubliable. Ravi, le Président paraissait rayonnant.

-Le Prince de Marrakech ! s'exclama Churchill, en s'adressant au Président et en s'abaissant pour faire la révérence.

-« I feel like a Sultan, répliqua Roosevelt satisfait. You may kiss my hand, my dear!"

Sans se gêner, et de la manière la plus théâtrale, Churchill se courba bas, prit la main de son ami et la baisa.

Les deux compères passèrent deux agréables journées à Marrakech et se sentirent bien inspirés par les esprits de cette charmante ville.

-Nous avons, enfin, trouvé la meilleure stratégie pour refouler les nazis, hors de la France, rappela le Président, ravi de la trouvaille. Il ne nous reste plus qu'à coordonner nos politiques, avec nos Alliés, pour faire réussir l'opération Normandie que nous devons garder absolument secrète, jusqu'au Jour J.

Les cerbères allemands ont le nez fin, de véritables fouineurs, poursuivit Roosevelt. Nous devons faire la chasse aux Services d'Espionnage de la Wehrmacht, par tous les moyens, pour les empêcher d'infiltrer le corps de notre Etat-Major.

Au Palais des Sports de Berlin, le ministre de la propagande, Joseph Goebbels posait la question au peuple.

"Wollt ihr den totalen Krieg?»

Le peuple répondit massivement : « Ya ! ».

Et avec des applaudissements ininterrompus, comme s'il s'agissait d'un référendum populaire.

-Depuis quand t'intéresses-tu à l'allemand ? demanda Churchill, ébahi.

-Depuis que j'ai entendu Charly Chaplin, brailler comme le Führer !

-Enfin, nous avons passé un bon moment de détente. Quant au choix du général d'armée pour commander l'État-Major Suprême des Forces Expéditionnaires Alliées, répliqua Churchill, je souscris totalement à ta proposition. Eisenhower est effectivement l'homme de la situation.

Rafraîchis et bien ragaillardis, les deux chefs d'Etat se séparèrent, bien décidés de vaincre les armées du Führer, pour mettre fin à la guerre, le plus tôt possible.

Quand les Mokhaznis rapportèrent, au Pacha, le manège des deux chefs d'État, montant et descendant les escaliers de la villa de Guéliz, pour peindre et pour guetter le coucher du soleil, le Seigneur de l'Atlas pouffa de rires jusqu'à l'étouffement.

"Ah, ces anglo-saxons, se dit-il, des gens relax et d'un sang-froid déroutant !"

À Télouet, à Dar El Glaoui, dans la villa de Guéliz comme dans les autres ksour et kasbahs, les invités étrangers du Pacha, se sentaient en pays des mille et une nuits. Musique et danse traditionnelles, méchoui d'agneaux, tagines de viande et de poulet, couscous et Rfissa au poulet de ferme avec lentilles et fenugrec, halba, le tout arrosé de vin en provenance des légendaires vignobles de Tagounite.

Brahim adorait la vie des gens du sud. Il se sentait forgé, ciselé par l'atmosphère ambiante de la région. Il y avait du travail pour tout le monde et le climat de sécurité favorisait la marche des affaires.

Partout dans le sud, on prenait le Pacha pour un homme de poigne, pas pour un pantin. C'était un « un facilitateur de vie » pour le peuple, comme aimait à le qualifier la plupart des Marrakchis.

Le Lord de l'Atlas, comme le surnommait Churchill, était un artisan, travaillant à modeler les mentalités. Patient sculpteur, il taillait, polissait et façonnait la pierre. Discipline et politesse avant tout. Apprendre à se soumettre et à obéir afin de commander. Inculquer aux gens un langage courtois mais perlé d'humour spirituel marrakchie.

La sécurité ne régnait pas seulement dans les villes, mais également dans les hameaux et en rase campagne. De Ben Guérir à Zagora et de Marrakech à Mhamid El Rhizlane. Sur les immenses roseraies et palmeraies du Draa comme sur les riches plaines et plateaux du Haouz.

Progressivement, la mentalité et les traditions des Berbères changeaient. Ces derniers remplacèrent les sandales en caoutchouc par des babouches en cuir. La calotte, taguia, remplaça les larges turbans. Les femmes quittèrent les haïks et autres draps pour porter les djellabas.

On recommanda de ne pas cracher dans la rue et d'éviter de roter après les repas. On exhorta de ne plus vociférer des injures, en public, et de ne plus traiter les habitants de la vallée du Draa de « draoui ou draoua », terme péjoratif qui sous-entend « esclaves ».

Le trachome et la teigne furent combattus ainsi que les maladies virales.

Fortement influencé par la civilisation occidentale, Hadj Thami El Glaoui voulait en faire bénéficier ses sujets, tout en les encourageant à respecter et à valoriser leur culture, leurs us et coutumes.

La voix haute et forte d'un Moghazni annonça l'arrivée du Pacha.

Arraché à ses pérégrinations lointaines, Brahim attendit de voir, pour la première fois, l'homme puissant qu'il ne connaissait qu'à travers les portraits accrochés aux murs de certaines boutiques de la ville et dans les salles de classe de l'orphelinat.

Le Maître s'approcha, à pas lents, l'air altier. Il salua l'assistance d'un large geste de main et ordonna aux serviteurs de se dépêcher de distribuer du thé et des gâteaux et de veiller à ce que le méchoui du déjeuner soit cuit à point.

Après la lecture d'un verset du Coran par le grand imam de la mosquée de la Koutoubia, la Fatiha fut récitée, en chœur, par l'ensemble de l'assistance.

Sous un grand oranger en fleurs, confortablement installé dans son fauteuil majestueux, le Pacha fit signe aux musiciens de commencer à jouer.

Brahim eut peur. Il voulut être à la hauteur de l'évènement. Il souhaita attirer, sur lui, l'attention du public et surtout celle du grand Pacha.

Son cœur le trahit. Ses oreilles chauffèrent. Il pensa déjà tout avoir raté. Il ramassa toutes ses forces. Il s'appliqua.

La chorale entama un « madih » à la gloire du grand Seigneur de l'Atlas, ensuite des « madihs » religieux et enfin, elle chanta des poèmes lyriques du Malhoune et du « gharnati andalou».

La voix soprano de Brahim domina, ce qui attira l'attention de Hadj Abdelkrim Guenoun, l'invité de marque du Pacha, un éminent professeur du conservatoire de Meknès, enseignant l'art du Malhoune. Passionné de musique andalouse, le professeur enseignait le chant des Noubas et entreprenait, depuis longue date, des recherches approfondies, au Maroc et en Espagne, pour déterrer les noubas inconnues, encore enfouies dans le large et précieux héritage laissé par les Arabes de l'âge d'or de l'Andalousie.

Brahim chantait divinement, comme un rossignol. Et il excellait au violon. À ses côtés, son ami Hamza manipulait habilement la derbouka.

À nouveau, les chants élogieux, composés sur le modèle des Kassida Malhoune et célébrant l'anniversaire de Hadj Thami El Glaoui, furent accueillis par des applaudissements enthousiastes et par un large sourire du Maître, à la fois ravi et enchanté.

Brahim se montra dans son grand jour, magique. La voix suave, émouvante. La belle allure et la vivacité distinctive de l'enfant, soulignèrent sa personnalité souveraine, ce qui n'échappa pas à l'œil vigilent du Suzerain qui ordonna de garder le petit génie au palais pour compléter son éducation.

Brahim vit dans la protection du Pacha, un signe évident de la bénédiction divine. Il devina que toutes les sources de pouvoir jaillissaient de cette forteresse aux hautes murailles, à la fois révérée et redoutée.

Le jeune vagabond d'autrefois, apprit la discipline « maghzanienne », le respect de la loi et de l'autorité, les règles de la politesse et de la bonne conduite. Il étudia les langues, le français et l'anglais, ainsi que l'art de la rhétorique et des éléments du discours soufi.

Peu d'années après son adoption par le Pacha, Brahim s'habitua à la vie de palais, bien qu'il n'ait pas de contact direct ni avec le Maître ni avec son large harem jamais visible.

Le Seigneur le surnomma « Le Petit Prince de Marrakech », ce qui suscita de vives réactions souterraines parmi l'entourage proche du Maître, parmi les potentats des pachas et des caïds et jusque parmi les cuistots du palais, éternellement condamnés aux travaux de cuisine, laminés par les feux du four, des ferranes et des barbecues.

Le peuple adopta « Le Petit Prince de Marrakech » devenu vite la coqueluche de tous les foyers, pour sa magnanimité, son affabilité et sa grandeur d'âme. On lui imputa la baisse des impôts et des loyers touchant la couche la plus fragile de la population. On le vit inaugurer des écoles et des dispensaires de quartier. On lui imputa l'amélioration des conditions de vie dans les orphelinats et dans les hospices.

De temps à autre, Le Petit Prince de Marrakech rendait visite à son ancien foyer qui, grâce à lui, disait-on, fit peau neuve.

L'intendant fut chassé et, comme par miracle, les repas devenus consistants, en quantité et en qualité. La bonne nourriture se vit rapidement sur la santé et sur le comportement des pensionnaires. Plus de visages maigrichons, plus de « zieux » larmoyants et vitreux. L'agressivité baissa d'intensité. Un bien meilleur rendement se fit sentir dans les études et dans les compétitions sportives opposant le foyer aux élèves des écoles de la ville.

Le véreux surveillant, reconnaissant le viol sur plusieurs enfants, fut condamné à deux années de prison fermes et jeté dans des geôles pour réfractaires où il subissait, à son tour, l'humiliation de rudes bagnards chargés de briser les têtes dures.

Devenant, peu à peu, le grand chouchou du Pacha, Brahim se transforma en un vrai Petit Prince. Il assista aux audiences et aux conférences tenues au bureau du Maître. Il voyagea, en sa compagnie, au sud comme au nord du pays et fut même introduit au Palais Royal de Rabat et notamment à la Résidence du Prince Moulay Hassan, au Soussi où il chanta des Kassida, tout en jouant au violon.

Le Prince accompagna le Maître dans ses voyages à l'étranger et participa, à ses côtés, à la chasse au gibier et au sanglier, dans la région de Tensift-El Haouz et dans les forêts du Haut-Atlas.

Le Pacha ne faisait plus peur au Prince par sa voix haute, directe et autoritaire. Une voix probe qui impressionnait son entourage immédiat et donnait la pétoche aux visiteurs venus de loin, pour lui rendre visite et lui renouveler l'allégeance.

Les agents d'autorité, venant se courber devant le Seigneur, donnaient toujours l'impression de cacher quelque chose, de se reprocher des faits ou des dires parvenus, à leur insu, aux oreilles du Pacha.

Pour manifester leur attachement indéfectible, ils ramenaient de précieux présents constitués, le plus souvent, par des chevaux de race.

Comme une drogue, le pouvoir coulait dans les veines des agents d'autorité qui ne pouvaient s'en passer. Les en priver signifiait leur bannissement. Il les rend patauds, ridicules, foncièrement faux.

En présence du Maître, les petits pachas, les caïds, les adouls et autres confréries, rasaient les murs, rampaient au sol, se faisaient tout petits. Puissants dans leurs fiefs, ils devenaient des minables à Dar El Glaoui. Ils émettaient des toussements, ils répandaient des gloussements et des marmonnements. Ils s'ébrouaient, se sermonnaient, s'excusaient. Emprisonnés dans leurs mensonges et dans leur hypocrisie devenue seconde nature, ils se métamorphosaient en créatures piteuses, traînant leur djellaba et leur burnous dans la boue. Leurs minables galimatias se mariaient parfaitement avec leurs grimaces et leur gesticulation bouffonnes, en face du Maître méprisant.

Une fois revenus dans leurs fiefs respectifs, ils reprenaient le poil de la bête. Se rétablissant vite dans leur fonction d'agents d'autorité, ils épousaient un air de fatuité, les mettant au-dessus des mortels. Et à leur tour, ils propageaient la terreur pour contraindre la populace, à se courber bas et à ramper à leurs pieds. Certains agents d'autorité montraient une voracité sans bornes. Leur concupiscence n'arriverait jamais à combler leur immense vide intérieur.

Irrité par l'intrusion du « miteux orphelin » au palais, l'entourage du Seigneur commença à s'inquiéter pour ses acquis. Des coalitions s'organisèrent pour manigancer des stratèges tendant à éliminer l'intrus, ce « dangereux réformateur » des traditions ancestrales. Parce que le jeune Prince grandissant, prenait de plus en plus d'importance au palais, à tel point qu'on le traitât d'exercer de mauvaises influences sur le Maître.

Depuis l'arrivée de l'apprenti sorcier à Dar El Bacha, beaucoup de choses avaient changé à l'intérieur et à l'extérieur de la forteresse.

Le maître d'arabe et surveillant de l'orphelinat fut chassé comme un truand, après son internement. Le directeur et l'intendant du même établissement, furent internés pour avoir détourné des deniers publics, au détriment des pensionnaires. Les vêtements et les draps de ces derniers n'étaient pas régulièrement renouvelés. Les enfants ne mangeaient pas à leur faim. Ce qui favorisa l'irruption de la tuberculose, de la teigne, du trachome et de la dysenterie.

À son tour, le chambellan du palais fut congédié pour corruption. Il fournissait de faux documents aux caïds, pour déposséder de simples cultivateurs de leurs terres et de leur bétail. Le tout exécuté au nom du Pacha !

Le Petit Prince était au courant de ces procédés illicites par le biais de certains mouchards cherchant son appui. Des gens qui, autrefois, à son arrivée au palais, le dévisageaient d'un air blessant et provoquant. Quand il se baissait pour baiser la main de personnes plus âgées, il les entendait rire, pensant que c'était de lui. Hostile, l'entourage cherchait, à l'époque, tous les moyens de l'humilier et de le déstabiliser pour le jeter hors du palais.

Pourtant, il savait éviter les conflits, pour garder sa neutralité. En silence, il observait sans juger. Se rappelant le slogan d'un ancien compagnon de route qui disait.

"Le chameau ne regarde jamais sa bosse mais celle du voisin."

Un jour de printemps, le Petit Prince quitta le palais, tôt le matin, accompagné d'une escorte d'une vingtaine de cavaliers, pour aller à la chasse à courre du sanglier et du cerf, dans les forêts dominant la vallée de l'Ourika.

Monté sur un cheval barbe de robe rouanne, le Prince galopait à la tête d'une colonne de chevaux fringants, de robe allant du gris au bai-brun en passant par le jaune. La colonne d'équidés s'arrêta au douar Timalizene pour permettre aux cavaliers de prendre un petit déjeuner copieux, offert par le caïd de la commune.

Au milieu de la journée, la chasse entra dans sa phase finale. Des cris d'homme et des aboiements de chiens se firent entendre dans le lointain. Un sanglier débusqué, serait aux abois.

Soudain, le ciel s'assombrit. De larges fissures s'ouvrirent dans le firmament, provoquées par des déflagrations de tonnerre et des éclats d'éclairs. Des trombes d'eau se mirent à tomber et bientôt ce fut le déluge. Les oueds, d'habitude secs et rocailleux, se transformèrent en torrents tumultueux emportant, sur leur passage, pierres, arbres, animaux et bergers.

Le Prince donna l'ordre d'interrompre la chasse, pour aller chercher un abri, au hameau le plus proche, avant la tombée de la nuit.

Soudain, son cheval cabra comme pour annoncer une menace inattendue. On tira un coup de feu. Le projectile rasa les cheveux du Prince qui passa la jambe au-dessus l'encolure du cheval pour essayer de sauter à terre.

Quatre cavaliers se détachèrent du peloton et se ruèrent sur lui. Ils le désarçonnèrent et le jetèrent au sol, devant les yeux approbateurs de leurs compagnons. Mettant pied à terre, les agresseurs se mirent à le tabasser à coups de pied et de massue, jusqu'à ce qu'il perdît conscience.

Ils tirèrent le corps inerte par les bras jusqu'au bord d'un précipice puis le jetèrent au fond d'un ravin, pour être emporté par un oued en crue. Ensuite, ils chassèrent sa monture dans les bois et retournèrent au palais, au milieu de la nuit, pour signaler la disparition du Petit Prince, probablement emporté par un torrent.

Dans la nuit du drame, un paysan et sa femme fouillaient un coin de forêt, à la recherche d'une chèvre perdue, lorsque leur chien s'arrêta net et se mit à aboyer de toutes ses tripes.

À quelques pas d'une falaise, les paysans découvrirent des vêtements d'homme embourbés, tâchés de sang. Le sol était remué par les sabots de chevaux.

Ils s'approchèrent de la falaise et virent, à quelques mètres d'eux, le corps d'un homme retenu par les branchages d'un arbre enraciné au flanc de la paroi rocheuse.

Les montagnards retournèrent à leur hutte pour chercher du secours auprès des hommes de leur clan. Munis de cordes et de pieux, ils arrivèrent à descendre la pente abrupte et à sortir l'homme inconscient, de sa posture désespérée.

L'homme fut transporté au gourbi des paysans. Les femmes pansèrent les blessures et les hématomes de la victime puis s'appliquèrent, à l'aide de leur savoir-faire inné d'arboristes, de faire sortir le jeune homme de son évanouissement.

Après trois jours d'alitement, le Petit Prince se sentit prendre des forces. Il relata sa mésaventure, prétendant qu'il avait été attaqué par des malfaiteurs inconnus et sollicita l'aide pour rejoindre la ville de Marrakech.

LES ANNÉES DE VAGABONDAGE

Porté à dos de mulet, par des sentiers escarpés, à travers montagnes et vallées, le Petit Prince arriva aux portes de la ville rouge.

Le mulet s'arrêta, au pied de la porte de Bab Doukkala. Le bienfaiteur aida le malheureux Prince à s'asseoir, le dos appuyé contre le mur, lui fit ses adieux et disparut avec sa bête, après avoir dispensé quelques conseils.

-Repose-toi, ici, mon fils ! Avant de t'aventurer à l'intérieur de la médina pour chercher un travail. Sidi Bennour, Le saint homme de ces lieux, conduira tes pas, là où tu retrouveras ton bonheur. Bab Doukkala est sous sa protection. Nos arrières-aïeux racontaient que le saint homme était venu de la banlieue algéroise pour s'installer à Marrakech. Il s'établit au quartier des lépreux, à l'époque de l'Empire des Saadiens.

Sidi Bennour soigna les malades, leur chercha de l'eau à boire, mobilisa les propriétaires des fondouks installés dans le voisinage, pour faire servir soupe et repas chauds aux pauvres souffrants.

Et depuis ces temps immémoriaux, la solidarité perdure entre les patrons des tavernes et les miséreux du quartier des lépreux.

Engoncé dans son kamiss bleu, sorte de longue robe tombant jusqu'aux chevilles, Brahim caressait sa barbe de quatre jours, tout en réfléchissant sur son sort. Revenir à Dar El Bacha ou continuer sa fuite en avant, en se remettant à Dieu, Le Maître de toutes les destinées. Celui qui pourvoit chaque créature de sa nourriture quotidienne.

Il était en train de cogiter les perspectives du proche et du lointain avenir, lorsqu'une voix le fit tressaillir. Un vieillard le salua et l'invita à prendre le petit déjeuner. Il s'adressa dans les mêmes termes à un guerrab, vendeur d'eau dans une outre de chèvre, puis à deux mendiants aveugles qui claquaient leur canne de bois du noyer sur le sol rocailleux.

L'homme fit entrer ses invités dans une gargote, leur paya du pain, du thé et quatre bols de Bissara, sorte de velouté de pois-cassé au cumin, couvert d'une nappe d'huile d'olive.

-Aujourd'hui, vendredi, est le jour de Sidi Ben Slimane El Jazouli, l'un des sept patrons de la ville de Marrakech, rappela le vieillard. Après la prière de midi, vous êtes invités à venir manger du couscous à la Zaouïa du Saint patron.

L'homme salua, à nouveau, et disparut en direction du nord de la médina.

-Ce marchand de choukaras, dit le patron de l'auberge, est un saint homme. Chaque vendredi matin, il fait venir des nécessiteux pour manger la Bissara. À midi, il les invite au couscous de la Zaouïa.

L'après-midi, une fois la panse bien remplie de couscous aux sept légumes, Brahim retourna à Bab Marrakech. Installé à proximité de Dar El Glaoui, il voulut affiner ses pensées de la matinée. Fuir en avant ou bien reprendre sa place de Prince au palais, pour démasquer ses assaillants imposteurs et les faire jeter hors de la ville.

L'idée principale qui caressa son esprit, fut la vie d'errance. Voir le monde. Aller à la découverte de nouveaux horizons, à la rencontre de toutes sortes d'individus.

"La lumière t'accompagnera partout où tu vas, mon fils ! Elle éclairera ton chemin et conduira tes pas vers Dieu, le pourvoyeur de toutes créatures », entendit-il sa mère murmurer au fond de son oreille.

Soudain, la nostalgie de revenir à Rabat pour revoir sa mère le reprit.

- Mais, pourquoi fuir Marrakech ? Pourquoi trimer à refaire ma vie, se ravisa-t-il, alors que les portes de la réussite sont largement ouvertes devant moi ? Pourquoi ne pas retourner à Dar El Bacha pour reprendre ma place de Petit Prince, pour dénoncer la canaille et pour faire chasser les écornifleurs exerçant une mauvaise influence sur le Maître ? Ensuite, il suffirait d'être patient ! Tous les rêves d'accéder aux plus hautes fonctions de l'Etat, deviendraient réalité. Devenir le grand chambellan du Seigneur de l'Atlas, un super-grand caïd d'une riche région du pays ou un grand vizir à Rabat. Accéder au vrai pouvoir pour pouvoir changer, en mieux, notre misérable société !

Il trouva l'idée de revenir au Palais, flatteuse. Et puis, tout à coup, revirement de situation. Il jugea le milieu du Pacha, haineux, vindicatif, d'une agressivité obsessionnelle.

- Il est absurde, se dit-il, découragé, de se battre contre un entourage pourri, capable des pires atrocités pour la défense de ses vils intérêts. Il m'est impossible de vivre la vie de palais sans me fondre et me confondre avec toute cette racaille, avec ces reptiles prêts à bondir sur la proie pour cracher leur venin.

Brahim abandonna de se battre contre les moulins de don Quichotte, convaincu que la vie de Prince n'était pas faite pour lui. Alors, il décida, définitivement, de fuir ce monde corrompu et corruptible. Il désira prendre le grand air. Il aspira jouir de sa liberté. Il souhaita tirer bon parti du temps qui fuyait.

Pour échapper aux acolytes sanguinaires de Dar El Bacha et à sa police, il décida de quitter, carrément, la zone du Centre du pays sous la colonisation française pour gagner le Nord du Maroc, sous domination espagnole. Il vaudrait mieux changer de temps et d'espace !

Pour arriver à son but, il s'employa comme graisseur-journalier de camion et, de proche en proche, il passa clandestinement la frontière franco-espagnole des Arbaoua. Il atteignit la ville de Tétouan, la capitale du Nord, et s'engagea, volontairement, dans l'armée franquiste du Caudillo pour expérimenter le système militaire qu'il croyait supérieur à l'ordre civil, constitué par la masse des moutons incapables de grandes choses. Devenir soldat ne donnait pas seulement droit à l'accès au pain quotidien mais aussi à un toit sur la tête. Pour le Prince, le port de l'uniforme signifiait le passage à un statut supérieur, l'accomplissement de soi.

Muté à Ceuta, dans la légion d'Afrique du Nord, Brahim subit un drill où il sortit très affaibli, physiquement et moralement. Il fut transféré dans un hôpital militaire d'Algésira-Al-Khadra, l'Île Verte, pour soins intensifs et, une fois rétabli, il fut intégré dans le Tabor, l'infanterie de la ville andalouse.

Au cours d'une permission, il fit connaissance de Juanita, une jeune espagnole qu'il fréquenta pendant plusieurs mois. Quand elle en parla à ses parents, ils refusèrent qu'elle approche un non catholique.

Follement amoureuse, Juanita tomba dans la déprime. Devant l'insistance maladive de leur fille, les parents finirent par céder et même accepter de recevoir Brahim dans leur maison.

Entiché de sa Juanita enthousiaste, le soldat exagéra dans les demandes de permission et, en cas de refus, il désertait la caserne pour aller voir sa belle, malgré les multiples internements en geôle.

Après deux années de tergiversation, il décida de fuir l'armée et son drill insupportable. Avec le remords cuisant d'avoir laissé, derrière lui, son amie enceinte de huit mois.

De retour à Rabat, il apprit la mort de sa mère, mais personne ne lui montra sa tombe creusée, selon les dires de certains, au cimetière d'El Alou, près de la prison civile. Il erra au cimetière, s'arrêtant et priant devant chaque tombe fraîche, couverte d'un peu de terre. Ensuite, il quitta les lieux pour aller s'asseoir, au jardin des Oudaïas, sous une trompette des anges, une sorte de datura en fleurs, pour méditer et pleurer la disparition de sa mère.

Comme il entendit parler qu'on recrute, massivement, des Mokhaznis parmi les anciens goumiers ayant participé à la seconde guerre mondiale, il tenta sa chance. Il souhaita être enrégimenté parmi les Forces Auxiliaires relevant de l'Intérieur, pour assurer la sécurité d'un bâtiment administratif. Plutôt qu'aller tabasser, à coups de gourdin, le peuple en révolte, lors des manifestations et des émeutes sporadiques.

Soudainement, il fit volte-face et s'engagea dans l'armée française. Persuadé de gagner quelques grades, étant donnée son expérience passée dans le domaine. Mais, là aussi, il trouva la vie de caserne étouffante, la discipline intenable. Il déserta le Camp Garnier de l'Océan, à Rabat.

Quelques mois plus tard, il fut arrêté par la police militaire sur la route de Casablanca-Berrechid, à bord d'un véhicule douteux, sans permis, sans assurance ni vignette. Il fut déféré devant le tribunal militaire français pour désertion et condamné à la prison.

Au lendemain de l'exil du Sultan Mohammed ben Youssef et de la famille royale, il échappa de la geôle et entra dans la clandestinité, pour mener la résistance active contre l'occupant.

Après l'indépendance du pays, Brahim s'engagea dans l'armée de la libération nationale, l'ALN. Par conviction et par enthousiasme. Sûr, cette fois-ci, de mettre son expérience militaire au service de la Patrie. Avec le grand idéal de parfaire l'indépendance du Maroc, pour rétablir le pays dans ses frontières naturelles et historiques. De Tanger aux confins du fleuve Sénégal.

Brahim prit part à la guerre du Sahara qui souleva la rébellion des Sahraouis contre les armées franquistes. L'unité de la patrie, divisée par les impérialismes occidentaux, sembla plus proche que jamais.

En 1957, L'ALN entra triomphalement à Sidi Ifni. Brahim participa à la prise de la ville de Smara et de Gueltat Zemmour et se prépara, avec ses compagnons d'armes, à marcher sur Lâayoune et Villa Cisneros pour libérer Sakia el Hamra et Oued Eddahab du joug de la colonisation espagnole.

Déstabilisée par l'ALN, l'armée franquiste sollicita l'aide de la France pour une coalition de leurs deux armées afin de briser la marche triomphale de l'armée de libération marocaine et étouffer l'insurrection sahraouie de Sakia el Hamra et Oued Eddahab.

Inquiète pour ses colonies de l'Afrique du Nord et craignant une déstabilisation de ses possessions subsahariennes, la métropole française approuva la coalisation, jugeant qu'à plusieurs, on viendrait à bout du soulèvement, comme au temps de la guerre du Rif contre Abdelkrim Al-Khattabi.

La coalition franco-espagnole agita le spectre du communisme et de l'influence de l'URSS sur l'ALN, pour discréditer cette dernière aux yeux du monde, notamment aux yeux des États-Unis d'Amérique.

Les Alliés alignèrent plusieurs milliers de soldats au sol, appuyés par les armées de l'air des deux camps, pour lancer l'opération

« Ouragan » sur le modèle hitlérien de la « Blitzkrieg », la guerre-éclair.

Une centaine d'avions bombardiers T6 (texan) de fabrication nord-américaine, se montrèrent plus efficaces que les Junkers des Espagnols, conçus par les Allemands en 1935 et entrés en service en 1939, au début de la deuxième guerre mondiale.

L'ALN, défaite, battit en retraite. Brahim jeta les armes, la mort dans l'âme. Mais sans renoncer à son idéal d'un Maroc indépendant et uni de Tanger au fleuve Sénégal.

Au lieu de prendre la direction du Nord, il s'infiltra à Sakia el Hamra où il se réfugia chez des Changuitis nomades, aidant à faire paître des troupeaux de dromadaires, en se déplaçant d'une oasis à l'autre.

Peu de temps après, il gagna Villa Cisneros où il lia amitié avec un vieux pêcheur sahraoui qui l'initia à la pêche côtière pour l'attacher à sa famille. Le vieil homme l'abrita, chez lui, dans l'espoir de le marier à son unique fille et, plus tard, lui céder son commerce.

Le Prince quitta Villa Cisneros, sans crier gare. Refuser la femme de la vie que le vieux pêcheur mettait entre ses bras, serait un affront cinglant, susceptible de lui coûter la vie.

Son instinct le poussant toujours vers le sud, il atteignit Lagouira, pénétra en Mauritanie sous colonisation française et resta à Nouakchott quelque temps, avant de regagner le Sénégal.

À Dakar, il travailla, au noir, chez des Marseillais, comme garçon servant dans les bars et dans les cafés, puis comme plongeur dans un restaurant italien, avant de s'enticher de la fille d'un riche commerçant de tissus fassi, marié à une Sénégalaise.

La jeune fille était aussi belle qu'une gazelle, grande sur ses jambes fines, avec de grands yeux de biche et une peau d'ébène aussi lisse que le satin. Tombant follement amoureuse de Brahim, la « gazelle » décida de ne pas le quitter, malgré les réticences du père.

À contrecœur, ce dernier finit par céder de marier sa fille à ce qu'il appelait le « vagabond ». À condition que le couple quittât Dakar pour aller s'installer dans l'une de ses maisons situées dans l'ancienne médina de la capitale économique marocaine. Pour vivre d'une partie de la rente de la location immobilière, rapportant des revenus réguliers.

Le Fassi possédait une dizaine d'immeubles à deux étages et des locaux d'activité, situés dans les rues Bousmara et Bahria. Brahim devait collecter les loyers et relancer, en permanence, les mauvais payeurs. Le jeune marié accepta cette tâche de bon cœur. Appréciant ce travail privilégié donnant droit à une rente complète, sans mettre la main à la pâte !

Un jour, le « vagabond » ramassa ses affaires et disparut sans laisser de trace. Quittant sa femme enceinte de quelques mois et empochant l'équivalent d'une année de revenus fonciers.

Pour effacer toute trace derrière lui, Brahim décida d'aller s'installer à Sidi Bennour, une petite bourgade de campagne, située au sud de la ville d'El Jadida. Pensant à Sidi Bennour, le patron de Bab Doukkala de la ville de Marrakech. Peut-être que le saint homme guiderait ses pas vers un sort meilleur.

Il s'associa à une troupe de musiciens de la région, composée de trois hommes et de deux femmes. Les troubadours se déplacèrent de souk en souk et de douar en douar, pour divertir les blédards et animer les nuits de noces.

Le pays des Doukkala était paradisiaque en temps de pluie et pendant la saison du printemps. Des prairies d'iris, de soucis, de coquelicots et de chardons aux fleurs bleues. Des champs de blé, d'orge et de maïs, protégés par des murailles de cactus dressant leurs raquettes épineuses vers un ciel pur et clair. Mais, pendant les mois de canicule, le paysage se transformait en un désert rocailleux, parsemé de vaches et d'ânons maigrichons et parcouru de tourbillons de poussière qui brûlaient les yeux et bouchaient l'horizon.

Les villages des Ouled Frej, de Sidi Smail et de Khémis des Zemamra étaient reliés à Sidi Bennour par des routes étroites, tortueuses, partiellement goudronnées et particulièrement dangereuses. Les nombreux douars de la région, « îlotés » sur des terres pierreuses et inhospitalières, semblaient sortir du début de l'ère de l'homo sapiens. Ni eau, ni électricité, ni téléphone. Hommes et bêtes domestiques vivaient à l'intérieur d'une même enceinte.

Et pourtant, le fleuve d'Oum Er Rbia, descendant des montagnes du Moyen Atlas et traversant les hautes plaines du Tadla, de la Chaouia-Ourdigha et des Doukkala, pourrait transformer ces zones arides, en pays de cocagne, pendant toutes saisons !

Après avoir élu domicile pour quelques mois au Douar Chaoui puis à Mnakra Haddada, Brahim quitta la troupe des musiciens et la pauvreté de la région, attiré irrésistiblement par la ville rouge et ses habitants joyeux et bon vivants.

Le vagabond s'installa dans le fondouk mitoyen au café Argana, chez Hadj Larbi qui le chargea de la cuisine et de l'entretien de l'hôtel, moyennent nourriture et couche, en plus d'une modique somme d'argent payée, aléatoirement, selon l'humeur du patron.

Chaque fois qu'il traversait la Place de Jamâa El Fna, Brahim ressentait une très forte émotion qui lui remuait le cœur et le faisait larmoyer comme un mioche. La Place exerçait une attraction magique sur son esprit. Et, il ne manquait jamais de jeter un coup d'œil, par-ci et par-là, pour voir, écouter et mimer toutes sortes d'acteurs aussi talentueux les uns que les autres. Jamais il n'avait quitté la Place sans distribuer une partie du peu d'argent qu'il possédait.

Il adorait écouter les conteurs d'histoire, décrivant les aventures captivantes de Sindbad Al Bahr. Le courageux marin qui affrontait courageusement les mers et les océans, les tempêtes et les ouragans.

Brahim frissonnait à l'écoute de certains doctes, en matière de religion, décrivant, dans les moindres détails, le claironnement des trompettes annonçant la résurrection des morts. Il voyait, plutôt il imaginait des cadavres secouer la terre, autour d'eux, et sortir de leurs tombes pour le rassemblement du dernier jugement.

Il se plaisait à visiter les buveurs d'eau bouillante, les marcheurs sur les clous et sur les verres brisés, les avaleurs de scorpions, les charmeurs de serpents excitant les reptiles en position d'attaque.

Les conteurs des halkas, théâtres traditionnels en plein air, déclamaient des réflexions et des adages que Brahim essayait d'apprendre par cœur pour meubler son répertoire.

Un jour, l'idée lui vint de rivaliser avec les acteurs de Jamâa el Fna. Il lui faudrait donc trouver un créneau pour se distinguer des autres comédiens et amuseurs. Il lui faudrait aussi concevoir un programme original, qui puisse intéresser les spectateurs et les garder le plus longtemps possible. Pour réunir, autour de lui, la plus grande halka de la place où il serait acclamé comme le plus grand comédien de tous les temps.

Pour égaler et pourquoi pas surpasser les conteurs de talent, tels que Hadj Labsir et son compagnon Hadj Cherqaoui. Imbattables dans leur genre, ces derniers trônaient sur la place, depuis des décennies.

Hadj Labsir était un véritable magicien. Il savait parler aux pigeons voyageurs qui, à leur tour, disait-on, l'inspiraient en lui apportant des idées neuves de pays lointains. Les oiseaux lui dictaient des aphorismes et des contes étranges qui se subdivisaient et se qui multipliaient dans l'esprit de ceux qui les écoutaient, comme des faisceaux de couleurs sortant d'un prisme traversé par un rai de lumière.

L'homme aux pigeons était non seulement un conteur hors pair, mais un savant qui fascinait et les Marrakchis et les touristes, par sa rhétorique toute sagesse et par ses gesticulations de grand acteur hollywoodien. Ses apologues et ses fables viendraient de la mythologie des Pharaons, des Grecs, des Incas et d'autres mondes visibles et invisibles abondamment explorés par l'ancienne civilisation berbère.

En outre, Hadj Labsir puisait ses dictons, ses slogans, ses sentences et tant d'autres perles de sagesse, dans l'ancienne culture nationale, notamment dans le diwan de Sidi Abderrahmane El Majdoub.

Tous ces apports contribuaient au développement de sa propre créativité philologique et philosophique nourrie, continuellement, par le contact quotidien avec les ethnies de différentes régions du Maroc.

Certains membres du gouvernement et certains parlementaires n'hésitaient pas à venir, à la halka, se replonger dans la sagesse populaire de l'Homère de la Place de Jamâa el Fna.

Hadj Labsir et son compagnon se faisaient invités, périodiquement, par le Premier ministre, dans un palace de la ville rouge, pour suggérer des recommandations sur tel ou tel problème social.

Habilement, Hadj Labsir militait pour ce qu'il appelait une « démocratie directe » où les gouvernants devaient tenir compte de l'opinion des citoyens, dans les grandes décisions les concernant.

Un jour, les rêves obsédants de Brahim de se produire sur la Place, furent interrompus par un événement inattendu.

Il servait des repas à de jeunes Allemands dans le fondouk, lorsqu'il apprit que ces derniers cherchaient un guide pour les accompagner à travers les forêts du Moyen Atlas.

Le team allemand, formé de chercheurs multidisciplinaires, était préoccupé par la disparition progressive des singes de l'Atlas. Il avait pour objectif d'étudier le comportement de ces animaux dans leur milieu naturel, d'en prendre des spécimens, mâles et femelles, pour les faire multiplier dans les zoos allemands et de les ramener dans leurs forêts d'origine pour la reconstitution de la faune.

Brahim proposa sa candidature et fut retenu pour accompagner l'expédition. Il quitta le fondouk, sans aviser le patron, et prit place dans un convoi de jeeps, en direction de la ville d'Azrou.

De son long séjour en montagne, explorant une large zone de forêts, allant d'Aïn Leuh à Khénifra, il se fit de l'argent et, en même temps, il apprit beaucoup de choses en contact avec les Allemands. Il apprit à connaître les habitudes des singes de l'Atlas et surtout le fonctionnement des intelligences émotionnel et cognitive de nos proches cousins.

De ce périple, Brahim ramena une jeune guenon, dénommée Harrouda, qu'il dressa pour faire distraire les spectateurs de Jamâa El Fna.

Il fit confectionner des habits sur mesure à sa belle compagne. En hiver, il lui faisait porter des bijoux et un caftan en velours violet, ourlé de galons dorés.

Se produisant avec un maquillage décent, Harrouda cachait sa chevelure sous un voile, pour ne pas choquer les croyants chatouilleux.

En été, la guenon se métamorphosait en singe-mâle. Arborant un T-shirt vert avec un short rouge, l'animal jouait au berger, au célibataire blasé et au mendiant passant devant les badauds, avec un chapeau entre les mains, pour y ramasser des sous.

Lorsqu'un animateur, plus habile, apparut sur la Place de Jamâa El Fna, avec un singe coquin et un chien futé, la halka de Brahim se désagrégea et se dispersa. Les soi-disant fidèles allèrent renforcer les rangs des fans du nouveau Hlaïki.

Profondément affecté par cet échec, Brahim ne désespéra pas. Il jura par les sept saints-patrons de la ville de Marrakech de relever le défi.

Un jour, pendant qu'il rodait au milieu des gargotes de la Place, il rencontra des Américains qui acceptèrent qu'il partage leur table.

Il échangea quelques propos avec ses interlocuteurs et fut heureux de ne pas avoir oublié ses anciens cours d'anglais, à Dar El Bacha. Mis au courant du projet des jeunes biologistes, il proposa son aide pour les conduire à travers les bleds les plus sauvages, situés entre Marrakech et Ouarzazate, à la recherche d'animaux venimeux.

Dans cette expédition scientifique, il fut extrêmement confus de pas savoir grand-chose sur les bêtes à venin, y compris sur celles qui animaient certaines halkas de la Place.

Les Américains esquissaient des dessins, prenaient des photographies, nommaient chaque bête par son nom et, le comble, capturaient facilement les reptiles à l'aide de perches fourchues. Adroitement, les jeunes biologistes serraient la tête des reptiles entre le pouce et l'index et pressaient les crocs contre un couvercle transparent pour laisser couler le poison dans un flacon.

Le rôle de Brahim se limita à faire soulever les grosses pierres pour mettre à jour des araignées géantes ou des scorpions de toutes tailles et de toutes couleurs.

De ce nouveau voyage, il revint enrichi intellectuellement et pécuniairement. Il eut alors l'idée d'utiliser les bêtes à venin pour impressionner les habitués de Jamâa el Fna.

Devant des spectateurs ébahis, il posait à l'intérieur de sa bouche grandement ouverte, des scorpions remuants, de tous calibres. Et, sentencieusement, il déclarait qu'il avait reçu la protection du Wali-Allah Bouya Omar de la région des Skhour des Rhamna que jamais bête venimeuse ne soit pour lui une source de danger.

Malheureusement, cette autre expérience fut de courte durée. Une expérience humiliante pour Brahim. Lassés de cette performance hideuse, les spectateurs le fuyaient.

"Avoir mille métiers dans son sac, se dit-il aigri, et n'avoir rien à se mettre sous la dent, à la fin de la soirée!"

Pour oublier cet échec, il s'associa avec un homme bleu pour changer complètement d'activité.

Les deux acolytes firent venir du Sahara espagnol et du Mali, des œufs d'autruche, des caïmans, des salamandres, des hérissons, des porcs épics, des tortues et des peaux de reptiles de toutes sortes, qu'ils exposèrent sur la Place de Jamâa el Fna.

Et, à tour de rôle, Brahim et son collaborateur exposaient, aux badauds, les vertus physiques et psychiques de leurs produits sur le corps humain. Certaines parties de tel ou tel animal, devaient être cuisinées selon une recette à dévoiler au client, discrètement, au moment de la conclusion de l'achat. De tels remèdes guérissaient toutes sortes de maladies physiques ou mentales, allant de l'impotence chronique à l'empoisonnement récent ou ancien, en passant par les crises épileptiques et les crises de démence.

Ils proposaient des amulettes renfermant des débris d'animaux, susceptibles de délivrer un corps habité par les djinns. Ces créatures invisibles, conçues par Dieu au même titre que les plantes et les animaux. Des djinns qui vivent au sein de la terre, sur la terre et dans les cieux.

"Les djinns, assurait Brahim, vivent en paix avec la race humaine. Ils n'attaquent l'homme que par réaction à sa méchanceté. Pour le punir et troubler sa raison, ils l'habitent. Parfois, ils dressent les hommes, les uns contre les autres, dans des guerres fratricides, pour les affaiblir et les rabaisser au rang de l'animal.

C'est pourquoi, il faut que nous changions nos comportements agressifs et que nous contrôlions nos actes et dires quotidiens. Ne pas lever la main sur autrui, ne pas médire des gens, ne pas les jalouser, ne pas leur vouloir du mal. Chaque jour, il faut apprendre à nous aimer mutuellement et à partager.

Dans les cimetières, il ne faut pas marcher sur les tombeaux ni les enjamber. Il ne faut pas jeter la nourriture mais la donner à ceux qui en ont besoin. Il faut respecter les écritures, notamment l'écriture arabe. Ne pas utiliser les journaux comme papier essuie-main ou papier hygiénique. La nuit, ne pas verser de l'eau bouillante dans les canalisations et sur les terrains vagues, avant de l'avoir refroidie au préalable.»

Après quelques déboires avec son associé chaman, Brahim quitta ce dernier pour incompatibilité d'humeur.

Constatant que le métier de guérisseur traditionnel n'attirait plus de clients, Brahim décida de s'installer, à son compte, pour exercer le métier de toubib.

Il décida d'aller acheter des médicaments, en contrebande, à Ceuta et à Fnideq, au nord du Maroc, pour les vendre, à Jamâa el Fna, aux gens souffrant de grippe, d'angine de poitrine et autres problèmes respiratoires.

Un travail rémunérateur et pas trop fatigant ! Il suffirait d'avoir un haut-parleur de longue portée. Alors, il proposerait, aux malades, les produits Vicks, Aspro et autres médicaments de grande consommation, en leur expliquant le mode d'utilisation et les effets secondaires éventuels.

LE COUP DE FOUDRE

Un matin, de bonne heure, Brahim prit l'autocar pour Tétouan. De là, il se rendit dans le conclave espagnol de Ceuta, à bord d'un teuf-teuf puis d'un grand taxi, pour achats de médicaments.

Dans la même journée, il retourna à Fnideq où l'obscurité le surprit. Il estima raisonnable d'y passer la nuit. Le retour à Marrakech fut reporté pour le lendemain.

Les fondouks étaient occupés jusqu'à la dernière chambre. Avec parfois, six à douze personnes par chambre, hommes et femmes confondus. Y compris des étrangers venus nombreux d'Europe. Des gens seuls ou accompagnés d'enfants. Des gens mal soignés, mal rasés, les cheveux longs, poisseux. Des gens puant le kif et l'alcool. Et pourtant, des gens qui semblaient heureux, comme déchargés de tous les maux du monde. Leur plaisir était de chanter en chœur, de jouer de la guitare ou du tambour et de bavarder longuement avec les gens du pays.

À l'entrée d'un fondouk, le regard de Brahim croisa celui d'une jeune européenne et ce fut le coup de foudre. Pour la première fois de sa vie, il sentit l'amour courir dans ses veines et remuer fortement son cœur. Le sang flua dans ses joues, l'émotion lui fit monter des pleurs dans les yeux et le priva de parole. La femme remarqua son trouble. Elle l'approcha gentiment et lui demanda s'il ne connaissait pas un hôtel plus calme. Lorsqu'il répondit en anglais, elle bondit sur lui et le serra à elle comme s'il était un ancien copain.

- Tu ne connais pas un hôtel plus tranquille pour passer la nuit, demanda-t-elle. Ce fondouk est bondé à craquer de monde.

- Je ne suis pas d'ici, mais on peut passer la nuit, ensemble, en louant une chambre chez un particulier. C'est chose courante ici.

La femme fronça le front, étonnée d'une réponse aussi directe.

- Tu es d'où ? Et qu'est-ce que tu viens faire ici ?

- J'habite à Marrakech. Je suis venu acheter des médicaments à Ceuta et à Fnideq pour les revendre dans ma ville. Vicks pour le rhume, Aspro pour les maux de tête et les maladies cardio-vasculaires.

- Tu es un pharmacien ?

- Oui, en quelque sorte. Un pharmacien non diplômé. Mais il est permis de vendre des médicaments sans licence. Nombreuses sont les familles qui ne disposent pas de couverture sociale. Ils ont recours à nous pour soulager leurs maux.

- C'est comme chez nous en Amérique. Les gens qui travaillent peuvent se permettre de souscrire une assurance maladie. Ceux qui n'ont pas les moyens, vivotent comme ils peuvent. Il y a des millions d'Américains, d'Afro-Américains et de Latinos qui vivent dans cette situation. L'Etat Providence n'existe qu'en Europe Occidentale.

- Tu es Américaine ? Comment tu t'appelles ?

- Je m'appelle Phillis. Je suis Américaine. De Miami. Mes parents habitent à Fort Lauderdale, pas loin de la maison de Hemingway. Tu connais Hemingway ?

-Non ! Je ne connais pas.

-Un écrivain américain qui a fait la guerre civile d'Espagne, aux côtés des Républicains contre les fascistes du général Franco. Il a vécu en France. Il connait beaucoup de monde à Paris où il aimait se rendre avec sa femme. Et toi, comment t'appelles-tu ?

-Je m'appelle le Petit Prince. Un surnom qu'on me donna, dans ma jeunesse, lorsque j'habitais un palais seigneurial de la ville rouge de Marrakech.

-Tu es plein de fantaisie, mon Petit Prince ! Est-ce que tu fumes du joint ?

-Depuis ce matin, j'en ai fumé deux en plus de trois pipes de kif. Tu es belle, Phillis !

- Merci. Toi aussi, tu es un charmant homme. Je ne suis pas disponible tout de suite. Il faut que tu le saches. Il me faut beaucoup de temps pour lier amitié. Je suis revenue au Maroc, pour quelques semaines, parce que j'aime ce pays.

- Je veux rester à tes côtés. T'accompagner dans ton voyage, à travers le pays.

- Je ne trouve pas d'inconvénient à cela. Bien que je sache me débrouiller toute seule. Il y a trois ou quatre ans, j'étais à Essaouira avec des centaines de hippies venus de tous les coins du globe pour assister au spectacle de Jimmy Hendrix. Tu connais ? Un guitariste hors pair. Il fait couler des flots de perles et de diamants des cordes de son instrument. Il joue aux limites des possibilités de sa guitare. Et s'il le fallait, il s'aidait des griffes et des dents pour trouver les harmonies les plus inédites. Une explosion d'énergie. Surtout en compagnie des gnaouas marocains qui mettaient l'ambiance et de l'électricité dans l'atmosphère, à l'aide des tambours, des cymbales et des guenbris à trois ou quatre cordes. Un rythme gnaoui endiablé, ensorcelant, semblable à une chevauchée époustouflante de poulains sauvages sur une terre battue.

Hendrix plongea dans cette ambiance insolite pour marier la musique gnaouie au « rythme and blues », au « rock and roll » et au « folks ».

À Essaouira, j'étais aux anges. Le paradis sur terre. Et me voici de retour au Maroc pour revivre ces souvenirs.

Séduit, Brahim écoutait parler l'Américaine. Il lui sembla découvrir un monde dont il n'avait jamais entendu parler auparavant ni même rêvé. Miami, Hemingway, Hendrix, des gnaouas jouant au rock et une belle jeune femme américaine qui s'aventurait seule, loin de ses parents et de sa ville natale, accompagnée d'un cahier qu'elle disait son journal et où elle notait ses impressions, tout ce qui lui passait par la tête !

-Comment t'appelles-tu, Petit Prince ? demanda Phillis.

-Brahim.

-Ça signifie quelque chose ?

-Non ! Ma mère s'était rendue au mausolée du saint marabout Moulay Brahim, au sud de Marrakech. La même année, elle eut un garçon. Elle l'appela Brahim.

-Ton anniversaire ?

-Je ne connais pas. Je ne le fête pas.

-Mon prénom est Phillis. Il signifie la parfaite, la belle si tu veux. Ma fleur est l'orchidée. Je suis sensible, affective, séductrice, de moralité accommodante. Mais attention, doublement intelligente, cognitive et intuitive !

Le « couple » passa une nuit calme à Fnideq, chez des particuliers, avant de prendre la route pour Chefchaouen où Phillis avait l'intention de passer quelques jours.

Décidé à la suivre au bout du monde s'il le fallait, Brahim boucla son sac rempli de médicaments et prit le chemin des montagnes du Rif.

L'autocar qu'ils prirent était vieillot. Plein jusqu'au dernier strapontin. Cinq ou six passagers encombrés de bagages, prenaient place dans le couloir d'évacuation. Le moteur, débarrassé de son capot, toussait, rendait ses poumons.

Ce fut le début de l'été. Il faisait si chaud que les passagers suffoquaient, malgré l'absence de vitres aux fenêtres. Une odeur de fauve empestait l'atmosphère, bouchait les narines, irritait les yeux.

Après quelques kilomètres à pas d'oie, le car s'arrêta et un brouhaha couvrit la voix du chauffeur et de son graisseur.

- Il faut sortir de l'argent, cria le conducteur, pour la seconde fois. Mon compagnon passera pour ramasser vos dons. Il vaut mieux ne pas laisser le douanier monter fouiller vos bagages.

Quelques voix de protestation s'élevèrent pour bafouiller qu'ils n'avaient rien à déclarer et que par conséquent, rien à payer.

Phillis s'inquiéta et demanda des explications. Brahim éclaira que pour éviter le contrôle douanier des marchandises achetées en contrebande par les passagers, mieux vaut graisser la patte. Cotiser, en quelque sorte, pour soudoyer le douanier. Et il sortit un billet pour que ses médicaments ne soient pas confisqués.

L'Américaine, ne comprenant rien aux explications données, concernant une douane intervenant à l'intérieur des frontières marocaines, s'abstint de tout commentaire pour ne pas se chauffer la tête davantage.

Le douanier, satisfait de la recette, laissa filer le car puis guetta l'arrivée du prochain.

A l'entrée de la ville de Tétouan, troisième arrêt du car. La douane ! Le chauffeur descendit pour parlementer avec l'officier. Il arriva à le convaincre en précisant que deux contrôles avaient été effectués et que, par conséquent, ses clients n'avaient plus de sous à donner.

Changement d'autocar à Tétouan. Le véhicule fut occupé jusqu'à la dernière place. Départ en direction de Chefchaouen.

-Aller à Tataouine ! pensa Phillis, en camouflant son inquiétude.

Nerveux, le car escalada une interminable pente à 6% sans tousser ni rendre les tripes. La route serpentait, indéfiniment, en hauteur, avant de s'engager dans une large vallée bordée de hautes montagnes se rapprochant, par endroits, pour former de pittoresques gorges.

-La Suisse marocaine ! s'exclama Phillis, ravie.

À l'horizon, la ville de Chefchaouen apparut, parée d'un voile bleu-blanc, sous un ciel d'azur, coloré de larges tâches orange.

Une pittoresque ville, sertie au creux des chaînes de montagnes du Rif ! Domestiqué, un torrent descendait, en cascades, pour aller faire tourner une gigantesque noria. Des sources aux eaux de cristal, sourdaient des flancs des élévations et allaient se perdre dans des champs.

Une forêt de pins, de thuyas, de mélèzes et d'eucalyptus, surplombait la cité paisible. Une population conservatrice et hospitalière, ancrée dans son prestigieux passé arabo-berbère de souche andalouse, vous accueillait avec le sourire.

Entrant pour la première dans la ville, Brahim fut surpris de voir sa population majoritairement européenne. Les rues, les boulevards, les places, toute la cité était envahie de hippies et jusqu'à la plus humble chaumière périphérique.

Les cafés maures, les terrasses des restaurants et les gargotes grouillaient de monde, conversant dans toutes les langues. Une Tour de Babel !

À la vue de ce panorama cosmopolite, Phillis rayonna de joie. Elle se jeta sur le Prince et le couvrit de bisous sur les deux joues. Des bises qui emballèrent le cœur du vagabond et qui lui firent chauffer les veines.

Il posa ses lèvres fiévreuses sur le cou fin de Phillis. Un premier baiser qui le remplit d'une joie indicible. Tout son être bascula dans un monde de félicité. Un monde qui lui était inconnu auparavant.

Sentant le trouble profond de son ami, Phillis lui prit la main et ils s'engagèrent dans les dédales de la médina bourdonnante, à la recherche d'un logis.

Le Prince trouva une grande chambre à louer, dans une maison située dans la rue des Souaki. Il n'hésita pas devant le loyer trop cher. Amoureux, il se soumit aux caprices de sa charmante amie, sans plus penser aux sous. Comme la belle était venue à Chefchaouen pour se défoncer, Il acheta des gerbes de chanvre qu'il nettoya, qu'il sépara des graines et qu'il découpa très finement en les mélangeant avec des feuilles de tabac.

La nuit, ils sortaient dans les cafés bourrés de hippies et restaient là, de longues heures, à chanter et à fumer du kif à l'aide d'une pipe traditionnelle en roseau.

Brahim se procurait des graines de chanvre et autres ingrédients, chez les herboristes traditionnels et, en suivant les recettes apprises dans les bas-fondouks de la ville rouge, il pétrissait une pâte au goût légèrement sucré. La première fois qu'il fit goûter le mélange à sa compagne, dans une gargote du centre de la ville, Phillis culbuta en quelques minutes, devenant euphorique et hilarante.

Elle rigolait, parlait à haute voix, chantait « Hey Joe » et autres chansons de son idole Hendrix, puis se jetait sur son Prince pour l'étouffer d'embrassade.

Certains soirs, à la tombée de la nuit, Brahim amenait son amie au bord du torrent, sur la terrasse d'un café, pour écouter la musique populaire des Jbala, jouée par une troupe mixte de jeunes artistes locaux.

Munis de gambri, de violon, de ghaïta, de bendir et de tbal, la troupe se mettait à jouer et à chanter des morceaux de la « Taktoka Jabalia » que des passants, attirés par la mélodie, reprenaient en chœur, créant une atmosphère magique dans le quartier.

Après quatre semaines de folle existence, le couple décida de quitter le kif et le Rif pour descendre vers le sud du pays.

Phillis paraissait follement amoureuse de son compagnon et ce dernier, totalement sous l'emprise de sa princesse, dépensait sans compter pour la contenter.

Il échangea ses médicaments de contrebande contre du kif et du tabac de Rifains venus de Kétama. Il s'adonna à la confection du « Maajoune », une « soft » drogue, beaucoup plus lucrative que ses remèdes. Il écoula le produit parmi la population hippie et parmi certains cercles de la population locale. Appétissante et de goût alléchant, la pâte encourageait à la consommation.

Après avoir été envoûtée par le Rif, Phillis découvrit la beauté naturelle des chaînes de montagnes du Moyen-Atlas et le charme de ses habitants aux mœurs libres. Musique, danse et bonne chair caractérisaient les habitants des villes de Khénifra, de Zaouïa Cheikh et des villages et hameaux de la région, s'égrenant de Ksiba à Aghbala.

Sur le conseil d'un Berbère du village Mrirt, Brahim rendit visite, en compagnie de son amie, au musicien-compositeur Mohamed Rouicha qui accueillit le couple, chez lui, à Khénifra où ils passèrent la nuit. Le lendemain, il les invita à une ballade équestre, pour leur montrer les trésors naturels de sa région.

Phillis vécut des nuits de folles de ripaille. Bonne chair, chants et danses jusqu'aux aurores. En présence de la bien-aimée star de Khénifra, un homme galant, distingué et très courtois.

Le talentueux roi de la chanson Tamazight, fit savoir à Phillis qu'il avait amélioré le rendement de son outar, en lui ajoutant une quatrième corde arrachant des émotions du fond de L'âme. Il joua cet instrument avec virtuosité, comme il manipula le violon avec pétulance, ce qui lui valut le sobriquet de « Mozart de l'Atlas », un surnom attribué par Phillis à Rouicha dont la renommée dépassa les frontières du Maroc.

Après environ trois mois de vadrouille dans les montagnes du Rif et de l'Atlas, Phillis se lassa visiblement du pays et de son ami. Pour la reconquérir, Brahim lui suggéra de retourner à Marrakech pour s'y installer et fonder un foyer.

De retour dans la ville rouge, cette dernière n'exerça plus aucune attraction sur l'esprit de la jeune femme qui manifesta, pour la première fois, de l'aversion pour Brahim.

Elle évitait de se rendre sur la Place de Jamâa El Fna. La chaleur la suffoquait. La foule lui pesait. Les odeurs de poisson frit, le fumet de méchoui et de tagines de mouton ainsi que les effluves de pieds de veau grillés, lui donnaient la nausée.

Lorsque son ami s'approchait d'elle pour lui tenir la main, elle se détournait pour lui donner le dos. Lorsqu'il essayait de percer son spleen pour la consoler, elle le fuyait et elle se mettait à pleurer.

Brahim se sentait abandonné, malheureux. Elle était son tout. Il voyait les étoiles scintiller dans ses yeux. Sans Phillis, son cœur devenait désert. Sans son amour, son âme devenait vide. Sans elle, la vie n'aurait plus de sens. La fin de l'amour, c'était la mort pour lui.

Traumatisé, le cœur brisé, il refusa de se voir séparé de sa Phillis. L'unique être au monde qui puisse lui redonner le sourire.

À plusieurs reprises, il tenta de nouer la conversation avec elle, de capter son attention pour dire tout l'amour qu'il ressentait pour elle. Impossible de sortir de l'impasse où ils se trouvaient.

Phillis se sentait fatiguée, ennuyée. La seule chose qui lui ferait plaisir, était de retourner chez elle, à Fort Lauderdale, auprès de ses parents.

Un jour, à bout de nerfs, Brahim se mit à chialer dans ses bras.

- Tu me blesses au plus profond de moi-même, Phillis, se plaignit-il. Me quitter signifie pour moi la mort. Que me reste-t-il après toi. Rien ! Ni parents ni famille ! Ne m'abandonne pas ! Je suis ton serviteur et ton esclave !

- Tu n'es pas abandonné. Tu as ton pays et ta grande famille. Tu es en bonne santé et plein de vitalité. Sache qu'il existe un début et une fin pour toute chose. Les saisons se succèdent, la vie continue. Après la nuit, le jour. Ce n'est pas la fin du monde si l'on se sépare.

- Tu as un cœur insensible. Tu brises le mien si tu me quittes. Tu ne sais pas ce que signifie l'amour. Ce qu'il représente pour moi. Sans toi, je ne suis rien. Sans toi, je ne peux pas vivre.

- Écoute Brahim ! Sois raisonnable ! Nous étions rencontrés en amis et l'on doit se séparer en amis. Je sais que la séparation est marquante, douloureuse, plus amère que le fiel. Mais il y a un temps pour toute chose. Le temps pour s'amouracher et le temps pour se quitter. Le temps pour souffrir et le temps pour guérir. Le temps pour pleurer et le temps pour sourire. Tu vas oublier ce moment difficile mais tu garderas de notre amour une joie infinie.

- Donne-moi une chance pour me rattraper si j'ai fauté. Je te rendrai la plus heureuse femme au monde.

- Je suis la plus heureuse femme au monde. Je suis enceinte de deux mois !

- C'est une raison de plus que tu m'aimes et que tu vas rester à mes côtés. Pour élever ensemble notre enfant.

- C'est mon enfant à moi. Il m'appartient à moi seule. Un enfant désiré et conçu dans le pays que j'aime. Tu dois être heureux que mon choix soit tombé sur toi pour réaliser mon rêve. Si tu m'aimes vraiment, garde ce précieux trésor d'amour au fond de ton cœur, pour y revenir puiser tes forces dans les moments de faiblesse.

Effondré, Brahim se mit à implorer. Il essaya à nouveau de persuader sa Phillis de l'épouser, de considérer le bébé en son sein comme leur enfant à tous deux, mais elle resta inflexible et refusa tout partage.

La veille de son retour aux Etats-Unis, Phillis passa la nuit à Casablanca, chez la famille de Brahim. Ce dernier espéra qu'Angelika pourrait avoir une influence positive sur son amie.

Pendant une grande partie de la nuit, l'Allemande essaya de recoller les deux moitiés d'un cœur qui n'en faisait plus un. Phillis resta ferme. Elle aimait Brahim comme un grand ami mais l'heure de la séparation avait sonné. Et il n'y avait plus rien à y changer.

Idéalisant l'amour, Brahim en faisait une question de vie ou de mort. Par contre, Phillis y voyait un accomplissement de soi, par la conception de la vie dans son corps.

Lorsque l'avion décolla de l'aéroport Mohammed V, Brahim s'effondra et perdit connaissance. Lorsqu'il ouvrit les yeux, il ne se rappelait plus de rien. Une absence de mémoire quasi-totale sauf pour le nom de Phillis qu'il répétait, sans cesse, comme un obsédé.

Brahim, le Prince, le magicien au mille métiers, avait toujours fasciné Angelika par ses contes fantasmagoriques où la réalité et la fiction se confondaient. Il l'envoutait par ses chimères jamais brisées, toujours renouvelables, à l'infini. Des illusions se superposant, les unes dans les autres, comme les figures féériques d'un caléidoscope !

Par son imagination débordante, il nourrissait l'utopie de vivre l'éternelle jouvence. En faisant appel à ses roueries et à ses malices, il cherchait à s'adapter à un monde véloce en perpétuelle mutation.

Par son insatiabilité maladive et sa boulimie des choses de la vie, Brahim faisait peur à Angelika. Une boulimie non possessive, au sens matériel. Mais une boulimie d'errance et de plaisir charnel. Refusant toute attache à une âme sœur, il ne cherchait refuge dans aucun havre. L'aventure, c'était le moteur de sa vie, son essence, sa raison de vivre.

Avant Phillis, il disait avoir tout vu, tout essayé, tout partagé. Il avait donné et il avait reçu. Rien ne pouvait plus captiver son âme volatile. Sa conception philosophique de l'existence était de tourner le dos à l'avidité et à l'avarice.

"Vouloir assouvir ses besoins matériels, nuisent au bonheur, répétait-il. Savoir limiter ses impulsions cupides est la voie de la félicité, la clef de la sagesse ».

A quoi bon passer sa vie à amasser des richesses matérielles que personne n'amènera dans sa tombe ? Notre dernier voyage s'accomplira comme notre arrivée sur la terre. Dans la nudité et la simplicité. Un enterrement dans un linceul blanc, sans poches ni coutures.

"Homme ! Soit humble et conscient de ta fragilité ! Partage au moins ton cœur si d'autres moyens te font défaut ! Aime ! Car l'Amour est l'alpha et l'oméga de l'existence !"

Ce fut le cri de cœur de Brahim. Avant son amour fatal pour Phillis.

Dans la conception du monde du Prince déchu, Dieu a créé l'homme pour procréer et jouir pleinement de la vie. Goûter aux sucs des calices sans jamais s'arrêter à aucune fleur. Tel un papillon enivré de parfum, emporté au gré des vents, survolant jardins et prairies, sans but précis. Pas un Haroun Rachid sanguinaire et misogyne. Humiliant les femmes et trempant ses mains dans leur sang innocent. Le Brahim princier vivait, dans chaque femme, l'aventure de Schéhérazade qui séduisait non seulement par sa beauté sans égale, mais également par son esprit lucide, son improvisation et son sens de la répartie.

- Pourquoi cette volatilité d'âme ? demanda Angelika, un jour, à Brahim, jamais remis de son amour pour Phillis. Tu as une langue « mielleuse » et une main « trouée », comme on dit dans le pays. Ce que tu gagnes le jour, tu le dilapides la nuit. Pas de refuge, pas de compagne de vie ni enfants. Tu es notre Faust qui conclut un pacte avec le Diable. Tu as vendu ton âme à Lucifer. Et en retour, ce dernier t'aide à jeter la poudre aux yeux des femmes pour leur faire tourner la tête. Satan te conduit sur la voix de tous les interdits.

- Je sais bien, Angelika, où tu veux en venir, avec ton histoire de Faust, mille fois répétée! Cependant, l'étalon avec lequel tu mesures les grandeurs sociales, n'est pas valable sous tous les cieux ? Les notions de moral et d'éthique ne sont pas examinées sous le même angle. Je ne suis pas d'accord avec je ne sais quel moraliste qui disait que « l'homme est la vraie mesure de toutes choses !»

- Ta rhétorique est déroutante. J'admire tes maîtres soufis qui t'ont outillé d'une argumentation rarement prise en défaut. À vrai dire, je n'ai pas compris vraiment ce que tu viens de dire.

- Ce que je veux dire est simple. L'être humain est né pour aimer et être aimé. Quant aux religions, elles ont les mêmes dieux païens. Tu me suis ?

Quand j'étais soldat en Espagne, vivant aux côtés de ma compagne Juanita, je me sentais heureux et libre. Ses parents réticents au départ, avaient fini par m'adopter comme leur propre fils. Ils nous payaient des vacances à Cordoue, à Grenade et à Cadix. Dans des hôtels de luxe, jamais à la réception, on nous a refusé une chambre commune ! Pourquoi ne pas laisser les gens vivre leur vie ?

À mon sens, toutes les aventures vécues, bonnes ou mauvaises, font partie de la vie, sont la vie. Ce sont des ressorts puissants qui font bondir plus loin, en quête de nouvelles aventures. Nous ne sommes pas maîtres de notre destin.

Pour mon cas, c'est simple. Partout où je passe, le hasard me fait rencontrer des femmes merveilleuses. Des femmes belles et moins belles mais qui ont toutes un cœur généreux. Des femmes qui ne cherchent ni lune ni soleil, ni or ni diamant. Des femmes qui ne demandent qu'un cœur disponible et un baiser d'amour sur les lèvres. De jeunes et belles femmes délaissées par des époux cupides et négligents, ont trouvé des instants d'extase inoubliables à mes côtés. Des filles introverties, finalement sorties de leurs épaisses carapaces, pour rire et mordre à pleines dents dans la vie. Des veuves accablées, se négligeant jusqu'au flétrissement des traits, de nouveau écloses à l'amour et aux caresses. Partout où je passe, je diffuse le bonheur et la joie de vivre. Et je quitte mes femmes comme je les ai rencontrées, en amies !

- Je respecte ton romantisme exagéré, répondit Angelika. Mais, toi aussi, tu es comme l'homme cupide et négligent. Lui, assoiffé d'amasser des biens matériels, toi, assoiffé de collectionner des femmes. Une vie familiale stable peut te procurer plus de sérénité et de plaisir.

- Pour toi, Angelika, le bonheur, c'est le foyer familial harmonieux. Un mari fidèle et des enfants bien élevés. Je respecte ton point de vue.

Moi, je vois le bonheur dans cette flamme intérieure qui me brûle constamment. Cette flamme, j'essaie de la propager en dehors de moi. Pour la communiquer aux femmes que je rencontre. Le partage est mon credo. J'abomine la trahison. Je ne trompe jamais mes compagnes sur mes intentions. Elles m'abordent avec le feu dans le sang. Et elles s'offrent librement corps et âme. Je partage leur fougue avec passion. Sachant bien que cet instant de bonheur est éphémère. Mais, je n'oublie jamais de leur révéler ma nature volage et inassouvie. Et pourtant, chacune m'acceptait, gardait le ferme espoir de me domestiquer, de me lier durablement à elle. Dans une communion indestructible. Et pourtant, elles ne sont pas crédules. En se référant aux fruits saisonniers, elles me disaient toutes.

"La saison des pêches est trop brève. Il en est ainsi de l'amour !"

Avant Phillis, Brahim se considérait comme investi d'une mission. Celle de venir au secours des âmes en peine. Les aimer sincèrement, leur apporter la chaleur humaine, puiser en elles de nouvelles sources d'énergie et quand la « saison des pêches » touchait à sa fin, plier bagage et s'en aller vagabonder sur le chemin de la fortune.

Angelika essayait, sans y arriver, de percer les soubassements de cette mission. Pourquoi la fortune s'acharnait-elle à conduire ses pas uniquement sur le chemin de la gente féminine ?

Le Prince avait fréquenté les femmes berbères de la plaine du Sousse, des chaînes de montagnes du Rif et de l'Atlas. Il avait copulé avec une Kabyle des Aurès, une Tunisienne des Hamamates, une Française de Marseille et une Espagnole d'Algesiras. Des femmes qui n'arrivaient jamais à le retenir et qu'il quittait, laissant derrière lui, des semences qui souvent prenaient.

Et voici que ce qu'il appelait sa mission, s'arrêta net au pied de Phillis. Il donnerait les prunelles de ses yeux pour elle. Il était son toutou, sa chose et la voilà qui l'enjambait pour s'en éloigner, l'abandonnant à son sort. Qui l'eût cru ?

Depuis le départ de Phillis, Brahim mangeait peu, parlait peu. Une torturante insomnie le précipita dans la dépression. Comme amnésique, il resta près d'un an au lit, en famille, à Casablanca, sous surveillance du médecin qui diagnostiqua une profonde obsession, pouvant conduire au suicide. Les douleurs ressenties au niveau de la poitrine et du cœur n'avaient pas de relation avec une maladie cardio-vasculaire, mais seraient générées par la dépendance désespérée de l'être aimé.

Patiemment, Angelika lui fit reprendre le goût de la vie, l'encouragea à s'occuper pour se délivrer de ses chimères amoureuses.

Sorti de la convalescence, il décida de revenir à Marrakech. Sur la place de Jamâa El Fna. Pour rencontrer d'anciens amis et pour essayer d'animer une halka.

Il ramassa son sac, fit des adieux à la famille et quitta la capitale économique.

Arrivé à Marrakech, il mena une vie de bohémien, d'un Bouhali se nourrissant d'illusions. Il vécut dans l'espoir de voir sa Phillis surgir du néant, pour le prendre dans ses bras.

Après plusieurs années d'errance, il décida, enfin, de reprendre son rôle d'acteur parmi les nombreux artistes de la cité. Mais que de changement dans la ville d'ocre ! Le monde de Jamâa El Fna connut des chamboulements radicaux. La Place fut mieux aménagée, mieux organisée. De nombreux « hlaïkias » émérites, avaient quitté les lieux par vieillesse ou par mort naturelle. De jeunes acteurs envahirent la Place, des acrobates, des guérisseurs de tous poils, des arracheurs de dents, des techniciens dentistes, des herboristes, des conteurs de blagues frôlant l'interdit. Et même un artiste, affublé sous une djellaba de paysan, et qui faisait faire à un ânon surdoué, des gambades, des cabrioles, des roulades, les quatre pattes en l'air, faisant tordre les spectateurs de rires.

Prenant pitié de Brahim, certains vieux artistes lui proposaient des rôles secondaires qu'il refusait.

Seul son ancien employeur, Hadj Larbi, le propriétaire du fondouk mitoyen au café Argana, s'intéressait vraiment à l'homme. Il l'avait invité au dîner, à la maison, comme s'il s'agissait de quelqu'un de la famille. Il fit venir sa fille avec une serviette, un lave-main oriental, une bouilloire pleine d'eau tiède et du savon, pour permettre à son hôte de laver les mains avant le repas.

Pendant la cérémonie du thé, Hadj Larbi, contrairement à son habitude, se permit quelque intimité avec Brahim.

- Marié ou encore célibataire ?

- Toujours célibataire, répliqua Brahim, un léger sourire aux lèvres.

- Tu connais la fille qui t'a servi pour laver les mains ?

- Oui, bien sûr. Ta fille Touria. Elle a grandi. Je me rappelle d'elle quand elle était bébé, puis petite fille mignonne.

- Je ne veux pas te la louer. Ma fille a une bonne éducation. Elle est casanière. Elle ne met le nez dehors que pour aller au hammam, accompagnée de sa mère. Elle sait faire du pain. Elle est incomparable dans la préparation de fins mets comme la tanjia marrakchie, le tajine de veau aux pruneaux et les tripes. Mieux encore, elle est une dévote assidue. Jamais aucune des cinq prières n'avait été exécutée en dehors de l'horaire prescrit. Elle fait ramadan et le jeûne surérogatoire comme il est recommandé pour certains jours des mois du Mouloud et de Châabane. Et elle aime « écouter » et voir lire le saint Coran. Tu ne peux pas trouver meilleure femme que ma fille ! Elle est faite pour un homme comme toi !

- Mais, elle est beaucoup plus jeune que moi ! Au moins de trente années de différence ! Je n'ai plus vingt ans ! Les années passent comme un livre qui tourne ses pages, tout seul.

- Tu es un homme et un homme quel qu'il soit, est une couronne au-dessus de la tête de la femme. Encore une chose, comme tu le sais, elle est toujours sourde-muette. Et je ne pense pas que ce soit un handicap. Au contraire, c'est un très grand avantage de nos jours !

- Pour être franc avec toi, Hadj Larbi, mon cœur est rempli d'une autre femme. Autrement, je ne refuserais pas ton offre.

- Bien, mon ami ! La chose restera un secret entre nous deux. Je te souhaite bonne chance.

Triste et pensif, Brahim quitta la maison de Hadj Larbi, en pensant ne plus jamais mettre les pieds dans cette rue.

Après mure réflexion, le Prince décida de se donner un peu de repos, avant de rentrer en compétition avec les artistes de Jamâa El Fna. En attendant, il décida de partir en pèlerinage à Moulay Ibrahim, dans la province d'Asni. Pour se donner du répit et pour penser à l'avenir. Peut-être que le saint homme lui suggérerait un travail utile à entreprendre.

Sa mère, sentant la ménopause arriver à grands pas, s'était déplacée sur les mêmes lieux pour passer plusieurs jours sous la coupole du saint marabout, afin qu'il puisse exaucer ses vœux d'avoir un garçon pour sauver son second mariage tardif.

Dans un rêve hallucinant, elle vit le saint homme sortir de sa tombe, habillé tout de blanc et, pointant l'index sur elle, il lui ordonna de quitter l'enceinte sacrée.

Les mois suivants, elle eut le fils désiré et le nomma Brahim. Et depuis, elle se rendait régulièrement au moussem du saint marabout pour égorger une poule ou une dinde, en reconnaissance au bienfait du wali.

À son tour, Brahim eut une apparition qui l'ébranla jusqu'au plus profond de lui-même. Il vit le vénéré homme retirer le burnous blanc d'au-dessus de son dos et le poser sur le dos de Brahim.

"Va-t'en ! ordonna le saint. Je t'ai choisi pour exercer le métier de Fquih !"

Brahim laissa pousser une longue barbe drue, mi sel mi poivre, qui lui donnerait une certaine respectabilité. Il fit remplacer le dentier supérieur chez un « mécanicien dentiste » pour se débarrasser d'une dent en or sur l'ancienne prothèse. Il acheta une djellaba bzioui, des babouches fassies et commença, du jour au lendemain, à lire les mêmes versets du coran dans les demeures de gens pauvres frappés par le deuil et dans les cimetières de Bab Er Robb et de Bab Debagh, sur les cadavres fraîchement posés dans les tombes.

Dès qu'il sentit sa mémoire coranique se développer, il descendit sur la Place de Jamâa El Fna et se mit à interpréter les sourates ayant un rapport direct avec la mort.

Avec une précision déconcertante, il dépeignit l'ange Azraël.

"Lorsque votre heure sonnera, annonçait-il, Malak Al Maout, l'Ange de la mort, descendra sur terre, pour prendre votre âme, le souffle de Dieu. Il la ramènera au Seigneur, le Créateur de toutes choses."

Et avec minutie, Brahim décrivait les épreuves subies par le mort, le jour même de sa descente dans la tombe. Donnant tous les détails du long et laborieux interrogatoire conduit par les deux anges Munkar et Nakir. Et notre Fquih de s'adresser, directement, à son auditoire pour lui donner les conseils utiles à garder à l'esprit, pour affronter le dit questionnement sans crainte ni hésitation aucunes.

Brahim constata avec une grande satisfaction, que le thème de la mort fonctionnait bien, attirant chaque jour, des badauds de plus en plus nombreux.

"L'important, précisait le fquih, ce n'est pas le nombre de personnes et de voitures qui vont vous suivre à votre dernière demeure. Mais plutôt le nombre de bonnes œuvres que vous avez accomplies sur terre."

Et il ajoutait, qu'une poignée d'abeilles valait mieux qu'un couffin de mouches, avant de conclure, menaçant.

"Le jour du dernier jugement, nous ressusciterons et nous sortirons de nos tombes, sous un soleil ardent, les yeux plantés au-dessus de nos crânes. Nous marcherons sur un fil aussi fin qu'une lame de rasoir, suspendu entre ciel et terre. Les hommes et les femmes qui ont fait du bien sur terre et qui n'ont amassé que ce dont ils avaient besoin pour vivre, traverseront l'épreuve sans problème. Les méchants et les mécréants refusant de faire la charité, souffriront pendant l'épreuve, avant d'être accrochés par les paupières des yeux et balancés dans les espaces sidérales jusqu'à leur chute dans les enfers qu'ils auront pour éternelle demeure."

Et Brahim de répéter les péchés exécrables au Seigneur, parmi lesquels, l'assassinat d'un être humain, quelle que soient sa race et sa religion.

"Dieu souffle l'âme dans notre corps, rappelait Brahim. Et c'est à Lui seul qu'Il revient de la reprendre. Les autres péchés cardinaux ? La dilapidation des biens des orphelins et des veuves, le détournement de fonds publics, les injustices commises à l'intérieur des tribunaux et ailleurs.»

La nuit, lorsque la Place se vidait, Brahim retournait, solitaire, dans sa chambre située à Riad Zeitoun Elkdim, attenante à une petite mosquée où il apprenait le Coran aux enfants du quartier. Moyennant la gratuité du loyer.

Malgré ses nouvelles occupations, son cœur restait inconsolable de la perte de sa Phillis. Tous les coins et les recoins de la ville lui rappelaient ce premier et dernier amour qui l'émouvait encore jusqu'aux larmes. Il voyait le visage de sa belle apparaître sur la lune, sur les fleurs des amandiers, sur les bourgeons des mandariniers et des orangers, sur la surface des fruits des grenadiers. Des fois, il voyait le visage de sa bien-aimée mirer dans les bassins des oliveraies. Souvent, il courait derrière la silhouette de sa Phillis qu'il voyait traverser les jardins et les palmeraies. L'espoir de la voir, un jour, quelque part, occupait son esprit, se répandait comme une flamme immortelle à l'intérieur de son cœur. Souvent, il lui arrivait de sortir de sa réserve habituelle de Fquih, pour commencer à parler à son audience d'une femme d'un autre monde qu'il avait connue, qu'il avait aimée et qu'il chérissait encore. Il la décrivait plus belle que la lune, plus claire que la lumière, plus légère que le zéphire. Avec un minois d'ange, embellie par des dents blanches comme neige et un petit nez droit de vraie poupée. Il décrivait ses cheveux plus lisses que la soie de Chine, son haleine plus odorante que les encens d'Orient. Et il décrivait l'amour d'une femme comme la plus grande bénédiction sur terre que le Bon Dieu ait réservée aux hommes, pour les conduire sur le chemin du vrai bonheur.

De tels propos, tombant dans les oreilles de personnes bigotes, les faisaient frémir et bouillir de rage à la fois.

"Le vieil homme commence à radoter, disaient les bigots, en quittant la halka. Il est temps pour lui de partir en retraite. À son âge, il ne doit ouvrir son cœur qu'à Dieu. Et faire ses cinq prières quotidiennes, aux heures prescrites, en attendant le jour de son ultime voyage."

Au contraire des personnes bigotes et des vieux grincheux aigris par la vie, les jeunes spectateurs, amusés par les histoires rocambolesques, s'amassaient nombreux autour de Brahim et l'encourageaient à poursuivre ses longues descriptions romanesques et son odyssée, à travers plaines et montagnes, en compagnie de sa Phillis imaginaire.

Le dos arqué, devenant plus lent dans ses mouvements et moins perspicace dans ses pensées, Brahim termina sa vie de sage parmi les sages de Jamâa El Fna. En venant travailler aux côtés du vieux prédicateur, du savant et du philosophe de la Place, Hadj Labsir. L'homme qui parlait aux pigeons voyageurs et qui savait se faire obéir d'eux, l'accepta dans son cercle, à bras ouverts. Quand le philosophe s'adressait aux oiseaux en improvisant des vers harmonieusement rythmés, ce dernier s'adressait, en fait, aussi bien à ses auditeurs rassemblés autour de lui qu'aux gouvernants du pays, pour leur indiquer la voie de la sagesse à suivre.

"La sagesse, disait Hadj Labsir, n'est pas un vain mot. C'est une discipline qui s'enseigne et qui se pratique. Comme la physique et les mathématiques. L'économie et la littérature. Elle était enseignée à Damas, à Bagdad et à Cordoue. À Al Azhar en Egypte, à Kairaouane en Tunisie et au Karaouine au Maroc. Son champ d'action très large, traverse toutes les disciplines connues et à venir. Il ne suffit pas à l'homme de se concentrer sur sa forge pour fabriquer un outil. Il faut qu'il ait le temps de réfléchir, au-delà de ce travail de forge. Pour mesurer toutes les conséquences découlant de l'utilisation ultérieure de cet outil, une fois mis entre les mains des tiers. Il est utile de fabriquer une hache, par exemple. Pour la mettre à la disposition du forestier, du charpentier, du jardinier ou du boucher. Mais si elle tombe entre les mains d'un fou, Dieu nous en préserve, c'est la fin de la sagesse.

Je ne cesse de crier sur tous les toits que la sagesse doit être enseignée dans nos écoles, dans nos grandes écoles et dans nos universités, pour former des femmes et des hommes responsables, engagés et profondément humains. Pas des robots gloutons, dépourvus d'âme !"

Un soir, au coucher du soleil, en plein Jamâa El Fna, Brahim, saisi de vertige, tomba entre les mains de Hadj Labsir. Sachant l'heure de son disciple sonnée, le grand philosophe récita la prière ultime des morts dans l'oreille du moribond puis lui ferma les yeux.

L'homme aux pigeons fut extrêmement troublé d'entendre le mourant prononcer le nom de Phillis, avant d'expirer son dernier souffle.

Le grand sage de la Place quitta notre monde, quelques jours seulement après le décès de Brahim. Le même jour, on vit la nuée de pigeons tournoyer au-dessus de Jamâa El Fna, avant de prendre la direction du sud. Ce fut son dernier adieu au ciel marocain.

BONJOUR LA SOLITUDE

Le jour où qu'Angelika quitta Casablanca pour se rendre à Berlin, Anis devint un corps sans tête. Les premiers jours de solitude devinrent un vrai cauchemar. Il ne savait par où commencer. La femme, c'était le cerveau de la maison, l'âme ardente du couple, le feu-follet vital qui illuminait tous les coins et les recoins de la demeure.

Le départ imprévu d'Angelika, créa un désordre dans l'esprit du mari, non préparé à une telle éventualité. Des questions existentialistes se posaient à lui, comme ils se posèrent à Adam et Ève, mettant les pieds, pour la première fois, sur la terre. Comment survivre ? Que manger et que boire ? « Où acheter et combien ça coûte ?"

À deux, la vie était relativement facile, supportable, voire agréable.

Pour se restaurer et s'accomplir pleinement, Anis avait besoin de sa moitié. Pour se ressourcer, il avait besoin de se sentir enraciné dans le terreau fertile du couple.

Subitement, l'homme se sentit comme un ermite dans une maison, devenue déserte et hostile. Rien n'était plus à sa place comme avant. Les meubles ne parlaient plus le même langage. La chambre à coucher, une prison. La cuisine, un gîte sans vie. Le jardin, un fourré sauvage.

Au travail, la vie se pourrissait entre collègues. Le changement brutal fit perdre à l'entreprise son caractère de famille solidaire. Les amis se firent rares. Certains camarades retournèrent la veste pour plaire à la nouvelle direction, chargée de dégraisser l'entreprise pour précipiter sa privatisation. Une privatisation précipitée, destinée à renflouer les caisses de l'État, éprouvées par la « mauvaise gouvernance ».

Les anciens patrons avaient été mis à l'écart. Les plus gradés renvoyés, chez eux, sans suspension de salaire, en attendant l'âge normal de départ à la retraite.

Un esprit de méfiance, de médisance et de dénonciation secoua l'entreprise. Les anciens dirigeants furent bannis par les nouveaux maîtres. Avilis, comme si l'on dégradait les hauts officiers d'une armée, devant leurs soldats. En arrachant les galons de leurs épaulettes pour les jeter à terre.

La maladie d'Angelika ne pouvait pas tomber plus mal. Pris entre le marteau et l'enclume, le mari rongeait ses freins, en attendant une éclaircie apaisante du côté de l'entreprise et de la famille.

Anis ne pourrait jamais oublier le jour où il accompagna sa femme chez le cardiologue.

Lorsqu'il quitta la salle de consultation en compagnie de sa femme, il fut traumatisé par le verdict irrévocable du docteur.

Le Doppler cardiaque, l'étude de la circulation du sang dans les cavités du cœur, révéla la calcification de la valvule située dans la partie gauche du cœur.

"Le cas en présence, trancha le docteur, nécessite une opération d'urgence."

Il fallut du recul, beaucoup de recul pour que le mari puisse enfin réaliser l'impact du choc reçu en pleine figure.

Profondément troublé, Anis resta muet. Une étrange inquiétude l'envahit. Il perdit tous ses repères. La solitude planait, rodait. Il avait l'impression qu'un mur infranchissable se dresse pour le séparer de son épouse. Sa tête bourdonnait. Bourrée de choses indéfinies et indéfinissables.

De temps à autre, apparaissait devant ses yeux voilés de larmes, une figure géométrique en forme de triangle, dessinée en blanc et noir, sur l'écran de l'appareil de mesure du cardiologue.

Une figure savante qui indiquait, de façon irréfutable, que le cœur fût atteint et qu'il fallait opérer sans tarder.

La machine dicta son diagnostic de manière catégorique. Le docteur se fia à ce qu'il appelait l'Effet Doppler. L'outil est exempt d'erreur. Le scalp du chirurgien ne contredit jamais le verdict.

Anis se remémora ces instants fatidiques.

Le couple quitta le cabinet du cardiologue. Il marcha fourbu, en silence. Il se dirigea vers la voiture garée au boulevard Zerktouni.

Anis sentit le moment venu de parler à sa femme. Il voulut la consoler. Il voulut lui monter le moral. Mais, il fut terriblement gêné. Que dire en de telles circonstances ? Il se sentit coupable d'être en bonne santé. Enfin, il finit par murmurer son petit nom.

Comme elle n'avait pas réagi, il se tut. Sa tête continuait à bouillonner. Le remords le reprit. Sa conscience se mit à parler. Qu'avait-il fait ou négligé pour qu'elle tombât malade ?

Silencieux, le couple marcha dans une ville grouillante qui sembla vide.

Tout à coup, Angelika s'arrêta. Elle fixa son mari, droit dans les yeux et, d'un ton solennel qui lui glaça les os, elle déclara.

"J'aime le Maroc, ma seconde patrie. Mais pour opérer, je préfère aller dans mon pays. Si je meurs là-bas, je souhaite être enterrée dans ma ville natale. Toi, tu me rejoindras quand les choses seront clarifiées dans ton entreprise.»

Anis ne souffla pas un mot. Il acquiesça de la tête. Le choix de sa femme fut fait. Il le respecta. Dignement et sans commentaires.

Depuis le départ d'Angelika, il y a plus de trois mois, les nuits de solitude se succédaient, sans fin, amenant leur lot d'insomnie et de regrets. Le lit devenait un calvaire, le salon, un étouffoir.

La veille de l'opération de sa femme, il ne ferma pas l'œil. La fenêtre de la chambre à coucher resta ouverte toute la nuit pour apporter un peu de fraîcheur et quelque bruit de la rue pour lui tenir compagnie.

Lentement, le jour se leva, rougeoyant l'horizon. Une envolée d'oiseaux couvrit le ciel et s'éloigna en formant un grand V couché. Une lumière intense inonda la ville.

"Une belle matinée du mois de janvier en perspective ! » pensa-t-il, pour tromper sa torpeur.

Soudain, le téléphone résonna. Plus bruyant que d'habitude.

Anis courut pour attraper la communication. La personne au bout du fil resta un moment sans se manifester, puis coupa le contact.

Sa peur augmenta. Il se rassit près de l'appareil et attendit un nouvel appel. Un appel venant de Berlin. Au sujet de l'opération qu'allait subir sa femme, ce même-jour, à sept heures du matin précises.

Paul, le frère d'Angelika, qu'il n'avait pas vu depuis plus de trente ans, devait le mettre au courant de la situation.

Toute la nuit, Anis avait essayé de le contacter. En vain.

Paul devait être très occupé par son travail. Dans une ancienne brasserie berlinoise, située dans l'arrondissement de Prinzlauerberg. Une brasserie menacée de fermeture, elle aussi, pour une question de restructuration.

Midi survint et le coup de fil tant attendu n'arriva pas encore. L'opération planifiée, ce matin, à sept heures, avait-elle eu lieu ? Avait-elle réussi ? La patiente, avait-elle surmonté l'épreuve ?

Au fur et à mesure que le temps passait, Anis devenait nerveux. Il se rendit compte qu'il tremblait de tout son être. Ses mains incapables de tenir un verre d'eau !

L'attente de l'appel téléphonique fut longue, très longue. Le temps se figea, se solidifia, s'éternisa.

Une peur étrange le saisit. Une peur transformée en angoisse. L'angoisse en déprime. Toute la journée, il resta cloîtré, chez lui, près de l'appareil téléphonique, attendant des nouvelles qui n'arrivaient pas. Plus d'envie de quitter la maison, de voir les gens dans la rue, de manger un morceau ou de dormir pour tromper le sommeil.

À nouveau torturé par les regrets, Anis commença à se lamenter et à se punir, intérieurement. Se plaignant de ne pas être aux côtés de sa femme, en ces moments douloureux où elle aurait tellement besoin de sa présence.

Quelques semaines après le départ d'Angelika, Anis fit des démarches pour obtenir un visa lui permettant de se rendre en Allemagne. L'Ambassade de la République Fédérale d'Allemagne lui donna le visa sans qu'il lui coûtât un sous. Pour cause de mariage mixte. Mais le nombre de mois octroyés, ne dépassa pas quatre alors qu'il avait demandé un visa pour deux ans. La décision des employés de l'Ambassade fut irrévocable. Le règlement était le règlement et il devait s'y conformer. L'Administration informait d'avance que tout appel à sa décision serait nul et non avenu.

Le passeport était prêt depuis une dizaine de jours, mais il lui était impossible de quitter son travail. Non seulement à cause des nouveaux dirigeants hostiles aux anciens, mais aussi à cause de la constitution de son dossier de pensionnaire, exigeant un tas de paperasse.

Avant son envol pour Berlin, Angelika lui recommanda de ne rien précipiter.

- Il ne faut pas quitter le lieu de ton travail pour ne pas attirer la foudre de tes nouveaux patrons sur toi. Par ailleurs, il ne faut pas te négliger. Soigne-toi bien. Mange à ta faim et va au lit à tes heures habituelles. Veille à la propreté de la maison. Prends une femme de ménage, une à deux fois par semaine, pour repasser le linge et faire les grands travaux. En ce qui me concerne, je pense que j'ai rempli, convenablement, ma mission d'épouse auprès de toi. Je te quitte, le cœur léger, sans me reprocher quoique ce soit. Si l'opération réussisse, je ne tarderai pas à rentrer à la maison. Si le sort en décide autrement, Adieu !

Le téléphone retentit brutalement, arrachant Anis à ses pensées ambulantes. Il était dix heures du soir.

La voix grave, Paul annonça que l'opération eut lieu. Comme prévu. À sept heures du matin. Elle dura cinq heures.

Avant qu'Anis puisse placer un mot, la communication fut coupée. Il demeura comme paralysé. Ne sachant que faire, il tournoya dans la maison sans but défini.

Le téléphone sonna à nouveau. Paul continua d'une voix calme, sure, chaleureuse.

- Ce soir, après la sortie du travail, je me suis rendu au village Buch où se trouve le complexe hospitalier. L'opération s'était déroulée comme prévue. Ma sœur est actuellement en soins intensifs. Elle se nourrit artificiellement et porte un masque respiratoire. Je t'appellerai demain pour d'autres informations. Au revoir !

Paul décrocha le téléphone, sans laisser le temps de poser une question. Il ne rappela ni le lendemain ni les jours suivants. Le black-out total !

Pendant quatre jours, Anis fut totalement coupé de l'Allemagne. Pendant quatre jours, il appelait matin et soir. Personne au bout du fil.

Extrêmement inquiet, il soupçonnait le pire. Il suspectait qu'on lui cache la vérité.

Les heures d'attente s'épaississaient. Les heures d'attente l'épuisaient, le déstabilisaient, l'écrasaient impitoyablement.

Le temps s'écoulait comme à travers un sablier géant, grain après grain, à ne jamais finir. Torturant l'esprit. Déchirant l'âme.

Au moindre bruit de retentissement d'une sonnette de bicyclette ou d'un klaxon de voiture dans la rue, il commençait à trembler comme un malade. La télévision fut condamnée. La radio débranchée. Il bouda le lit, préférant se recroqueviller au fond d'un fauteuil.

Dans la solitude où il se confinait, son effroi prenait des dimensions incommensurables. Seul dans la maison, il ne parlait plus qu'à lui-même, tout haut ou dans son for intérieur. Tel un possédé.

Parfois, à voix basse, il prononçait une prière qui le surprenait, qui l'effrayait. Conscient de son irrationalité, il ne pouvait lutter contre cette distorsion d'esprit qui le faisait divaguer.

Le cinquième jour d'attente ! Comme les jours précédents, il continuait à composer et à recomposer des numéros de téléphone, sans que Paul ne réponde à ses appels désespérés.

Le soir du sixième jour, Paul refit surface. Il annonça que la première opération n'avait pas réussi. Angelika devait subir une seconde opération, le lendemain de la première. Et qu'à l'heure où il parlait, la patiente se trouvait toujours en station intensive. Toute visite interdite.

Dès qu'Anis entendit les mots « seconde opération », une profonde tristesse l'envahit, suivie d'une colère démentielle qui lui fit perdre la raison.

Constatant le désarroi de son beau-frère, Paul coupa la communication et ne répondit plus aux appels.

Toute sa colère se retourna contre lui. Anis se sentit irresponsable. Blâmable d'avoir laissé sa femme abandonnée à son sort. Le remords le tourmentait, le taraudait. Tout ce qui était arrivé à Angelika était de sa faute. Il aurait dû l'accompagner à Berlin et envoyer aux diables et les nouveaux patrons et le dossier de retraite.

Le mot « thrombose », prononcé tout à l'heure par Paul, résonna dans sa tête comme le grondement du tonnerre. Il se jeta au sol comme terrassé par les forces du mal et commença à chialer comme un gosse.

Le choc était brutal. Le traumatisme profond, irréversible. Il ne s'attendait pas à cette triste nouvelle.

- Mon Dieu, sauvez-la ! cria-il, désespéré. Ne la laissez pas souffrir. Elle ne le mérite pas !

Voguant entre conscience et inconscience, il n'arriva pas à réaliser ce qui lui tomba sur la tête.

Gisant par terre, il tenta de se redresser, à plusieurs reprises, mais en vain. Il sentit la moitié inférieure de son corps paralysée, sans force. Que faire ? Quoi faire ? Comment faire pour inverser le cours du temps ? À qui demander du secours ?

Epuisé, il tenta de récupérer ses forces physiques et mentales effondrées. Il s'appuya sur le mur, se redressa difficilement. Il tituba puis alla s'installer sur une chaise, près du téléphone fixe.

Renouant peu à peu avec lui-même, il arrêta de prendre une décision qui le ramenât à la vie réelle.

La première idée qui effleura son esprit fut de téléphoner à ses enfants.

Son fils, Nouh, était intouchable. Malgré plusieurs appels. Son travail lui donnait peu de temps de repos. Il tournait constamment autour de la terre tel un globe-trotter. Dans des avions de fret transportant toutes sortes de marchandises, allant des pièces détachées de véhicules aux chevaux de course, en passant par des machines-outils. Un boulot exténuant mais bien rémunéré et qu'il avait toujours rêvé de pratiquer depuis les années du collège.

Par contre, il rentra, immédiatement, en contact avec sa fille, Nour qui préparait un Master of Business Administration, MBA, à l'université de Boston, aux Etats-Unis.

Dès qu'il annonça les deux opérations subies par Angelika, la fille éclata en sanglots et ne s'intéressa plus à son discours. Impossible de la calmer et de la ramener à la raison. La nouvelle la choqua terriblement.

Il ressaya de la consoler. En vain. Elle ne s'arrêta pas de pleurer.

- Écoute, ma fille ! reprit-il. Ta mère est entre les mains de Dieu. Il ne nous reste plus qu'à prier. Restons tous les deux en contact avec ton oncle Paul, à Berlin. Il va nous tenir, constamment, au courant de l'état de santé de ta mère.

Paul m'a confirmé qu'elle se trouve entre de bonnes mains à la clinique de Buch, située dans un village portant le même nom et qui se trouve au nord-est de la ville de Berlin. Des médecins, des infirmiers et des infirmières compétents. Des installations et des équipements ultramodernes. Je te conseille de rester à Boston pour préparer les examens. Pense à ton avenir !

Dès qu'elle entendit le mot «avenir», Nour tonna comme le Vésuve.

- Mon avenir ? Les examens ? Je m'en fous éperdument ! Cela n'est rien pour moi ! Ma mère compte par-dessus tout. Les épreuves d'examen, je peux toujours les repasser. Si ce n'est pas cette année, ce sera l'année prochaine. Mais ma mère, je n'en ai qu'une seule. Et cet être irremplaçable m'est plus cher que moi-même.

La réponse de sa fille, remua Anis de fond en comble. Ne pouvant maîtriser l'émotion, il versa des larmes, en silence. Il perçut l'effondrement de Nour. Cette situation lui devint insupportable.

Surmontant son trouble, il tenta de dédramatiser la situation. Pour la calmer, il avança des plans d'action immédiats, mais il eut l'impression qu'elle ne l'écoute pas.

Nour prit la ferme décision de quitter Boston pour Berlin.

- Ma mère est seule, terriblement seule. Son frère est astreint à un travail de quart. Il ne peut être constamment à ses côtés. C'est maintenant que ma mère a le plus besoin de moi. Je ne peux pas supporter d'attendre des nouvelles qui m'arrivent par bribes. Ma décision est prise. Je rejoins maman le plus tôt possible.

- Tu as raison. Je suis d'accord avec toi. Appelle-moi dès que tu le pourras pour me préciser la date de ton départ. Au revoir ! Je t'embrasse !

Anis, à nouveau esseulé et solitaire ! De nouveau, livré à lui-même. Perplexe et désorienté. Ne sachant que faire.

L'idée lui vint de téléphoner à Paul. Bien qu'il eut l'appréhension de l'importuner.

Il appela et eut, au bout du fil, Heidi, la femme de Paul. Il fit connaissance avec elle, pour la première fois, et il la trouva polie. Elle prit tout son temps pour répondre à ses questions. Dans un mélange de langage compréhensible mi- Deutsch, mi- English.

Anis demanda des nouvelles fraîches sur sa femme.

- Ma belle-sœur avait subi l'opération avec succès, répondit Heidi. Il n'y a pas à s'inquiéter. Elle est bien entourée à la clinique.

- Est-ce que tu sais qu'elle vienne de subir une seconde opération à cœur ouvert ?

- Une seconde opération ? Non ! Je ne suis pas au courant ! Qui t'a raconté cette ineptie ?

- Paul, ton mari !

- Je suis la dernière à être informée ! s'écria-t-elle d'un ton aigu.

Et la communication fut coupée. Anis essaya de rétablir le contact, mais en vain.

Un lourd silence enferma la maison dans une chape de plomb. Anis entendit le souffle de l'air sortir de ses bronches. Ses oreilles commencèrent à bourdonner. À nouveau, la solitude le gagna. Les meubles le dérangèrent. La lumière l'agaça. La déprime menaça.

De temps à autre, résonnaient, dans sa tête, les paroles de Nour.

- Ma mère est seule, terriblement seule !

Il se dirigea vers le lit mais s'arrêta, à mi-chemin, pour se laisser tomber dans le fauteuil. Il se recroquevilla dans un coin du siège et resta là, de longs moments, à rassembler ses esprits.

Soudain, de fortes émotions naquirent dans les couches profondes de son être. Des agitations montèrent en surface et roulèrent comme d'immenses vagues pour le submerger et l'emporter au loin. Il sentit son être se disloquer comme un navire en tourmente. Projeté contre des falaises acérées, son corps se brisa avant de prendre l'eau et aller échouer sur la grève, comme une épave.

Il fut conscient de voir son âme éclater, en éclats, tel un miroir. Il vit son âme se subdiviser en mille morceaux de différentes tailles et de différentes formes, reflétant des myriades d'images informes et difformes. Il eut l'impression de se multiplier et de se subdiviser en personnes connues et inconnues, étroitement reliées entre elles par une substance visqueuse phagocytant l'âme et l'esprit de son être.

Anis se crut être possédé parle le Satan et ses démons. Il lutta pour se délivrer de ses visions.

Les yeux hagards, la langue desséchée, il tenta de se séparer des autres personnes pour retrouver son identité intrinsèque. Il se harassa à cet exercice mais sans résultat.

Le téléphone retentit, fort, comme une sirène.

Anis sursauta, arraché à ses pensées bizarres.

Il était vingt-deux heures. Il hésita longtemps à décrocher l'appareil, craignant le pire.

- Ma sœur est toujours sous assistance médicale intensive, expliqua Paul. D'après le médecin, il ne s'agissait pas d'une thrombose, comme il nous l'avait annoncé auparavant, mais d'un hématome. Je ne peux pas la voir demain. J'essaierai de lui rendre visite après-demain. Je te rappellerai dès que j'aurai d'autres nouvelles. Bonne nuit !

Anis n'eut pas le temps de placer un mot. Il avala amèrement sa frustration.

À nouveau, il se sentit en état de décomposition. Pris entre conscience et inconscience. Entre veille et cauchemar. Entre folie et démence.

Il courut à la cuisine. Il prit trois grands verres d'eau qu'il avala d'un seul trait, l'un après l'autre. Puis il revint se recroqueviller dans un coin du fauteuil.

Il pensa aller un peu mieux. Il sentit son visage chauffer et rougir comme s'il était exposé à une fournaise ardente. Les muscles de ses joues et les commissures de sa bouche commencèrent à bouger, à trembler comme mus par une force mystérieuse. Et soudain, il éclata en sanglots.

Le téléphone retentit. Le bruit aigu et insistant lui fendit le cœur.

- Allo ! Jean Meunier, ton ami de Nouakchott ! Je t'appelle pour avoir de tes nouvelles et pour te souhaiter la bonne année.

Dans son trouble, Anis prit son interlocuteur pour Paul.

Etonné par l'attitude d'Anis, l'ami de Nouakchott se présenta de nouveau, disant qu'il se rendrait, au courant du mois de février, à Casablanca, au Salon Mondial de l'Eau. Pour exposer son invention en matière d'économie de l'eau et de lutte contre la désertification des pays du Sahel et du Maghreb. Dans l'espoir de remporter un prix à cette exposition internationale des techniques de l'innovation et de postuler à un marché public.

L'ami de Mauritanie souhaiterait rencontrer Anis au café La Chope, Place du 16 Novembre, pour prendre un pot, ensemble, et pour échanger des points vues sur l'écologie, devenue partie intégrante de tout développement socio-économique, notamment dans les pays du Nord.

Anis sentit l'occasion idoine pour vider son sac. Pour dire toute sa douleur à son ami. Pour chercher quelque soulagement à ses tourments. Et, d'une voix chevrotante, il raconta les circonstances des deux opérations subies par sa femme.

Constatant Anis au bord de l'effondrement, Meunier essaya de le consoler. Voulant changer de sujet, il lui parla du sigle donné à sa stratégie d'arrêter les dunes de sable mouvant, menaçant l'existence des communautés du désert.

- Cher Anis ! s'exclama Jean Meunier. As-tu oublié que l'avenir est au Bofix ? Te rappelles-tu encore de Bofix ?

À cet instant, Anis éclata en pleurs. Au téléphone.

Il ne maîtrisa plus ses nerfs. Il fit exploser sa douleur au grand jour.

C'était la première fois de sa vie, qu'il verse des larmes devant un étranger. Devant quelqu'un qui n'appartient pas à sa propre famille.

Dans son trouble général, Anis prit le mot Bofix pour « beau fixe ». Il eut l'impression que Meunier veuille lui remonter le moral en lui faisant envisager un avenir meilleur.

Dans les circonstances où se trouvait Anis, le « beau fixe » ne lui disait plus rien. Il ne voyait aucun beau fixe pointer à l'horizon.

Que c'est dur de penser perdre un membre de la famille ! Tous les rêves se défont, s'évanouissent. L'avenir n'a plus aucun sens. Le futur, des points de suspension, une nébuleuse où l'on se perd.

Incapable de se rappeler le sigle Bofix, Anis répétait sans cesse.

- Le « beau fixe », je l'ai oublié. Le « beau fixe », oublié complètement !

Ne saisissant pas le quiproquo, Jean Meunier mit fin à la conversation.

- J'arrête. Au revoir ! Nous nous verrons à Casablanca !

Anis se jeta dans le fauteuil et commença à verser des larmes, pour de bon ! Il en avait besoin.

Beaucoup plus tard, Anis réalisa qu'il s'emmêla les pinceaux lorsqu'il confondit Bofix avec beau fixe. Le quiproquo était flagrant. Il aurait probablement blessé son ami Jean Meunier

Bofix était le logo de l'Organisation Non Gouvernementale, fondée par Jean Meunier et dont il était le directeur général. Une entreprise projetant de faire la chasse aux monstres pourchassant les populations du Sahara, hors de leurs cités et de leurs terres. Ces monstres, de plus de dix mètres de haut, avançaient inéluctablement comme des couleuvres prédatrices pour avaler maisons, potagers, vergers et forêts.

Jean Meunier aimait répéter sa maxime préférée.

"Bofix avance. Les dunes reculent !"

Bien tardivement, Anis réalisa sa descente progressive dans le puits, sans fond, de la dépression. Il se rendit compte que la tristesse qui l'envahissait, émoussait sa perception des choses, lui faisait perdre le sens des nuances, le poussait à devenir asocial.

Au moment où Jean Meunier essayait de lui faire oublier le présent pour envisager le futur avec optimisme, Anis ne retint, de toute la conversation, que le terme «beau fixe », ce qui le fit réagir émotionnellement.

Dans la situation où se trouvait Anis, l'avenir importait peu. Ce dernier ne voulait plus rien entreprendre. Tout projet d'avenir devenait, à ses yeux, stérile. Une idée morte avant naissance.

Sa moitié était en danger. Il le sentait concrètement. Dans sa chair, dans son âme. A quoi servirait-il de penser à l'avenir? De jeter un regard sur l'horizon? Toute planification du futur devenait un non-sens, une absurdité. Le pot de terre est tombé. Il est brisé en mille petits morceaux. Comment pourrait-on, encore, recoller les fragments, reconstituer l'œuvre d'art dans son intégralité première ?

La peine d'Anis était infinie. Aucun proche, aucun ami ne pouvait panser les blessures encore toutes fraîches.

Jean Meunier avait ravivé les meurtrissures, non à dessein.

Cet homme de soixante-treize ans, Anis l'avait rencontré, par hasard, il y avait deux années, au troisième Salon de l'Innovation tenu à Casablanca. Cet ingénieur agronome était venu présenter son brevet consistant à faire arrêter la mouvance des dunes de sable, au moyen d'un rideau de végétation. Sa trouvaille, baptisée Bofix, était géniale, en ce sens qu'elle faisait « faire travailler le vent », comme il aimait à le répéter.

Le système comportait le repiquage de plantes de croissance rapide et leur protection par une toile, soutenue par un simple grillage de poules.

L'ingénieur soulignait que la toile pourrait être tissée par la main d'œuvre locale et le grillage importé de Chine, pour son prix modique.

Les tout premiers mois, après le reboisement, les plants à croissance rapide, devaient être arrosés, une fois par semaine, par le biais de bouteilles en plastique de un litre et demi, genre Sidi

Ali ou Sidi Harazem. Le rideau d'arbres, soigneusement nourri et protégé, pourrait atteindre une hauteur dépassant les trois mètres, en l'espace de trois à quatre mois.

Au cours de son séjour au Maroc, le vieux Meunier était en pourparlers avec les Autorités marocaines, pour la protection de deux tronçons de routes menacés par l'ensablement. Le tronçon raccordant la ville de Lâayoune-Centre à Lâayoune Plage, sur une longueur de douze kilomètres et le tronçon d'une dizaine de kilomètres, situé au niveau de Larache, sur l'autoroute reliant Rabat à Tanger.

Depuis une dizaine d'années, Jean Meunier vivait à Nouakchott et gérait, dans la banlieue de la capitale, une pépinière isolée à l'intérieur d'une mer de sable.

Le vieux monsieur besognait de ses propres mains et supervisait des groupes de jeunes stagiaires, toujours renouvelés, venant essentiellement de pays européens. Dans des laboratoires, ces derniers procédaient à des expériences sur les plantes et sur la nature des sols.

Malgré son âge avancé, Jean Meunier était solide comme un roc. De taille moyenne, il portait un visage carré et massif d'ancien légionnaire français.

L'homme était sympathique, amusant, un bon vivant. Sa bête noire, l'Administration ! Celle des pays du Nord comme celle des pays du Sud ! Une machine écervelée à produire des papiers et à vociférer des lois et des règlements, freinant toutes initiatives et tous élans bien intentionnés.

Jean Meunier aimait la société des gens. Il adorait raconter les souvenirs de ses rencontres avec les personnalités de ce monde, notamment à l'occasion des expositions internationales liées à son activité.

Il avait comme ami intime, René Dumont. Un ingénieur agronome comme lui, mais aussi un économiste de renommée mondiale. L'auteur de l'ouvrage « L'Afrique est mal partie » parmi tant d'autres livres.

Anis s'entendait parfaitement avec Meunier, ayant tous les deux la même vision du monde.

Quand il se rendait au Maroc, Meunier logeait à l'hôtel Moussafir, accolé à la gare de Casablanca-Voyageurs.

Il ne manquait jamais d'appeler Anis pour faire un brin de conversation. Ils prenaient le repas au buffet de la gare du port, situé au Centre 2000, au restaurant de Makro d'Aïn-Sebâa ou bien au self-service Kini's de Marjane, à Bouskoura-Californie.

Pour la première fois, le coup de fil impromptu de Jean Meunier indisposa Anis. La réaction de ce dernier fut bizarre. Il était conscient de la gaffe commise.

Toutefois, après cet entretien inattendu, Anis se sentit apaisé. L'appel de l'agronome avait changé quelque chose en lui. Il l'avait fait réagir. Il lui avait arraché des larmes. Il l'avait obligé de sortir de sa coquille. Enfin, Anis pensa à faire des projets. Pour combler le vide. Pour occuper plus utilement son temps, au lieu de rester accroché au téléphone.

LE CAUCHEMAR PAPERASSIER

Après quatre jours de self-séquestration, Anis décida de quitter la maison pour sortir voir le monde.

Cette fois-ci, il avait des projets bien précis en tête.

Aller voir son médecin pour se faire prescrire des antidépresseurs, passer à la banque retirer du fric, acheter un billet d'avion pour Berlin et, enfin, aller manger un repas chaud, digne de ce nom, dans un restaurant potable.

Il eut l'impression de découvrir la rue pour la première fois. La conduite automobile, à Casablanca, le troubla outre-mesure. Et pourtant, il était habitué à la bousculade, aux bouchons, aux klaxons, à la vitesse et au non-respect du code de la route.

Les automobilistes lui paraissaient plus stressés que d'habitude. Tous pressés d'arriver quelque part. Feux rouges brûlés, couloirs chevauchés, piétons en danger. Une véritable corrida des bolides !

Il s'étonna qu'il vive une telle anarchie sans jamais s'en rendre compte.

Énervé, il décida d'annuler la visite médicale et renonça au repas en ville pour revenir, le plus tôt possible, à la maison.

À la banque, Il fut agréablement surpris que la dotation annuelle de voyage à l'étranger, octroyée aux nationaux, avait été fixée à dix mille dirhams au lieu de cinq mille.

Il sollicita la totalité de la dotation. À la caisse, il reçut une somme de mille sept cent quatre-vingt-dix Deutsche Marks de l'Allemagne de l'Ouest. Le caissier l'inscrivit, lisiblement, en chiffres et en toutes lettres sur son passeport. Le montant équivalent, soit neuf mille neuf cent cinquante-sept dirhams, serait prélevé directement sur son compte bancaire.

Tous ces chiffres lui montaient à la tête. Lui donnaient le vertige. Il se sentit très nerveux mais n'osa pas le montrer en public. Pour se calmer, il rumina les mêmes mots dans la tête.

-Une telle dotation, se dit-il, ne couvrirait même pas le séjour d'un mois, dans un hôtel moyen allemand, à 60 DM la nuit !

-Du calme, retentit une voix intérieure. Cet argent te suffira, puisque tu seras pris en charge par la famille, au moins pour le découcher.

Avant de fermer le chapitre de la banque, il se demanda comment faisaient certains de ses compatriotes, pour acheter des appartements et des villas en Europe et en Amérique et pour déposer de l'argent dans les institutions financières suisses.

Quelque peu apaisé, il alla faire le tour des agences de voyage du boulevard Mohammed V et de l'avenue des Forces Armées Royales. Pour acheter un billet d'avion, Casa-Berlin-Casa, là où il coûterait le moins cher.

Partout où il allait, que ce soit à Royal Air Maroc, à Air France ou à Iberia, le prix du billet était fixé autour de dix mille dirhams. À prendre ou à laisser !

Suisse Air et Lufthansa, se trouvant dans l'immeuble de la Tour des Habous, offraient des prix intéressants, mais pour un séjour à l'étranger ne dépassant pas le mois.

Les Suisses vendaient le billet à un prix légèrement supérieur à cinq mille dirhams, mais avec escale et nuitée à Genève, à la charge du client. Entre Genève et Berlin, les vols étaient assurés par de petits avions, genre Fokker.

À la question de savoir si l'avion débarquait à l'aéroport international de Berlin-Tegel, la préposée à la vente des billets de Suisse-Air, consulta son micro et répondit que l'arrivée aurait lieu à l'aéroport de Tempelhof.

Anis remercia et quitta l'agence pour aller voir du côté de Lufthansa.

Sans hésitation, il se décida pour la compagnie allemande. Le prix du billet était en dessous des cinq mille dirhams, pour un aller-retour Casa-Berlin-Casa, avec escale d'une heure ou deux, à Francfort. L'offre s'entendait pour un délai ne dépassant pas le mois. Au cas où le séjour à l'étranger dépasserait le mois, le client devait payer le plein tarif, soit dix mille dirhams.

Anis accepta les conditions et choisit de s'envoler, pour Berlin, le 23 janvier et de revenir au pays le 20 février.

Une fois la dotation de voyage et le billet d'avion en poche, il se sentit un tout autre homme.

Apaisé, reposé, tranquille. Ses pensées s'ordonnèrent, devinrent rationnelles. L'émotivité s'émoussa. L'angoisse le quitta.

Tout son être se concentra sur une seule chose. Le jour J de son départ en Allemagne et les retrouvailles avec la famille.

Il n'avait plus besoin de toubib. Il n'avait plus besoin de drogue chimique pour se donner du punch.

De retour chez lui, Anis se précipita sur le téléphone pour appeler Paul.

Les nouvelles n'étaient pas réjouissantes. Aux questions pressantes posées, Paul répondait vaguement. Il faisait clairement sentir que la situation était sérieuse pour ne pas dire critique.

- Aucun médecin traitant ne voulait se prononcer sur le résultat final, fit savoir Paul. Le corps de la patiente est envahi de virus. Son système immunitaire est très affaibli. La médecine a fait tout ce qui est possible pour la sauver. Il ne reste plus qu'à Angelika de faire le reste. Lutter, se battre, vaincre le mal pour survivre.

Paul promit de rappeler plus tard.

Tard dans la nuit, le beau-frère appela pour faire le point.

-L'état de santé de ma sœur reste très critique, dit-il. Il ne nous reste plus qu'à prier. Au revoir ! Bonne nuit et à demain !

Abattu, Anis raccrocha l'appareil. Il réalisa l'ampleur de sa solitude, séparé par des milliers de kilomètres de sa femme.

S'il pouvait parcourir cette distance, en voiture, en une nuit, il ne hésiterait pas une seconde. Au lieu de rester atterré dans sa chambre, comme une taupe sous terre.

La dépression planait. Ramenant du mauvais temps, tempête et grêle, remords et regrets, douleur et torture.

Il se demanda pourquoi il n'avait pas accompagné sa femme à Berlin et envoyé au diable travail et pension de retraite.

Toute la nuit, Anis resta à cogiter et à broyer du noir. Il alla se coucher tard, sans avaler un morceau.

Au lit, il eut froid. Il sortit une deuxième couverture alors que la température ambiante de la chambre dépassait les 20°C.

Le sommeil ne vint pas. Il essaya de compter des moutons imaginaires, de un jusqu'à cent. Il eut l'impression qu'il se trompait dans les comptages qu'il reprenait sans cesse. Impossible d'entrer dans une torpeur apaisante qu'il souhaitait de tous ses vœux.

Son esprit divaguait, gambadait à travers champs tel un cheval sauvage, lâché dans une immense prairie. Il tremblait de tout son corps. Le sommeil le quittait.

A l'aube, il quitta le lit, tenaillé par un mal terrible qui lui déchirait les entrailles. Une douleur oppressante qui se localisa au niveau du diaphragme.

Il quitta la chambre à coucher pour aller aux toilettes. Des efforts épuisables pour soulager le ventre n'aboutirent à aucun résultat.

Il se dirigea péniblement vers le lavabo. Il lava les mains, le visage, brossa les dents, avala trois gorgées d'eau et revint au lit pour s'étendre, dans l'espoir de retrouver le calme.

L'estomac restait pesant, tout retourné. Une forte pression écrasait l'abdomen. Il avait du mal à respirer. Il avait du mal à rentrer dans sa peau. La douleur persistait, torturante, terrassante.

Il ne savait pas comment soulager la souffrance.

Il avait toutes sortes de médicaments dans la pharmacie de famille. Mais, il ne savait pas se servir face à un besoin urgent.

Angelika était la seule personne compétente, en matière de pharmacologie. Connaissant les différents médicaments et leur mode d'emploi, elle avait la charge de traiter chaque membre de la famille, en cas de besoin.

Aux premières lueurs du jour, Anis retrouva le sommeil.

Lorsque qu'il ouvrit les yeux, la lumière du soleil remplissait la chambre, filtrée à travers les interstices des volets roulants. Comme par enchantement, le mal dont il souffrait, avait disparu.

Il se doucha, prit un léger petit déjeuner puis appela Paul qui ne répondit pas.

Cette situation d'incertitude le rendit inquiet. Son esprit enfiévré, s'emballa. Son imagination gambada, lui imposa des scénarii le tenant en haleine. Des scènes poignantes où se mêlaient le possible et l'impossible, le drame et la tragédie. Des scènes en cascades qui se faisaient et se défaisaient, sans fin.

Les images couraient dans sa tête à une vitesse folle. Des images qui se formaient et se déformaient, en dehors de tout contrôle.

Anis imagina le complexe hospitalier de Buch tel qu'il avait été décrit par Paul. Un complexe vaste comme un village, noyé dans une forêt sombre et impénétrable, sous un ciel de plomb à toucher des doigts.

Il vit des médecins-chirurgiens masqués, scalpel en main, penchés sur des corps déballés. Il vit des visiteurs, enveloppés dans des blouses, s'amasser derrière les vitres, regardant des scies, des ciseaux et des scalpels passant, d'une main à l'autre, au-dessus des poitrines ouvertes.

Il vit des infirmières relier les malades à toutes sortes de fileries et de tuyaux pour les bourrer de drogues afin de les maintenir en vie. Il vit des infirmiers, poussant des brancards chargés de cadavres, se précipitant en direction des ascenseurs, pour descendre les morts dans les morgues des sous-sols.

Des appareils de mesures de toutes sortes, de toutes tailles, pipaient, sifflaient, crachaient des courbes sinusoïdales, des lignes horizontales et des chiffres plus ou moins stables. Des machines et des pompes, branchées aux malades, aspiraient et refoulaient air et sang avec un bruit de soufflet.

Buch, un immense laboratoire médical, lourdement équipé pour combattre la mort planant sur son ciel et pour la pourchasser hors de ses frontières.

Sans cesse, les mêmes scènes se renouvelaient dans le cerveau brûlant d'Anis aux yeux rougis, coulant de larmes libres.

Il voyait la mort partout. La radio d'Aïn Choc parla d'un autobus qui perdit le contrôle et alla écraser des piétons, sur le trottoir, au carrefour Abdelmoumen et Zerktouni. Un car se renversa sur la route côtière entre Essaouira et Agadir, faisant des morts et des blessés.

Il se rappela de cet ami intime et collègue de travail, disparu pendant plus de trois semaines, sans donner signe de vie. Recherché à travers tout le territoire national, il a été trouvé, dans sa voiture, perchée sur un rocher, en face de l'océan atlantique, au niveau de Tamanar.

Et ce footballer international qui s'effondra, sous les yeux des spectateurs, foudroyé par la mort. Et cet autre prestigieux footballeur qui s'éteignit dans son studio, à Mers Sultan, et qu'on ne découvrit que plusieurs jours après, en état de putréfaction.

Comment se décide la rencontre avec la mort, quand et où ?

Allongé sur son lit, oscillant entre veille et sommeil, Anis divaguait. Il avait des difficultés à se séparer de sa couche. Il se sentait fatigué, épuisé. Pas de petit déjeuner, pas de café, pas d'appétit. Seule l'eau passait, à petites gorgées. À midi, il n'avait pas faim.

Quand il quitta le lit, il sentit, en lui, une réserve de force inouïe à composer et recomposer des numéros de téléphone. Dans l'espoir d'entrer en contact avec Paul. Mais, le black-out était complet.

Il ne lui restait plus qu'à prier. L'incapacité d'entreprendre quoi que ce soit l'indisposait. La malade serait toujours en danger. Flottant entre la vie et la mort.

-Si la patiente était sortie du coma, Paul m'aurait informé immédiatement, se dit-il. Paul n'appelle pas. Quelque chose de grave s'était passée.

Coupé de Berlin, Anis trouva l'attente oppressante, insupportable. Le temps prenait son temps, imperturbable.

La seconde opération, à cœur ouvert, eut lieu le 19 janvier, à midi. Plusieurs jours s'étaient passés, sans nouvelles.

-Combien d'heures peut-on rester dans le coma, se dit-il, sans conséquences graves pour le cerveau ?

Il ouvrit le Guide médical de la famille, pour la millième fois, au chapitre relatif à l'infarctus. Il s'intéressa aux by-pass, valves naturelles et artificielles puis abandonna le Guide incapable de répondre à ses interrogations.

Il s'affala dans le fauteuil pour reposer le cerveau. Mais dès qu'il ferma les paupières, les scènes de l'hôpital envahirent sa tête.

Des civières roulaient dans les couloirs. Des soufflets pompaient air et sang. Des écrans en couleur se couvraient de sinusoïdes, de graphiques et de chiffres changeant. Des médecins voilés fouillaient dans les cages thoraciques ouvertes, des infirmiers sanglaient des malades surexcités.

Soudain, Anis pensa à Salma, une cousine cardiaque.

L'argent lui manquait pour se permettre une opération chirurgicale que les médecins recommandaient vivement.

Elle fréquentait l'hôpital militaire, Marie Feuillet, au quartier de l'Océan, à Rabat, depuis plus de quinze ans. À cause de son mari, soldat parachutiste aux Forces Armées Royales, affecté dans les provinces marocaines du Sud, nouvellement récupérées.

Salma était traitée uniquement pour les soins d'urgence. Aux moments où son cas empirait.

Pas d'argent, pas d'opération. Pas d'opération sans argent. Un cercle vicieux qui se rompit le jour de son quarante-cinquième anniversaire. Suite à une crise aigüe, elle rendit l'âme, à l'hôpital Moulay Youssef de Rabat où elle avait été transportée d'urgence.

Un autre collègue de travail souffrait de maladie cardiaque. Il ne pouvait pas marcher plus de cent mètres, sans s'arrêter pour reprendre le souffle. Il ne parlait de sa maladie à personne. Seuls, les membres de sa famille et quelques amis intimes, savaient.

Ces derniers l'avaient encouragé à écouter les conseils des cardiologues du centre hospitalier universitaire Avicenne de Rabat, pour se faire opérer. Plusieurs rendez-vous avaient été pris pour passer sur la table d'opération. Mais, à chaque rendez-vous, le collègue manquait de courage pour se livrer au bistouri. Une peur étrange l'empêchait de franchir le portail d'Avicenne.

Il était ancré dans sa conviction, que chaque jour qui allait se lever, amènerait la guérison avec lui.

Les histoires colportées, concernant les opérations cardiaques, n'étaient pas pour le rassurer. Les «on dit» constituaient des barrières infranchissables même pour les esprits rationnels. Opération signifiait mort certaine, dans le court terme. Ou tout au moins, mutilation, diminution de la capacité physique et condamnation à la chaise roulante.

Par un après-midi du mois de juin, en se promenant au marché des puces de Derb Ghallaf, à Casablanca, le collègue perdit connaissance et tomba au sol. Un attroupement de curieux se forma autour de lui. On appela les Urgences. Lorsque l'ambulance arriva, le médecin de service constata la mort de l'homme. Il devait partir en retraite anticipée, dans les six mois qui suivaient.

Anis, lui-même, avait de petits problèmes avec cet organe vital. Après un surmenage dû à un travail intensif ou à une consommation exagérée de thé ou de café, il ressentait des picotements au cœur. Mais les douleurs disparaissaient après un court repos et se faisaient complètement oublier.

Au cours de sa longue vie professionnelle, son employeur lui faisait faire, annuellement et à ses frais, un check-up de santé consistant en une analyse de laboratoire des taux de glycémie, de cholestérol et de l'urée en plus d'une cardiographie, exécutée par le médecin de travail.

Anis finit par lier amitié avec le toubib. Un homme affable et plein d'humour. Petit de taille, teint blanc, tête sel-poivre, visage fin, le docteur avait un joli accent fassi.

La visite médicale commençait toujours par le même rituel.

- Bonjour mon ami ! Et ce cœur court toujours !

- Grâce à vous, docteur !

- Sentez-vous des douleurs à la poitrine, quand vous montez les escaliers ?

- Pas au début. Mais à partir du quatrième étage, je dois me reposer pour reprendre le souffle.

- Avez-vous des vertiges ?

- Oui, des fois ! Surtout, lorsque je reste longtemps au soleil.

- Fumez-vous ? Buvez-vous de l'alcool ?

- Non !

- Bon ! On va vérifier tout cela. Étendez-vous sur la table, torse nu, et découvrez-vous les jambes.

Comme à son habitude, le cardiologue se mettait à raconter les derniers ragots de la ville, en s'esclaffant de rires, tout en demandant à son ami de ne pas bouger.

Ensuite, il pompait son caoutchouc pour mesurer la tension et dictait les résultats à son aide qui les inscrivait sur le dossier médical du patient. Le docteur tâtait le bas ventre, appuyait fort sur certains endroits tout en demandant s'il faisait mal.

Anis répondait souvent par la négative.

Le toubib ordonnait à son infirmière de brancher le patient à un appareil, devant lequel il s'installait. L'aide s'affairait tant bien que mal à fixer des ventouses, en caoutchouc, sur le cou, sur la poitrine, sur les côtes et sur les jambes.

Les ventouses mouillées faisaient parcourir un courant froid dans le dos d'Anis qui, en frissonnant, faisait sauter les ventouses, l'une après l'autre. On refixait les « sangsues », dont certaines se détachaient avec un gros plouf !

Embarrassée, l'infirmière s'évertuait à refixer les ventouses mouillées, avec le plus grand soin.

Une fois cette tâche ardue terminée, le toubib commençait le travail, bien que trois ou quatre ventouses aient quitté leur place.

Il suivait des yeux le cardiogramme dont les courbes zigzaguaient sur une bande de papier et demandait, de temps à autre, à l'infirmière de déplacer certaines ventouses.

Les caoutchoucs se décollaient avec un bruit sec de bouteille qu'on « débouchonnait », en faisant mal. L'infirmière refixait les ventouses qui ne tardaient pas à retomber.

Se hâtant à terminer son boulot, le « guérisseur » moderne ne demandait plus à refixer les ventouses têtues.

À la fin de chaque visite, d'un ton sentencieux, le toubib annonçait, à peu près, le même diagnostic.

- Vous avez des extrasystoles !

- Est-ce grave, docteur, les extra ?

- Minute ! Est-ce que vous vous sentez tomber dans le vide, à certains moments de la journée?

- Oui, cela m'arrive, docteur ! Rarement. Mais surtout la nuit. Au moment où je ferme les yeux pour m'endormir. Entre veille et sommeil, je me sens tomber dans un puits profond, un puits sans fin. Effrayé par cette vision cauchemardesque, je sursaute de peur.

Parfois, j'ai l'impression de glisser et de tomber à la renverse. Sur la nuque. Comme si je marchais sur une peau de banane. Et à chaque fois, je quitte le lit, en courant, pour aller boire un grand verre d'eau.

À chaque fin de visite, le même rituel. La même conversation, ne changeant pas d'un seul iota ou presque. Il y a des années où Anis avait des extrasystoles et des années où il n'en avait pas.

-Ce qui m'inquiète, docteur, poursuivait Anis, c'est la vision de la marche arrière en voiture qui me hante. Je ne contrôle jamais la situation et, la peur dans la gorge, je sursaute du lit, en remerciant Dieu que ce que je vivais dans le sommeil, n'était réalité.

"Je comprends », rétorquait le docteur, avant de se perdre dans ses explications du phénomène des extra, en claironnent des mots rébarbatifs, sentant la médecine moderne et les relents de son large savoir sur Hippocrate, Avicenne et Léonard de Vinci.

Anis écoutait mais ne prenait jamais les sentences du médecin au sérieux. Pis encore, il ne faisait rien pour la santé de son cœur et pour les extrasystoles qu'il imaginait comme des extraterrestres, bruités, de temps à autre, par la CIA et les studios hollywoodiens, pour tenir le monde en haleine.

À son tour, le médecin ne prescrivait aucun médicament, ne recommandait aucun examen complémentaire approfondi. Il se contentait de répéter que si, un jour, Anis ne se sentait pas bien, il n'aurait qu'à passer à son cabinet privé, sans rendez-vous.

Au courant de l'après-midi du 21 janvier, Anis décida d'aller consulter le docteur. Non pas pour ses problèmes personnels, mais pour ceux de son épouse. Pour s'informer sur les chances de survie d'un patient ayant subi deux interventions chirurgicales successives, à cœur ouvert, en l'espace deux jours. Et sur la gravité des séquelles laissées par une anesthésie artificielle de longue durée.

Le médecin n'étant à son cabinet, la secrétaire invita Anis à se reposer dans la salle d'attente, en lui promettant de le faire passer, en premier, à l'arrivée du toubib.

Dans la salle d'attente, il y avait une dizaine de patients, accompagnés de nombreux proches parents.

Un homme, d'une cinquantaine d'années, était couché sur trois chaises rapprochées. Il gémissait, inlassablement, malgré les soins que lui apportait une femme qui semblait être son épouse. Elle lui caressait la tête, lui tenait les mains en les réchauffant dans les siennes. Elle le faisait patienter en lui disant que le docteur ne tarderait pas à venir.

Une femme obèse, accompagnée de deux jeunes filles, se tenait la tête en égrenant des prières, d'une voix morne, tout en lâchant, de temps à autre, de longs soupirs à faire fendre le cœur.

Plus loin, un enfant d'une dizaine d'années, le teint blafard, appuyait sa tête chétive sur la poitrine de son père et fixait, sur Anis, de grands yeux noirs, pleins de tendresse.

Ce dernier n'osa pas poser le regard sur les autres malades, tous pitoyables. Il découvrit que ses chagrins étaient à relativiser et qu'il y avait de plus malheureux que lui.

Il leva les yeux au ciel et suivit, pendant un long moment, le parcours des nuages, se succédant par petits lots, poussés par le vent du nord.

Pris entre ciel et terre, il réfléchit à la fragilité de l'être humain. Il pensa à cette machine merveilleuse, si complexe et si compliquée, que peu de chose suffit à dérégler. Une machine composite de matière et d'esprit, de conscience et de subconscience, d'ange et de diable, de néant et d'éternité. Une machine qui pense, qui agit et qui veut tout soumettre à sa volonté.

Forces et faiblesses composent l'essence de cette machine dont les pieds pataugent dans la fange, la tête s'élève dans les univers célestes pour les contenir et atteindre les au-delàs, jamais encore pensés pour les découvrir et les explorer.

Il arriva à la conclusion personnelle que l'humanité, qu'il jugea pitoyable et fragile, est en fait immortelle, par la succession ininterrompue des générations. Une humanité, sans cesse, renaissante. Une humanité qui se fait pousser des ailes, pour échapper, un jour, à la bulle atmosphérique qui l'emprisonne. Une humanité qui crée des dieux à son image pour les adorer, les égaler et les surpasser.

Dans ses cogitations erratiques, Anis sentit ses pieds fourmiller. Il décida de mettre fin à ses divagations folles pour se concentrer sur le moment présent.

Il constata qu'il faisait froid dans la salle. Ses mains et ses orteils étaient gelés. Il jeta un coup d'œil sur sa montre. Treize heures passées. Il quitta la salle devenue un lazaret de campagne. Devinant son impatience, la secrétaire expliqua que le docteur serait en route.

-À cette heure de la journée, disait-elle, il préfère laisser sa voiture loin du centre de la ville pour venir à pied à son cabinet.

Anis lui fit savoir qu'il était pressé et qu'il aimerait lui poser des questions au sujet de la chirurgie du cœur.

Elle accepta de répondre dans la limite de ses connaissances.

- Où peut-on se faire opérer du cœur, dit-il, d'une voix timide. Mais avec de grandes chances de réussite?

La femme le fixa d'un air compatissant, sans oser le questionner s'il était directement concerné.

- De quel genre d'opération ? demanda-t-elle. Est-ce une transplantation cardiaque ou un simple by-pass ?

- Il s'agit d'une valvule défectueuse à remplacer. Dans l'oreillette gauche du cœur.

- S'il s'agissait d'une transplantation d'organe, le pays est encore en arrière par rapport à l'Amérique du Nord et à l'Europe, voulut faire connaître l'ancienne infirmière des urgences de l'hôpital Ibn Rochd de Casablanca. Quant aux interventions chirurgicales sur le cœur, elles se pratiquent dans plusieurs hôpitaux et cliniques du Royaume. Les hôpitaux du Maghzen n'ont pas, toujours, les équipements adéquats. Par contre, certaines cliniques privées, à Casablanca et à Rabat, sont mieux équipées et les médecins pratiquants très compétents. Les patients y sont entourés de tous les soins nécessaires et les chances de réussite sont relativement grandes, d'après ce que je sais.

Mais, les cliniques privées demandent beaucoup d'argent. Si l'on a des sous, il vaut mieux s'adresser à la médecine privée. Les gens riches et leurs enfants, comme chacun sait, ne s'adressent ni au public ni au privé local. Ils préfèrent aller se faire soigner en France, en Suisse ou aux Etats-Unis. La santé comme l'éducation sont des biens héréditaires, comme chacun sait. Si ton père est riche, tu le seras.

En ce qui concerne les patients entrés dans le coma, l'ancienne infirmière prétendit qu'ils pouvaient rester dans cet état, pendant plusieurs jours, deux à trois semaines et même plus, et se réveiller sans séquelles graves pour leur santé physique et mentale.

Anis remercia la secrétaire et prit le chemin de la maison.

Marchant dans le boulevard Mohammed V, l'architecture des anciens immeubles de style colonial du début du vingtième siècle, attira son attention, pour la première fois. Une architecture art-déco qui rappelle les constructions du sud des pays situés au nord de la Méditerranée, la France, l'Espagne et l'Italie. Des constructions harmonieuses, solides, ornées de coupoles, aux larges arcades protégeant les piétons des averses de l'hiver et de la canicule de l'été.

Soudain, changement d'humeur. Il éprouva une grande tristesse de voir ces bâtiments négligés. Façades crasseuses, frontons encrassés. Air irrespirable à cause des émanations d'autobus en triste état. L'hôtel Lincoln, effondré de l'intérieur, menaçait de tomber sur le marché central. Des ouvriers s'affairaient à barrer le boulevard pour mettre le vieil et pittoresque bâtiment en quarantaine.

Pour changer les idées et essayer de penser positivement, Anis s'intéressa aux passants. Pour avoir de la société. Pour briser son isolement.

Pour la première fois, il se rendit compte qu'il y avait trop de jeunes dans la rue. Les hommes et les femmes de son âge, étaient peu visibles pour ne pas dire très rares.

Pour la première fois, il remarqua qu'il y avait trop de cafés. Un commerce florissant. Des cafés fréquentés uniquement par les jeunes hommes.

Sur son chemin, il croisa toutes sortes de mendiants. Des handicapés clopinant en tendant une sébile. Des mères, souvent jeunes, avec un bébé accroché au sein et des enfants sagement endormis, la tête reposant sur les cuisses de la maman.

Un jeune homme, très pâle, était étendu au sol, au milieu du passage du Grand Socco, le dos contre le mur. D'une poche de sa djellaba, sortait un tuyau en plastique relié à une bouteille contenant un liquide rougeâtre, pareil au sang. Le malade demandait l'aumône. Certains passants jetaient l'obole et pressaient le pas, comme pour fuir ce spectacle désolant.

Anis monta le boulevard Hassan II, traversa le parc de la Ligue Arabe et s'engagea dans les ruelles du quartier Gauthier pour déboucher dans la rue de Galilée où il avait garé sa voiture.

Le gardien d'automobiles, un môme d'une douzaine d'années, accourut. Il empocha des sous en entonnant un «Dieu te les rendra !»

Depuis que les parcmètres payants commençaient à envahir le centre de la ville, certains gardiens de voitures se convertirent à d'autres jobs. Nettoyage des pare-brise, lavage des véhicules, vente de chewing-gum et papier-mouchoir, vente au détail des cigarettes Marlboro, vente de journaux et cirage des chaussures des passants et des personnes fréquentant les cafés.

D'autres gardiens de voitures, fuyant le centre de la ville, avaient investi les rues des quartiers périphériques, non encore touchées par les parcmètres. Un dirham pour le gardiennage et cinq dirhams pour le lavage et le gardiennage.

Une fois à la maison, Anis se mit à téléphoner à Paul, mais en vain.

À vingt-deux heures, le téléphone résonna à lui couper le souffle. La peur le gagna. Les mains tremblantes, il saisit l'appareil. Paul était au bout du fil, parlant d'une voix tranquille et rassurante.

- Ma sœur n'est plus branchée au masque d'oxygène. Elle s'est réveillée. Je lui ai parlé. Elle n'a pas encore récupéré toutes ses facultés. Elle a perdu le sens de l'orientation. Son raisonnement ne me paraît pas logique. Elle parle de guerre et de bombardements.

"Berlin est en danger, répétait-elle. Je vais mourir. Va chercher mon mari et mes enfants. Je veux les voir. Je veux leur faire les derniers adieux !»

Elle parle d'un tas de choses, continua Paul. J'ai peur pour sa santé mentale. Elle est restée trop longtemps sous narcose.

Paul souhaita bonne nuit à Anis, promettant de le mettre au courant de l'évolution de la situation.

Pour remplir le temps devenu insupportable, Anis appela Boston. En vain. Plus tard, il apprit que sa fille avait quitté l'Amérique pour l'Allemagne et qu'elle était arrivée à Berlin, via Francfort, le 21 janvier à dix heures du matin.

Ayant appris les deux opérations successives de sa mère, Nour fut traumatisée. Ne pouvant garder sa peine cachée, elle éclata en sanglots, en pleine classe. Dans la cour, l'odyssée de sa maman fut contée dans les versions les plus émouvantes.

Le corps professoral et les élèves la consolèrent, l'encouragèrent de rejoindre sa maman au plus vite.

Dès qu'elle rejoignit sa mère à l'hôpital de Buch, elle ne s'empêcha pas de courir au téléphone, pour raconter à son père, sur le vif, ce qu'elle avait vu et entendu.

- Je suis triste de constater que maman est seule, dit-elle en pleurs. Seule et esseulée. Il n'y aura personne à son chevet, lorsqu'elle sortira du coma. Mon oncle Paul tenu par son travail, sa femme par ses enfants. Mon frère et sa femme en route de Melbourne pour Berlin.

Heureusement que je suis là. Dorénavant, je serai chaque matin à ses côtés. Je lui caresserai la tête et les mains. Je lui parlerai. Je l'arracherai avec douceur des abîmes où elle se trouve.

Anis apprit à Nour qu'il la rejoindrait à Berlin, le 23 janvier au soir. La nouvelle lui fit grand plaisir.

- Ma mère sera très contente de voir la famille réunie autour d'elle, lorsqu'elle ouvrira les yeux. Nous pourrons lui rendre visite, chaque jour, et rester tard, dans la soirée, en sa compagnie.

- Je vais te relayer à son chevet, rassura Anis. Cela te permettra de retourner à Boston pour préparer les examens. Pense à ton avenir !

Blessée par les conseils de son père venus mal à propos, elle se mit à pleurer. Lui reprochant son obstination à continuer de penser à elle, aux études, à son avenir.

- Si je rate les examens cette année, je peux les repasser l'année suivante, répondit-elle avec fracas. Mais ma mère, personne ne peut la remplacer. Elle est et elle reste pour moi, l'unique, l'irremplaçable.

Je suis très contente de voir ma mère, d'être tout près d'elle et avec elle. Pour la soutenir dans son épreuve, pour lui parler, pour lui chuchoter dans l'oreille des mots doux qui la ranimeront, qui lui donneront le goût de vivre, qui la feront sortir de sa profonde torpeur. Aujourd'hui, j'ai besoin de ma mère plus que jamais. Je la caresse, je l'embrasse, je réchauffe son corps, je veux qu'elle ressente ma présence. Lorsqu'elle reviendra à elle, lorsqu'elle me regardera dans les yeux et lorsqu'elle me reconnaîtra, ce jour-là, ce sera le plus grand jour de ma vie !

Ce sera un moment de grande joie pour moi et pour elle, un moment de bonheur pour nous d'eux.

Confus, Anis se tut. Il lui était difficile de la contrarier, de lui imposer quoi que ce soit. Alors, il se cantonna à chercher un terrain d'entente pour renouer le dialogue.

- Je suis d'accord avec toi, répondit-il. Je respecte ta décision. Tout ce que tu as fait jusqu'ici, je l'approuve. Mais promets-moi que si l'état de santé de ta mère s'améliorait, tu retournerais à Boston.

- Si ma mère est hors de danger, je te le promets. Sinon, je ne la quitterai pas d'une semelle. Au revoir, je te rappellerai plus tard.

Le 22 janvier, contrairement aux jours précédents, Anis se sentit plus entreprenant.

Toute la journée, il s'affaira à préparer le voyage. Le rangement de la valise lui prit beaucoup de temps. D'habitude, sa femme lui épargnait cette corvée. Il se demanda comment elle arrivait à ranger costumes, chemises, pyjamas, sous-vêtements et autres objets dans une valise. Elle ne manquait jamais de place.

Il reconnut que le rangement est un art et que par conséquent, il faut laisser ce travail délicat aux femmes. Elles ont de la patience et l'esprit de l'ordre.

Après le rangement de la valise, la paperasse lui prit un temps fou.

À plusieurs reprises, il lisait les informations administratives inscrites sur son passeport. Il vérifiait la durée de la validité des documents. Il lisait et relisait la durée de la validité du visa. Il contrôlait le montant de la dotation annuelle de voyage inscrite sur le passeport.

Il entendit parler que la police des frontières allemande était très sévère. Elle posait des questions en allemand et s'attendait à des réponses en allemand. La langue devenait un autre passeport pour intégrer le pays. Rien qu'à y penser, ça lui donnait la pétoche.

Anis feuilleta son document de voyage et fut agréablement surpris par les nombreux tampons des cachets de la police sur les feuillets de son passeport. Des souvenirs de pays parcourus et de gens rencontrés.

À la veille de chaque départ à l'étranger, dans le cadre de ses activités professionnelles, Anis vivait un événement important. Très important ! Son cœur battait la chamade de la sortie de la maison jusqu'à l'aéroport. La paix ne regagnait son cœur que lorsqu'il s'installait, confortablement, à l'intérieur de l'avion.

Le check-in, la douane, la police, les contrôles de sacs, de poches et de portefeuilles avant l'accès à l'avion, tout ce micmac l'écœurait, lui donnait la nausée.

Les contrôles successifs finissaient par lui donner un sentiment de culpabilité. Il devenait si maladroit, si gauche, si timide qu'il n'échappait à aucun interrogatoire, à aucune fouille.

"L'Administration a des raisons que la raison n'a pas », pensait-il. Alors, il se soumettait au rituel des contrôles en s'efforçant de ne montrer aucun signe de nervosité pouvant aggraver la situation.

Soudain, Anis interrompit ses réflexions sur les janotismes administratives pour passer à d'autres priorités.

Fallait-il laisser le réfrigérateur branché ou pas ? Ne serait-il pas conseillé de couper le courant et le gaz ? Il se décida de débrancher le frigo qu'il vida et qu'il nettoya. Il offrit son contenu au gardien. Il pensa couper le branchement d'alimentation en eau de la maison et le nota sur un bout de papier pour l'exécuter à la dernière minute.

A la tombée de la nuit, tout était fin prêt. La valise ne pesait pas plus de vingt kilogrammes. Un problème de moins.

L'idée lui vint d'appeler Berlin. Il essaya sans résultat.

Vers vingt heures, le beau-frère appela. La voix grave et solennelle.

- Ma sœur est sortie du coma. Elle a récupéré la raison. Elle reconnaît les gens, elle leur parle. Son excellente mémoire reste, comme d'habitude, très difficile à prendre en défaut. Ne coupe pas ! Je te passe ta fille.

À l'autre bout du fil, Nour exultait. Elle ne pouvait cacher sa grande joie et s'impatientait de la faire partager.

- Je suis heureuse. Ma mère va beaucoup mieux. Ma plus grande joie fut le moment où elle ouvrit les yeux tout grands, pour me fixer dans les yeux et, me reconnaissant, elle s'exclama, avec un léger sourire aux lèvres.

"Ma chère petite fille, tu es là !"

Ne t'inquiète plus, papa ! Maman va bien. Bien qu'elle sorte très affaiblie de cette épreuve. Elle a besoin de beaucoup de repos. Elle doit être entourée de beaucoup de soin.

- Tu as du magnétisme dans la voix et dans les doigts, Nour ! Il a suffi que tu sois auprès de ta maman pour qu'elle sorte de son sommeil.

La fille eut un large sourire. Elle était visiblement comblée, heureuse. L'orage s'éloigna. Les nuages sombres se déchirèrent, se dissipèrent, laissant apparaître un beau soleil dans un ciel serein. La joie resplendissait dans les cœurs.

Anis passa une nuit sans frayeur. Soulagé, allégé, il eut l'impression de voltiger allègrement au-dessus des nues. La fatigue et le désarroi, subitement évaporés. Les émotions fortes qui l'agitaient, s'estompaient. Plus de traces aux images extravagantes qui se bousculaient dans son cerveau bouillonnant comme un magma.

Se sentant bien dans sa peau, il eut envie de dévorer n'importe quoi. Mais le frigo était vide. Le contenu, distribué.

Il se mit à boire de l'eau, verre après verre. Une soif inhabituelle. Une terre craquelée, brûlée par un soleil ardent et qui recevait l'eau bienfaitrice du ciel.

Au fur et à mesure qu'il buvait, ses forces revenaient.

À nouveau, il s'intéressa aux petites choses de la vie.

Il se sentit comme rétabli d'une longue maladie. Une maladie non organique, mais bien étrange. Affectant aussi bien le physique que le psychique, rompant l'équilibre harmonieux entre ces deux entités. Et finissant par déboussoler complètement la vie.

Le fait que sa femme aille mieux, le réjouissait et le remplissait de bonheur.

Il n'avait plus qu'une seule chose en tête. Quitter Casablanca au plus vite. Le temps devenait éternité.

Le sommeil refusa de le visiter. Pour lutter contre la vacuité, il quitta le lit, revint à la valise encore ouverte pour y mettre un peu d'ordre. À nouveau, il examina la paperasse. Oublier un papier important, signifiait rater le départ. Une obsession devenue seconde nature.

Tous les documents de voyage étaient en règle. Machinalement, il se mit à feuilleter son billet d'avion. Il le lit, ligne par ligne, avec un grand plaisir.

La joie précédant le voyage était immense. Peut-être plus grande que la joie du voyage lui-même.

Son imagination voltigeait, donnait libre cours à la fantaisie.

Mais, comme un leitmotiv, revenaient, sans cesse, dans son esprit, les procédures douanières et policières et ses tracasseries, avant de quitter le pays. Le syndrome des papiers le hantait, lui gâchait la joie du voyage.

Autrefois, la nuit, à la veille d'un voyage, il lui arrivait de rêver avoir oublié son passeport ou un document important, juste avant le départ de l'avion. Il se réveillait, en sursaut, arraché de ce cauchemar mais content que ce n'était qu'un mauvais rêve. Autrement, la réalité serait cruelle.

L'autorité paperassière vous tue les nerfs, vous donne la schizophrénie, vous réduit à un sous-homme. Alors, vous en porteriez les stigmates, dans l'âme, toute la vie.

Il n'était pas étonnant qu'Anis attrape le « tic-paperassier ». Il passait beaucoup de temps à lire et à relire les documents administratifs, dans le but d'éviter la faute et les observations avilissantes qui en découlaient.

Son passeport n'avait jamais été plié, froissé, chiffonné ou maltraité. Il était tenu en parfait état, durant les cinq années de validité et remis comme neuf à l'Administration, pour renouvellement ou prolongation.

Un tel document était un véritable trésor pour lui, car pour l'obtenir, il fallait s'armer de toutes les patiences du monde et, surtout, ne jamais froisser les autorités sensées le livrer.

Anis obéissait, comme un écolier, quand on lui demandait de faire photocopier un document, même si ce dernier n'était pas exigé au départ. Palabrer vous renvoie aux calendes grecques. Et il fallait non seulement être poli, mais très généreux pour arriver à ses fins.

Ne parlons pas du visa ! Parler français n'était plus suffisant pour se rendre en Allemagne ! Les employés du Consulat de la rue Ben Barka, à Rabat, lui demandaient s'il parlait l'allemand et ils le vérifiaient en engageant une courte conversation.

Mais, rien qu'en voyant le nombre toujours grandissant des jeunes Marocains et Marocaines qui voulaient quitter le pays pour l'Allemagne, il comprenait parfaitement le souci de l'Administration du pays d'accueil. Le filtrage des dossiers avait pour cause, l'arrêt du flot continu des visiteurs étrangers, généralement, pour raison économique.

Anis ne manquait pas d'engager un brin de conversation avec ses compatriotes, entassés à l'intérieur du Consulat. Enthousiastes et optimistes, la plupart des postulants à l'émigration voulait rejoindre le pays des Germains pour réaliser leurs rêves. Des rêves multiformes. Les uns nourrissaient l'espoir de trouver un emploi, de se faire de l'argent et de retourner au pays pour ouvrir un commerce. Les autres voulaient poursuivre des études supérieures tout en travaillant. Et puis se marier avec une Allemande ou un Allemand à islamiser et rester dans le pays de cocagne.

Mais, la plupart des jeunes souhaitait revenir au Maroc. Au moins une fois par an. Pour jouir du soleil, voir la famille et faire voir aux anciens copains restés au bled, leurs fringues et leur bagnole flambant neuf, signes voyants de réussite à l'étranger.

Le grand rêve de rejoindre le nord de la Méditerranée, finissait par gagner le Maroc tout entier, villes et campagnes. Les jeunes désœuvrés, rejetés par les écoles primaires et professionnelles, n'avaient plus qu'un souhait. Quitter le pays à n'importe quel prix. Il en était de même pour les bacheliers, les licenciés et les docteurs en sciences humaines et sociales.

Garçons et filles, dans la fleur de l'âge, se cachaient sous les autocars et sous les camions ou s'entassaient dans des embarcadères de fortune pour traverser le Détroit de Gibraltar et rejoindre le sud de l'Espagne.

Que de Marocains arrêtés et refoulés au pays ! Que de jeunes téméraires ayant payé de leur vie ! Repêchés morts ou ramassés moribonds sur les plages espagnoles. Victimes de leurs rêves et de leur courage. Le courage de défier vents et marées, été comme hiver, pour aller chercher le pain sous des cieux plus propices.

La tête chuta, brutalement, sur la poitrine. Arrachant, vivement, Anis à ses digressions. Il était minuit passée. Le sommeil le surprit, tenant en main, son billet d'avion. Ce bout de papier miraculeux qui allait lui permettre de sauter, comme un chat, de la rive sud de la Méditerranée à la rive nord, sans danger. Il respira profondément un air de liberté et il se remit à lire le billet.

Vol CMN LH 4051 Casablanca 12h 50.

Vol 1 LH 2416 Francfort-Berlin 19h 30.

Anis rangea, soigneusement, le billet d'avion et le passeport. La rencontre avec la famille, n'était plus qu'une affaire d'heures !

Un bref assoupissement lui procura une sensation de repos et de détente. Gagné par une étrange douceur de vivre, il réalisa qu'il avait la patience et pour le temps et pour les choses. Dorénavant, le monde avait un sens, une signification. Le temps reprit sa fonction normale dans les événements qui nous gouvernent. Anis devenait positif.

Il boucla la valise. Il vérifia si le frigidaire était bien débranché. Il cocha, sur un bout de papier, toutes les tâches à entreprendre, le lendemain matin, avant de quitter la maison. Couper l'arrivée d'eau potable, fermer le gaz, débrancher les appareils électroniques et électro-ménagers.

Ces préparatifs et ces menus travaux occupaient son esprit, lui faisaient oublier les problèmes. Un réel changement s'opéra en lui.

Il n'y a pas de pire chose, dans la vie, que de se sentir seul et sans famille.

LES BLESSURES DE LA STUPIDITÉ

Le jour J, à l'aéroport Mohammed V, les formalités de douane et de police étaient extrêmement simplifiées. Anis n'avait eu aucun problème à franchir les fils barbelés et les barrières habituellement épineuses.

La douane ne lui avait même pas demandé le récépissé de la banque relatif à la dotation annuelle. La douane l'avait toujours exigé, en précisant que le bout de papier était destiné à l'Office des Changes relevant du Ministre des Finances. Un changement qualitatif qui mit du baume dans le cœur d'Anis !

Le vol de Casablanca à Francfort était agréable, la visibilité le long de la côte atlantique parfaite.

Au niveau du détroit de Gibraltar, entre Tanger et Tarifa, des passagers sortaient leur caméra pour filmer le canal.

Survolant la ville de Francfort, la capitale du Land du Hesse, Anis fut impressionné par l'urbanisation verticale. L'aéroport, lui-même, prit des dimensions ahurissantes comparativement à ce qu'il était au milieu des années soixante.

Tous les voyageurs quittèrent l'avion. Dans la salle d'attente réservée aux passagers à destination de Berlin, ces derniers pouvaient consommer, sans payer, du café, du thé et même des tablettes de chocolat. Les journaux allemands, anglais et américains, distribués gratuitement.

Le vol de Francfort à Berlin ne dépassa pas une heure.

À Berlin-Tegel, à la sortie de l'avion, Anis fut agréablement surpris d'être accueilli par son fils Nouh, accompagné d'un collègue de la Lufthansa. Dans le hall de l'aéroport, il retrouva sa fille Nour qui se jeta à son cou, manifestant une joie indescriptible où se mêlaient le rire et les larmes.

Elle assura que sa maman se portait mieux. Avant son admission à l'hôpital, cette dernière trouva, par l'intermédiaire des services sociaux, un appartement d'une quarantaine de m² où logeait la fille.

Arrivé de Melbourne la veille, le fils loua un studio au quartier Alt-Tegel où il s'installa avec sa femme et ses deux enfants.

Le lendemain, Paul donna signe de vie et proposa de conduire Anis et ses enfants, en voiture, à la polyclinique de Buch.

Dès qu'Anis vit Angelika, il eut les larmes aux yeux. Il la serra dans ses bras, en sanglotant. Contre sa poitrine, une poignée d'être humain. Sa femme fondue comme neige au soleil.

À son tour, Angelika se mit à pleurer. Échange de cajolerie et de tendresse et, en même temps, décharge d'un tonnerre d'amour.

- Ne me serre pas trop, murmura Angelika. Regarde ! As-tu vu ? Qu'est-ce que tu en penses ?

Elle ouvrit son chemisier et fit voir une grande balafre traversant la poitrine, du sternum au diaphragme. La blessure, de couleur marron-foncée, portait de grosses agrafes bien visibles.

- Je vois une blessure en train de guérir, dit-il. Dans peu de jours, on ne la verra plus.

- Je ne peux rien manger, continua-t-elle. Tout ce qui traverse ma gorge en ressort en très peu de temps. Même la soupe. Les médecins et les infirmières le savent. Ils me font des reproches pour mon refus de me nourrir. Je leur explique que je n'y peux rien. Si je mange, j'ai mal partout. Mon estomac s'en retourne et je commence à vomir.

Les jours suivants, Anis et sa fille rendaient visite, quotidiennement, à Angelika. Ils prenaient le métro, le U-Bahn et le train de banlieue, le S-Bahn, et mettaient plus d'une heure et demie pour arriver à Buch, à cause du remplacement des rails et des lignes électriques de transport, en très mauvais état, du côté de Berlin-Est.

Aspiré par son travail, Paul se fit rare.

Les jours passaient et l'état de santé d'Angelika ne s'améliorait. Par contre, la balafre sur la poitrine se referma, complétement, en reprenant la couleur normale de la peau.

Angelika continuait, toujours, à refuser la nourriture. Les médecins et les infirmières n'y comprenaient rien.

Un matin, on installa une nouvelle patiente dans la chambre d'Angelika. Elle venait de la commune d'Oranienburg, située au nord de Berlin, dans l'ex-RDA.

Prénommée Agathe, la dame fut admise à l'hôpital, pour insuffisance cardiaque. Elle-même ancienne infirmière, elle prit soin d'Angelika comme si elle était une sœur. Sympathique et humoristique, la dame d'Oranienburg essayait constamment de remonter le moral de sa compagne de chambre.

Agathe jouissait d'un excellent appétit. Quand elle terminait de manger son plat, elle engloutissait le repas d'Angelika.

Les jours passaient mais aucun grand changement dans l'état de santé d'Angelika. Pourtant, elle s'accrochait à la vie. Elle descendait au café se trouvant au rez-de-chaussée. Elle sortait faire quelque pas au jardin de la polyclinique. Elle se réjouissait de la visite de la famille et aimait raconter sa vie à l'hôpital.

Quand Agathe quitta l'hôpital, Angelika se sentit triste. Mais, les deux femmes promirent de se revoir, dès que cette dernière serait rétablie de pied en cap.

Angelika et Agathe avait passé de bons moments, ensemble. Elles s'étaient raconté des histoires sur leur vécu personnel et sur l'Allemagne divisée en deux entités antinomiques, la FRA et la RDA, pendant vingt-huit ans.

Agathe relata sa fuite de l'ex-RDA, au début des années quatre-vingts, en compagnie de sa fille, Rilke, âgée de seize ans. Elles quittèrent Berlin-Est pour aller passer les vacances d'été en Hongrie, dans un petit village dénommé Köszeg, situé au pied des Alpes, sur la frontière autrichienne. La mère et sa fille sympathisèrent avec un jeune couple allemand de la ville de Leipzig, qui leur proposa l'aventure de fuir vers l'Autriche et de là rejoindre la RFA. Des passeurs sûrs les conduiraient sur le chemin de la liberté, moyennent une certaine somme d'argent.

Sur l'insistance impérieuse de sa fille, Agathe se joignit à l'expédition à haut risque.

L'équipée prit le chemin d'évasion, à travers la forêt, par monts et vaux. Effondrée, Agathe atteignit l'Autriche, portée par ses compagnons sur une civière. Elle fut hospitalisée à Vienne où elle reçut des soins intensifs, avant de continuer son périple pour retourner à Berlin, mais cette fois-ci, du côté Ouest.

Agathe s'installa dans la circonscription de Wedding. Elle trouva du travail, pour elle, comme infirmière à l'hôpital Rudolf-Virchow et pour sa fille, comme caissière aux magasins Hertie.

Rilke travaillait dur, n'hésitait pas à faire des heures supplémentaires pour joindre les deux bouts. Son mari, plus jeune qu'elle de cinq ans, resta à la maison, pendant quelques années, avant de suivre une formation dans les services de la poste.

-Tu me suis Angelika ou bien tu veux dormir ?

-Continue Agathe ! Je n'ai pas sommeil. Ton histoire m'intéresse.

Agathe continua son récit, sur un ton varié. Elle s'arrêtait, de temps à autre, pour s'assurer que sa compagne ne n'ennuyait pas.

Quelques années après la fuite, Agathe fut atteinte d'une maladie diagnostiquée par les médecins, comme trouble bipolaire. Une saute d'humeur, caractérisée par des épisodes alternatifs d'euphorie et de dépression. Un syndrome maniaco-dépressif ou borderline, selon la terminologie américaine.

-Des termes rébarbatifs, remarqua Angelika en souriant.

-Pour simplifier, je dirais une sorte de psychose. De l'angoisse, si tu veux. Un malaise provoqué par des cumuls d'émotions mal gérées. Mon mariage raté. Un mari coureur de jupon qui me quitta avec un enfant. Les soucis du travail. La fuite non programmée à l'Ouest pour échapper à la dictature du Parti socialiste unifié d'Allemagne, la Sozialistische Einheitspartei Deutschlands ou SED. Et puis la perte de ma fille Rilke. La goutte d'eau faisant déborder le vase.

-Je suis profondément chagrinée, intervint Angelika. Je devine ce que ta fille représentait pour toi et je prends part à ton chagrin.

-Je te remercie Angelika. J'ai subi pression sur pression. Je sentais la peine couler dans mon cœur sous forme de boule. L'obligation de réussir ma vie, de placer la barre trop haute, de relever les défis, d'avoir une bonne réputation. Le cumul de ces pressions toujours grandissantes, faisait augmenter mon stress. Et lorsqu'arriva la perte de ma chère Rilke, l'horizon s'estompa et disparut devant mes yeux.

Je me sentais enclouée, désarmée. J'étais devenue un terreau propice à la déprime. D'abord le coup de blues, puis une tristesse qui s'installe pour de bon. Envie de ne rien faire, refus de la joie de vivre, répugnance face à la situation vécue. J'avais l'impression que rien ne me souriait plus, que le rire ne faisait plus partie de ma vie.

À la suite d'un traitement médical et psychique que je continue encore à subir, je reprends, peu à peu, confiance en moi. Je me sens responsable envers moi-même et envers les miens. L'amour de ma famille joue un grand rôle dans ma guérison. Depuis que j'ai repris contact avec ma sœur aînée, mes tantes et mes cousines. Je me rends compte que la vie nous fait beaucoup de cadeaux. Alors, je prends le temps de me ressaisir, de me reposer et de me donner du bon temps. Tout en travaillant sur moi-même, je cherche les moyens pour apporter du changement dans ma vie et guérir ce qui reste de mes blessures intérieures. De plus en plus, je suis convaincue que l'Amour, avec un grand A, est le sentiment le plus noble, le plus légitime, le meilleur guérisseur qui soit. Il guérit le mal de l'âme. Il redonne la conviction que la jeunesse du corps et du cœur est éternelle.

-Je suis contente que tu sois tirée d'affaire, coupa Angelika. Mais qu'est-ce que tu es venue faire ici ? Tu parais en bonne santé.

-Une longue histoire, mon amie. La traîtrise des hommes !

- Tu as été trompée par ton mari ?

-Oui Angelika ! Mais cette fois-ci, il ne s'agit pas de moi. Mes ennuis viennent de mon beau-fils, le mari de Rilke. Il est temps de dormir. Demain, je te raconterai un bout de l'histoire. Bonne nuit Angelika !

-Bonne nuit Agathe !

Les jours suivants, les deux femmes descendaient prendre une boisson chaude à la cafeteria du complexe hospitalier ou bien, elles sortaient prendre l'air dans le parc, quand il ne faisait pas très froid.

Intéressée par le récit d'Agathe, Angelika insista pour que l'histoire lui fût racontée par le menu.

-Rilke travaillait chez Hertie, poursuivit Agathe. Elle gagnait décemment sa vie. Elle regardait l'avenir avec optimisme. Quelques années plus tard, elle s'enticha d'un jeunot de cinq années son cadet puis convolèrent en justes noces. J'étais contre cette liaison rapide, parce que mon beau-fils traînait les pieds pour chercher un travail. Après le bac, il refusa de continuer les études. Il quitta la maison paternelle et alla vivre avec les hippies du quartier de Friedrichshain.

Admis dans une école professionnelle pour apprendre un métier, il s'absentait, souvent, pour maladie justifiée par des certificats de complaisance.

Lorsque ma fille eut les deux filles jumelles, le mari resta à la maison jusqu'à l'âge de leur admission à la crèche.

Par l'intermédiaire d'amis, Rilke procura, à son mari, un stage à la Poste où il fut intégré comme employé permanent et plus tard, comme contrôleur des caisses régionales.

Bien bâti, avec une belle frimousse, l'homme incarnait le personnage de Don Juan ce qui contrariait Rilke. Mais il restait prévenant et affable, et quand il se déplaçait hors de Berlin, pour des missions de contrôle, il n'oubliait jamais de téléphoner à sa femme pour s'enquérir des nouvelles de la famille.

Il y a près d'un mois, deux jours avant son déplacement à Nuremberg, l'homme paraissait agité, l'esprit absent. Il ne supportait pas le bruit des enfants et imputait son malaise au stress du travail.

Contrairement à son habitude, le soir de son arrivée à Nuremberg, il ne téléphona pas. Le lendemain soir, il appela Rilke, l'air détendu, présumant que les choses allaient comme il l'avait souhaité.

-Laisse-moi le numéro de téléphone l'hôtel, demanda ma fille.

-Écoute, il y a quelqu'un qui frappe à la porte, répondit-il pressé. Je te rappellerai.

Cette même nuit, Rilke n'avait pas fermé l'œil, attendant l'appel promis. Le mari ne rappela que deux jours plus tard, parlant de manière désordonné, bafouillant des excuses.

Pour la première fois, Rilke eut des doutes sur la sincérité de son mari.

-Où te trouves-tu en ce moment ?

-Je suis dans ma chambre. Je regarde la mer.

-À ce que je sache, Nuremberg ne se trouve pas en bord de mer !

-Excuse-moi ! Je ne t'avais pas dit que je ferai une petite virée du côté de Sylt.

Rilke eut un choc. Elle avala difficilement la salive dans sa bouche asséchée, avant de continuer.

-Mais, que fais-tu à Sylt ?

-Je me détends de mon travail.

-Tu es dans quel hôtel ?

-Ne te fais pas de soucis pour moi. Demain, dans la nuit, je rentre à la maison. Promis !

Rilke lui raccrocha le téléphone au nez et se mit à pleurer.

-Aller à Sylt pour se détendre au bord de la mer, se dit-elle, subitement prise de rage. Pour qu'il se rafraîchisse le corps et l'esprit, comme il dit. Et à moi et mes enfants ? Qui pense à nous ?

Elle décrocha le téléphone pour appeler la Poste, voulant s'assurer si son mari avait bien été envoyé en mission à Nuremberg.

A sa grande surprise, elle apprit qu'il venait de prendre un congé administratif d'une semaine.

Sans plus réfléchir, Rilke se dirigea vers la gare et prit le premier train en partance pour Sylt. Elle téléphona à deux ou trois hôtels avant de découvrir le gîte de son mari. À la réception, elle fut informée qu'il venait de quitter sa chambre pour aller à la plage. Là, elle fut confondue de le voir dans les bras d'une nana, à l'intérieur d'un Strandkorbe, un grand fauteuil de plage en osier.

Elle mit du temps pour attirer l'attention de l'homme qui semblait emporté au septième ciel.

Dès qu'il vit sa femme, le mari courut à sa rencontre et lui demanda de le suivre à l'hôtel. Il donna des explications vaseuses sur sa partenaire. Il aurait agi sur un coup de tête. Il promit de rentrer à la maison, sans plus tarder.

Rilke jeta un regard méprisant sur lui et fila, sans se retourner, en direction de la gare.

Dans la même nuit, il la rejoignit à Berlin. Rilke s'était barricadée dans sa chambre, refusant de le voir.

Le lendemain, on la trouva étendu au sol, inanimée.

Transportée à l'hôpital, elle subit un lavage gastrique à la suite d'absorption massive de barbituriques et autres tranquillisants.

Deux jours après, elle sortit du coma. Quand elle ouvrit les yeux, elle me vit à ses côtés. Je lui souris, je la caressai, je lui parlai. Elle mit du temps pour me parler, pour s'ouvrir enfin à moi. Impassible, plutôt sereine, Rilke se mit à raconter sa mésaventure.

Elle refusa toute entrevue avec son mari. Elle regretta de rouvrir les yeux sur la vie. Soudain, elle jeta, sur moi, un regard plein de reproche. Refusant que je reste à ses côtés, elle se mit à hurler comme une hystérique.

Le médecin soignant et les infirmières accoururent, mirent du temps à la maîtriser et à lui inoculer un sédatif.

Quand elle revint à la conscience, loin de se réjouir d'avoir retrouvé la vie, elle se réfugia dans un silence inexpliqué, refusant de se nourrir et de prendre des médicaments.

Volontairement, elle se condamna. Malgré la présence de ses filles jumelles et de sa grande famille réunie autour d'elle.

Le quatrième jour après son admission à l'hôpital, elle mourut, laissant une profonde blessure et dans mon cœur et dans mon âme.

Rilke aimait son mari à la folie. Elle le mettait sur un piédestal. À ses yeux, il était l'homme idéal. Pendant des années, elle travailla durement, pour consolider son foyer avant que son époux ne trouve un job. Au moment il s'était cassé le tibia, elle le promenait, en le poussant sur une chaise roulante, à travers les jardins et les parcs berlinois.

Elle lava son linge sale, elle le soutint pendant les moments difficiles, elle accomplit son devoir d'épouse sans faille pour se voir, en fin de compte, trompée, ridiculisée, humiliée.

Elle a préféré mourir que de se voir couverte d'opprobre et de honte devant ses filles et le reste de la famille.

Angelika ! Je me suis laissé aller. Je ne t'ai pas raconté de belles choses comme l'exigent les circonstances. Au lieu de te distraire, me voici en train de vider mon cœur.

-Tu as bien fait de vider ton sac entre amies. Ton histoire me touche, Agathe. J'apprécie que tu te confies à moi.

-Tu me laisses parler et toi, Angelika, tu ne dis rien!

-J'écoute. Ton histoire m'émeut. Tu me donnes envie de parler. Il y a tant de choses qui se bousculent dans ma tête mais je ne sais pas par où commencer.

-Tu ne peux pas dire tout à la fois. Raconte un peu sur ta vie.

-Une autre fois. Je me sens un peu fatiguée.

-Tu pleures Angelika !

-Non Agathe ! Plutôt, des larmes de joie ! Des réminiscences qui font surface.

Pour distraire Angelika, Agathe racontait, de temps à autre, les potins sur le showbiz berlinois. Elle avait aussi l'art de cancaner sur les politiques de l'ancien régime de la défunte RDA, ce qui provoquait des crises de faux-rire chez sa commère.

Un jour, Angelika se mit à faire revivre des séquences de son passé.

-L'autre nuit, rappela-t-elle, quand je t'ai souhaité bonne nuit, à la fin de ton récit sur Rilke, je me suis sentie dans les vapeurs. Devant mes yeux, je vis une marée humaine qui déferlait sur les sables fins du désert. Emportée par ce flot humain, je me mis, moi aussi, à réciter des litanies et à scander des slogans avec les marcheurs.

-L'Afrique ne quitte pas ton esprit, Angelika ! Le soleil, les désert, les vagues de l'océan, la faune et la flore tropicales, des souvenirs qui collent à la peau !

- Des souvenirs nostalgiques que j'aime évoquer. Quand j'y pense, je suis de bonne humeur. Ils font partie de moi-même.

Angelika parla de la Marche Verte qu'Agathe sembla complètement ignorer. Elle parla d'une épopée, selon ses dires, à écrire en lettres d'or sur le roc des montagnes du Rif, du Moyen et du Haut-Atlas. Pour en garder la mémoire vive pour les générations présentes et à venir.

J'habitais au sixième étage d'un immeuble situé rue de Rocroi, en face du port de Casablanca, poursuivit Angelika. C'était au mois de novembre. Chaque soir, depuis deux ou trois jours, le ciel se chargeait de lourds nuages qu'un vent, à décorner les bœufs, poussait vers le sud, privant la ville d'une ondée qui viendrait rafraîchir l'atmosphère. Un matin, aux aurores, j'entendis comme un grondement de tonnerre dans le lointain. Le bruit augmentait d'intensité au fur et à mesure qu'il s'approchait. Il tonnait tout proche, mais sans le moindre éclair, ce qui attira mon attention.

Je bondis hors de mon lit et j'entrai dans la cuisine. J'ouvris largement la fenêtre et je vis, sur le boulevard des Forces Armées Royales, un défilé interminable de femmes, d'hommes et d'enfants, allant en direction de la gare des chemins de fer.

Les marcheurs portaient des sacs, des ballots et des couffins. Ils brandissaient des drapeaux, agitaient des banderoles et entonnaient des chants patriotiques.

Je revins à la chambre à coucher pour arracher mon mari du lit.

-Anis ! Lève-toi ! Viens-voir ! La Massira El Khadra est en branle comme ordonné, la veille, par Sa Majesté le Roi. Les marcheurs commencent à affluer de toutes parts, par route et par chemin de fer, pour aller rejoindre la ville de Marrakech.

Anis me suivit sans résistance. Il fut surpris de voir des colonnes de marcheurs se diriger vers la gare, chantant et brandissant drapeaux et bannières.

-Tu vas sortir ta voiture, tout de suite, pour qu'on aille apporter des vivres et des vêtements aux marcheurs.

-Tu perds la tête Angelika ! Nourrir et vêtir trois cent cinquante mille marcheurs et marcheuses ! Une goutte d'eau dans l'océan !

-Fais ce que je te dis, Anis ! Tu ne sais pas que les petits ruisseaux font les grandes rivières.

Angelika alla au frigidaire, prit différents produits qu'elle emballa dans du papier aluminium ou qu'elle enferma dans des boîtes Tupperware. Elle rangea le tout dans un grand sac à dos puis se dirigea vers la garde-robe des enfants pour la vider.

-Tu te débarrasses des habits de bébé de tes enfants, Angelika ! Tu perds la boussole. Qu'est-ce qu'ils vont faire les marcheurs avec les vêtements de poupon ?

-Tu ne connais rien aux affaires des femmes, mon Anis chéri ! Trente-cinq mille marcheuses sur la route du Sahara ! Il y en aura au moins une naissance, pendant cette marche de tous les temps.

Angelika rangea habits et souliers de bébé dans un autre sac à dos puis accompagna son mari en voiture.

Au croisement des avenues des FAR et de Zerktouni, Angelika demanda à son mari d'arrêter la voiture. Elle sauta sur l'asphalte et courut vers une femme qui marchait, le pas volontaire, à la tête d'une longue colonne de femmes chargées de sacs, de gourdes d'eau et de différents ustensiles de cuisine.

Les deux femmes échangèrent des propos, observées de loin par Anis qui s'attendait au retour bredouille de sa femme.

Soudain, la femme au pas volontaire retira sa casquette et serra Angelika à elle, comme s'il s'agissait d'une vieille connaissance. Puis, la femme au leadership naturel, appela une collaboratrice pour donner des ordres.

-Je te félicite Bouchra, dit-elle. La marche se déroule en ordre et dans la bonne humeur. Il en sera de même à la gare, j'en suis certaine. Maintenant, tu vas chercher deux femmes costaudes pour aller récupérer des sacs à dos dans le coffre de la voiture arrêtée là-bas.

La chef qui semblait conduire la troupe sur le chemin de la victoire, remercia Angelika qui souhaita bonne route aux marcheuses.

Anis n'en croyait pas ses yeux. Angelika arriva à ses fins, comme d'habitude.

Anis ne pouvait contrarier sa femme. Il savait qu'elle avait vécu, comme enfant, des moments d'histoire tragiques, notamment au printemps 1945, lorsque les nouvelles annoncèrent le déferlement de l'armée rouge aux portes de Berlin. Paniquée, la population prenait d'assaut les trains et les camions pour fuir, malgré l'interdiction formelle de quitter la capitale.

Depuis la soumission du différend sahraoui au jugement de la Cour Spéciale de Justice de la Haye, la CSJ, Angelika suivait l'affaire avec assiduité. Elle écoutait les stations allemandes de la Deutsche Welle et de Deutschlandfunk ainsi que la station anglaise BBC pour commenter les nouvelles avec son mari.

Le 16 octobre 1975, elle était aux anges lorsqu'elle apprit que la Cour Spéciale, par 14 voix contre 2, confirma qu'il existe des liens d'allégeance entre les territoires sahraouis et le Royaume du

Maroc. La CSJ répondit à la question posée, à savoir si Sakiet El Hamra et Oued Ed Dahab étaient terra nullius au moment de la colonisation espagnole.

Le 5 novembre 1975, le Roi Hassan II prononça le discours d'Agadir, donnant le feu vert aux 350 000 marcheurs dont 10% de femmes, d'entreprendre la Marche Verte. Plus d'un demi-million de volontaires répondirent à l'appel du Souverain. Mais on limita les participants aux premiers chiffres retenus.

Le lendemain du discours, le 6 novembre 1975, l'opération Fath fut lancée par la mobilisation de la plus grande logistique de tous les temps. Avions, trains et plus de 8000 camions et autocars se mirent en branle pour le transport des marcheurs et des milliers de tonnes de nourriture, de matériels et de carburant.

A la fin du récit d'Angelika, stupéfaite de son ignorance, Agathe se dit être en marge de la Marche de l'Histoire.

Un autre jour, Agathe se demanda comment Angelika avait-elle pu vivre tant d'années en Afrique, loin de l'Europe.

Cette dernière se mit à rigoler. Se rappelant les propos de sa famille lorsqu'elle leur annonça qu'elle allait se marier avec un Africain.

-Mon histoire est simple, répondit Angelika. Tout d'abord, j'ai rencontré mon futur époux en terre de France, plus exactement, à Paris. Nous nous sommes vus, pour la première fois, au Club des quatre vents, situé au boulevard Saint Germain. Je ne te cache pas, chère Agathe, qu'à cette époque, tous les ingrédients étaient présents pour accentuer nos différences.

Je venais d'un pays froid, lui d'un pays chaud. Je parlais la langue allemande et un peu de français aux accents germains, lui parlait l'arabe et le français. Je suis d'origine Prusse, lui afro-andalou et arabo-berbère, comme il se plaisait à me le répéter. Je suis protestante-luthérienne, lui musulman-sunnite.

Sans mettre l'accent sur la différence de notre condition sociale.

Je suis issue d'une classe moyenne berlinoise avec des ancêtres lettrés depuis plusieurs générations, lui, issu d'une famille paysanne analphabète, possédant des terres agricoles situées à Oulad Haddou et à Médiouna, dans la région de Casablanca.

-Arrête Angelika d'énumérer des incompatibilités ! Tu me rappelle un ancien professeur de chimie, un peu fou sur les bords. Il s'acharnait à mélanger des produits incompatibles pour nous démontrer, par l'expérience, leur danger. Un jour, il a mélangé de l'eau oxygénée à je ne sais quel autre produit chimique. Il eut une explosion terrible qui fit fuir les étudiants dans la cour. Le pauvre prof se brûla aux mains et au visage et prit quelques jours d'absence pour maladie, au grand bonheur de ses disciples.

Continue Angelika ! Comment as-tu pu gérer tous ces antagonismes ?

-Malgré nos différences, nous nous sommes aimés d'un grand amour. L'amour ne connait pas de frontières, même religieuses. Un coup de foudre. Un grand amour dès le premier regard, dans un Paris tolérant où tout invitait à la joie et à la fête.

C'était le début des années soixante. Les années d'études sérieuses pendant les jours de semaine. Les week-ends, les distractions.

Des ballades, à deux, sur les quais de la Seine, au jardin du Luxembourg, au jardin des Tuileries et au parc Montsouris en face de la cité universitaire internationale.

De temps à autre, des rencontres à midi, pour casser la croûte ensemble.

Aux restaurants des étudiants du Mazet, du Mabillon, du Châtelet, de Montmartre ou de la cité universitaire, au boulevard Jourdan. Avec impatience, nous attendions les vendredis pour aller manger le couscous aux sept légumes, au restaurant de l'Association des Étudiants Musulmans Nord-africains, l'AEMNA, au 115 Bd Saint Michel.

Mon futur mari avait souffert, au point de vue nourriture. Il avait sa carte d'étudiant, ses tickets de resto mais il trouvait la bouffe déguelasse avant de découvrir le restaurant de l'AEMNA, vers la fin de sa deuxième d'année d'études.

Quand il arriva à Paris, il rencontra sur son assiette, au Mazet, un gros boudin noir, bourré de vers de terre blancs et jaunes, comme il disait, en plus de choux de Bruxelles au goût amer. De sa vie, il n'avait jamais vu un tagine aussi repoussant. Il goûta aux petits choux verts et les trouva tournés, « inavalables ». Il mangea son pain et retourna aux études, le ventre creux. En outre, il n'était pas habitué au froid d'automne parisien qui glaçait les os.

Il avait résisté une petite semaine à tout ce qui n'était pas hallal, boudins noirs et blancs, saucisses longues et courtes, jambon cuit et côte de porc repoussant. Et puis, il se mit à avaler tout qu'on lui posait pour vaincre la faim et le froid et pour continuer ses études.

La bourse venant du Maroc, arrivait au compte-goutte et il n'avait même pas un manteau chaud à mettre sur le dos. Il ne restait qu'à plier bagage et revenir au bled lorsqu'un miracle se produisit. Un tournant dans la vie du jeune homme.

Comme il était intelligent, studieux et discipliné, Anis fut remarqué par le directeur de l'école, un certain Monsieur Adrien Sainte-Marie. Un homme exceptionnel, un saint-homme, directeur et en même temps professeur de mathématiques, en dernière année de la classe d'ingénieurs.

Sainte-Marie intervint auprès de la Coopération Française pour obtenir une bourse au profit du jeune homme qui ne pensa plus à retourner au gourbi familial.

Il était écrit de nous rencontrer, tous les deux, en pays étranger, pour fonder un nid que plus d'un pensait être défait par le moindre coup de vent.

Anis me fit découvrir la chanson « À Paris » d'Yves Montand que j'appris par cœur pour étoffer mon vocabulaire français. Il m'offrit le disque 45 tours d'Edith Piaf, intitulé « La Foule », que j'ai écouté et réécouté toute une nuit, dans ma chambre de Cossigny, les larmes aux yeux.

J'ai assisté au récital de la grande diva donné à l'Opéra de Paris, boulevard des Capucines, en 1964. Un souvenir inoubliable. Anis ne pouvait y assister, retenu par ses préparations d'examens.

De mon côté, je lui fis découvrir Zizi Jeanmaire au Théâtre National Populaire. La ballerine, aux jambes superbes, renversa mon chou. Elle chanta et dansa, entre autres, « mon truc en plumes ».

Comme j'avais retenu les paroles, en cours de civilisation, je faisais éclater de rire mon Anis quand je lui récitais, avec mon accent allemand, la première strophe de la chanson.

"Mon truc en plumes

Plumes de zoiseaux

De z'animaux

Mon truc en plumes

C'est très malin

Rien dans les mains

Tout dans l'coup d'reins.»

Non habitué au théâtre et à l'opéra, pour la première fois de sa vie, Anis voyait une chorégraphie en direct. Tout l'enchantait, musique, décors, costumes, lumières et couleurs.

Zizi Jeanmaire était superbe avec les danseuses qui l'accompagnaient, toutes habillées de plumes colorées.

Je lui fis découvrir Marcel Marceau au théâtre du châtelet. Anis a vu des clowns dans sa jeunesse, mais il n'avait jamais vu pareil spectacle. Marceau, un artiste inégalable ! Un homme élastique, un illusionniste, un personnage silencieux qui fait rire jusqu'aux larmes.

Lorsque j'ai terminé mes études de haute couture dans une école privée du Boulevard Haussmann, je me préparai à retourner à Berlin.

Une nuit du mois de juillet, Anis m'accompagna à la gare parisienne de Saint Lazare. Nous nous installâmes dans un café, mes mains dans les siennes. Nous passions de longs moments à converser. Des mots doux, des cajoleries, des promesses et puis des larmes. Une nuit inoubliable qui occupe mon esprit encore aujourd'hui.

L'amour qui nous habitait était magique. Il nous donnait le sentiment d'euphorie. Il nous procurait une joie immense. Nous nous sentions vivre et renaître à la vie. Assis, l'un près de l'autre, nous nous tenions les mains et nous nous regardions dans les yeux.

Remplie d'une pure émotion, j'eus les larmes aux yeux ! Des larmes de bonheur.

Lorsque je montai dans le train en direction de Cologne, le drame éclata. Je m'effondrai en sanglots, inconsolable.

Agitant les mains en l'air, Anis courut, derrière le train, comme un dératé, jusqu'à ce que je ne distingue plus qu'un point à l'horizon.

Cette nuit, je lui offris le disque des quatre saisons de Vivaldi. Il passa toute la nuit à écouter et à réécouter les 75 tours.

Plus tard, quand j'ai annoncé nos fiançailles à ma famille, personne ne me prit au sérieux. On leva les mains en l'air comme pour crier au scandale. On tourna l'index contre la tempe pour dire que je suis devenue folle.

"Aller vivre en pays d'Afrique, parmi les Balouba ! Sans eau ni électricité ! Dans une société polygame qui fait travailler la femme comme une esclave. Et quand tu perdras tes charmes, il te laissera tomber comme une patate chaude pour prendre une femme plus jeune !»

L'histoire est longue, Agathe. Une belle aventure qui dure depuis plus de quarante ans, contrairement à ce que ma famille pensait. J'aurai l'occasion de te raconter les séquences les plus excitantes de cette longue saga.

Les jours suivants, les deux femmes échangèrent des souvenirs d'enfance sur le Berlin de leur jeunesse, le Berlin divisé en quatre secteurs, le Berlin coupé en deux parties antithétiques, séparées par un rideau de fer. Une zone tampon constituant la fortification la mieux surveillée par le régime communiste de l'ex-RDA. Un no-man's-land hérissé de fils barbelés, de miradors équipées de mitraillettes et semé de mines antipersonnel pour prévenir et empêcher toute fuite d'Allemands de Berlin-Est vers Berlin-Ouest.

Un jour, Angelika sortit une photo qu'elle tendit à Agathe.

-Voici une photo qui ne m'a jamais quitté, dit-elle. J'avais deux ans. La photo me montre dans un landau, en compagnie de mon père, de ma mère et de ma sœur ainée. La photo est prise à Schillerpark, sur l'Ungarnstrasse, en face du cimetière Urnenfriedhof.

À l'époque, nous habitions dans un immeuble surmonté de deux tourelles, situé Lüderitzstrasse, au deuxième étage, avec balcon donnant sur Seestrasse. J'étais baptisée à Kapernaumkirsche. Nous étions une famille patriarcale comprenant mes grands-parents paternels. Nous ne disposions que de deux chambres avec une seule cuisine ce qui fâchait ma mère. Plus tard, ma petite famille s'installa dans un grand appartement situé au quatrième étage d'un immeuble se trouvant au 41, Stettiner Strasse, près de la station de métro Gesundbrunnen.

Lorsqu'on entama la construction du mur de la honte, le rideau de fer passa à côté de la maison et ce fut une grande chance que nous restions côté Ouest. Ma tante Irma qui se trouvait à une centaine de mètres de chez nous, fut engloutie par la vague rouge du tsunami bolchéviste et ne retourna à la zone libre qu'après son départ à la retraite.

Semant la panique dans mon quartier, le mur passa le long de la Bernauer Strasse, continua sur Brunnenstrasse, allant en direction d'Alexanderplatz. Toutes les stations de métros se trouvant en zone russe, furent fermées au public et strictement surveillées par des soldats armés, accompagnés de bergers allemands.

Physiquement et moralement, j'ai vécu le traumatisme de cette séparation artificielle. Le jour, je travaillais à l'Est, le soir, je retournais chez moi, à l'Ouest. Mais, par la suite, les choses se sont évoluées dramatiquement. Dans la nuit du 12 au 13 août 1961, les policiers et les ouvriers commencèrent à dépaver la chaussée, à dérouler des fils barbelés et à creuser des fossés avant de commencer la construction d'une enceinte fortifiée. Le passage de l'Est à l'Ouest de la ville et vice-versa, fut strictement interdit.

Chaque jour, nous fixions rendez-vous avec ma tante Irma pour parler, à voix haute, en agitant un mouchoir. Et puis, le tout Berlin se mettait de chaque côté de la fortification pour crier sans s'entendre, pour agiter des mouchoirs et pour verser des larmes de tristesse. Lorsque le mur prit des dimensions inhumaines, la coupure Est-Ouest sembla définitive, irréversible. Il ne nous restait plus qu'à échanger des correspondances passant, toutes, sous les fourches caudines de la censure de la dictature.

Cependant, j'ai vécu de belles choses à Berlin, continua Angelika. Des images de fêtes à la maison, des images idylliques dans la rue.

Je vois, encore, devant mes yeux, des chevaux de trait au pelage jaune, avec une longue crinière blanc-crème et de lourdes pattes blanches, plongeant le museau dans des caisses en bois, pleines d'avoine.

Je vois mon grand-père maternel me prenant par la main pour me faire visiter la brasserie berlinoise, la Schultheiss-Brauerei. Elle se trouve toujours à Prenzlauer Berg, l'entrée principale sur la rue Sredzkistrasse.

Mon grand-père me fit visiter la menuiserie, les entrepôts de tonneaux, les charrettes chargées de tonneaux de bière en partance pour la ville. Je regardais les forgerons forger des fers avant de les clouer sur les sabots des chevaux. Je visitais la cuisine et le foyer des enfants, avant d'aller admirer les grandes cheminées de l'usine qui montaient jusqu'au ciel.

À la Schultheiss-Brauerei, mon grand-père travaillait dans la menuiserie à fabriquer des charrettes, avant de trouver un travail beaucoup plus rémunérateur. Chez Mercédès, dans la fabrication de châssis en bois pour voitures automobiles.

LE JOUR LE PLUS LONG

Le 3 février, tôt dans la matinée, Anis et Nour se levèrent pour aller passer la journée aux côtés d'Angelika.

Cette présence quotidienne remontait le moral de la malade. Cette compagnie la réjouissait. Sortir, ensemble, au dehors, pour respirer l'air de la forêt. S'installer, ensemble, dans la cafétéria de la clinique pour voir du monde et prendre une boisson chaude, tout en faisant un brin de conversation.

Après un petit déjeuner copieux, le père et sa fille quittèrent le petit appartement du quatrième étage, situé au 123 Eisenacher Strasse, pour se rendre à la station de métro de Nollendorf.

Anis s'arrêta au kiosque de la station et salua la marchande. Une dame d'un certain âge, toujours concentrée sur son travail, jamais disponible pour tenir une petite conversation. Différent de ce qui se passait chez lui, dans son pays où le brin de palabre agrémentait toute transaction.

Comme d'habitude, Anis acheta le «Berliner Kurrier », un quotidien de Berlin-Est, l'ex-capitale de la République Démocratique Allemande. Il savait que le journal était boudé, plutôt snobé par de nombreux Berlinois de l'Ouest, probablement pour son passé procommuniste.

De son côté, Anis ne trouvait pas de différence « intellectuelle » entre ce journal et son équivalent, le «Berliner Zeitung », édité à Berlin-Ouest. Au contraire, le Kurrier était vendu moins cher, quatre-vingt pfennigs seulement, ce qui convenait parfaitement au porte-monnaie d'Anis. En outre, le journal contenait des informations utiles qui faisaient participer le lecteur à la vie de la ville. Il contenait les nouvelles, des articles informatifs sur les faits divers, et surtout, des commentaires intéressants sur l'économie, la politique et les événements sportifs.

Ce qui attirait le plus Anis, c'était les faits divers. Par plaisir et par curiosité. Pour se sentir « immersé » dans la langue allemande et plongé dans l'atmosphère vivifiante de la capitale.

Par ses lectures quotidiennes, par ses promenades solitaires ou accompagné de sa fille, par ses contacts avec les autochtones, Anis tira la conclusion que le monde est petit et que les problèmes sociaux n'épargnent aucun pays, riche ou pauvre.

En Allemagne, pays considéré comme le porte-drapeau de l'économie sociale, il y avait beaucoup de gens pauvres. Des sans-domiciles fixes, des sans-emploi, des mendiants et beaucoup de drogués parmi les jeunes y compris parmi les mineurs. Le secteur de la prostitution florissait dans certaines rues, la pornographie s'exposait agressive, dans certaines vitrines de magasins.

À voir le nombre de magazines et de boutiques consacrés au sexe, les Beate Uhse et compagnie, la traite des blanche, the white sclavery, s'étendait à toutes les races de femmes et semblait constituer l'une des branches les plus importantes de l'économie nationale. L'érotisme à outrance capte et aliène les esprits.

Un jour, en se promenant, seul, du côté du Bahnhof Zoo, Anis tomba sur une boutique sex-shop Uhse. Il jeta un regard furtif sur la devanture et rougit. Tenté et curieux, il décida d'entrer dans la boutique. Pris d'hésitation, il se ravisa. Pensant que ce n'était pas pour lui, que ça ne correspondait pas à son éducation. Il continua son chemin puis s'arrêta. Il rebroussa chemin. Cette fois-ci, il décida d'y entrer. Sa curiosité sexuelle était plus forte. Il osa. Le premier pas fut franchi.

Anis fut surpris de voir des gens, de tous les âges, se déambuler dans les rayons de la boutique, choisir des produits et passer à la caisse, comme dans un magasin normal.

Une jeune femme, belle comme une star de cinéma, manipulait, avec intérêt, des « sex-toys » de différentes couleurs. Des organes d'hommes gonflés à bloc ! Anis rougit. Il avait honte. Honte de lui-même. Il quitta le sex-shop, la tête basse et alla changer les idées du côté de Tiergarten Park. Pour profiter d'un soleil blafard et timide et pour jouir d'une température clémente de 10 °C.

Avec le temps, Anis constata que le sexe faisait partie de la vie quotidienne des Allemands. Dans les rues et sur les bancs des jardins, les couples s'enlaçaient, se bécotaient ardemment. Le sexe hantait les rues du quartier de Nollendorf, fréquenté par les homosexuels et les lesbiens. Le sexe n'épargnait ni les affiches publicitaires, ni les films, ni la littérature. Le sexe régnait en maître absolu, constituait un vigoureux booster pour l'économie. Autre pays, autre coutume !

Anis pensa au pays. Le sexe y est tabou. Il est refoulé ce qui ne signifie pas qu'il est absent.

Il pensa à l'affaire du commissaire Ben Tabit. Une histoire qui défraya la chronique, au début des années quatre-vingt-dix du siècle dernier.

L'agent d'autorité semait la panique parmi les jeunes filles et les jeunes femmes de la Wilaya du Grand Casablanca. Il arrêtait les femmes dans la rue, les amenait chez lui pour leur faire subir les sévices sexuels, souvent de la manière la plus brutale.

Il n'avait été arrêté, disait-on, que lorsqu'il avait touché aux filles de certains hauts dignitaires. Mais la vérité, seul Dieu la connait !

L'homme passa devant la justice, fut condamné à mort et exécuté.

Des dizaines de cassettes vidéo-porno furent découvertes chez lui. Elles avaient été visualisées par des juges, pendant une bonne partie du mois sacré du Ramadan, après la rupture du jeûne, bien entendu.

Le journal Al Bayane donnait tous les détails des délibérations, pour satisfaire la curiosité des lecteurs, assoiffés de tout savoir.

Ben Tabit, selon le quotidien marocain, avouait aux juges que son « meilleur morceau » ne dormait pas. Il restait pendant des heures et des heures en éveil, pour jouir de la chair fraîche ! Et pourtant, les faits dont il est fait mention ici, se passaient bien avant la découverte du «Viagra » par les Américains.

La vente des journaux avait battu tous les records, durant les semaines précédant le jugement. Une preuve que le sexe ait une grande influence sur la chose économique.

Un autre fait sociétal commun à tous les pays, pauvres ou riches. Le suicide ! Parfois, dans le Berliner Kurrier, Anis lisait que des personnes désespérées, se donnaient la mort. En se jetant devant une rame de métro, d'au-dessus d'un pont ou en se noyant dans un canal à-moitié gelé. Parfois, certaines personnes désespérées, se bourraient d'alcool et de barbituriques pour abréger leur vie de délinquance.

Un soir, Anis fut témoin d'un accident mortel survenu à l'entrée de la gare de Témara, à une dizaine de kilomètres au sud de la ville de Rabat.

«Aouita», le train baptisé par le peuple au nom du champion mondial du cinq mille mètres, passa sur le corps d'un homme. Les voyageurs sentirent le choc et les secousses des wagons écrasant le corps du malheureux suicidé. Pour permettre aux gendarmes du patelin de dresser le constat, le conducteur du train attendit une bonne demi-heure avant de reprendre son chemin.

À l'arrivée, à la gare de Casablanca-Port, les voyageurs s'étaient agglutinés devant la locomotive qui portait les traces toutes fraîches d'un forfait fortuit. Le cœur se serrait à la vue des restes humains tâchant le devant de la machine.

L'ambiance grouillante de la station de Nollendorf arracha Anis à ses rêveries. Sa fille, à ses côtés, feuilletait un magazine hebdomadaire de santé, distribué gratuitement par les pharmacies.

Nollendorf était une gare rustique comparativement à d'autres stations de métro berlinois. Elle avait un seul kiosque de vente de journaux, avoisinant un Imbiss, boutique de vente de casse-croûte, de boissons alcoolisées et non alcoolisées.

Malgré sa simplicité, la station a une vieille histoire qu'elle rappelle à la mémoire des passagers. On pouvait lire, en allemand, les inscriptions suivantes, gravées sur du métal.

«C'est ici, qu'en l'an 1926, Siemens a essayé la première locomotive mise sur les rails du métro."

À l'entrée de la station, gravées sur du marbre, des lettres remémoraient les premiers hétérosexuels allemands victimes du régime nazi. Des homosexuels, des lesbiennes et tous ceux qui avaient un comportement s'écartant de la norme du couple classique, homme-femme, furent pourchassés et assassinés.

À Berlin, chaque station de métro, chaque gare, chaque rue et chaque monument, a une histoire à raconter. Aux visiteurs et aux voyageurs curieux d'ouvrir bien les yeux pour apprendre des choses intéressantes sur l'histoire et sur la civilisation germaniques.

Anis regretta qu'il n'existe pas un guide des bouches de métro berlinoises, comme il en existait pour les bunkers. Un tel document contribuerait à faire connaître, davantage, l'histoire captivante de la métropole.

Arrivant avec un grand fracas, le métro arracha Anis à ses rêveries erratiques. Le père et sa fille s'y engouffrèrent, prenant la direction de Venitastrasse. Comme à l'accoutumé, ils interrompirent le voyage vers Buch, en descendant à la station de métro Alexander-Platz, Alex pour les Berlinois. L'un des quartiers les plus fréquentés de la ville réunifiée. Une place qui exerçait une très forte attraction aussi bien sur les autochtones que sur les touristes. Une place aussi fréquentée sinon plus que le Bahnhof-Berlin-Friedrichstrasse, le Kurfuerstendamm, le Bahnhof-Zoo, le Postdamer-Platz, le Brandenburger-Tor ou le Check Point Charly.

- J'ai une grande faim, fit savoir Nour. Je ne veux pas de sandwich. Manger dare-dare, en position debout, chez les Chinois ou chez les Turcs ! Je veux un vrai repas chaud pour nous donner de l'énergie. Ce sera l'occasion de parler entre « quatres-yeux », car nous ne sommes pas vus depuis plus d'une année.

Les jours derniers, Anis et Nour s'étaient empiffrés de doeners turcs, sorte de sandwich comprenant des lamelles de viande grillées, de la salade, de la tomate et du concombre, le tout contenu à l'intérieur d'un petit pain plat fendu.

À la sortie du métro Alex, un froid glacial les surprit. Ils se couvrirent la tête, mirent des gants et se hâtèrent de rejoindre le centre commercial Kaufhof tout proche. Un bâtiment massif, avec une façade originale, en forme de nid d'abeilles.

Ils ne résistèrent pas à la curiosité de découvrir le supermarché, en flânant entre les rayons. Au rez-de-chaussée, ils s'étaient parfumés en utilisant les échantillons réservés aux clients.

Après plus d'une heure d'errance, d'un étage à l'autre, ils descendirent au rez-de-chaussée, dans l'espace réservé aux produits alimentaires.

L'odeur de la viande grillée les appâta, les attira irrésistiblement. Ils hésitèrent entre le bœuf, le poulet rôti ou le canard fumant.

À cette heure de la journée, le poulet rôti se vendait comme des petits pains. Pour la première fois, ils virent d'énormes machines rotatives cuire des poulets par dizaines. De multiples broches tournaient, sans arrêt, sans cesse garnies et dégarnies par des cuisiniers adroits.

Après longue tergiversation, ils optèrent pour la dinde.

Ils choisirent un grand gigot bien chaud, bien bronzé, appétissant. Ils firent le tour des étalages pour prendre du pain noir complet, de la salade variée, du fromage et du chocolat allemand dont ils étaient si friands. À la caisse, ils constatèrent avoir fait des folies. La note était bien salée. La dépense atteignit 13,95 DM, alors qu'auparavant, ils ne consommaient pas plus de 9 DM, à deux, soit l'équivalent de 50 dirhams marocains.

Se permettre un tel régal, surtout par un pareil froid, valait la dépense.

Une fois la caisse réglée, ils montèrent au restaurant, situé au quatrième étage du Kaufhof. Pour accéder aux tables du restaurant, il fallait emprunter l'un des trois ou quatre couloirs contrôlés par les caissières. Pour franchir ces passages sans encombre, il fallait dépenser encore de l'argent.

La fille choisit un verre de cacao, le père une tasse de café. Ils prirent deux plateaux, une assiette vide et deux couverts. Ils savaient qu'ils n'avaient pas le droit de manger la dinde et tout ce qui s'en suivait au restaurant. Mais, ils voulaient fêter l'occasion de se retrouver ensemble.

Ils choisirent une grande table fleurie, située à proximité de la grande baie vitrée, protégée par la structure en nid d'abeilles. Une vue panoramique sur l'immense place d'Alexanderplatz et son Horloge du Monde qui n'attirait pas grand monde à cause du froid.

Satisfaits et de bonne humeur, le père et la fille parlaient de tout et de rien. Ils rigolaient, mais sans faire de bruit. De temps à autre, ils observaient les gens autour d'eux.

La présence de vieux messieurs et de vieilles dames prédominait. Les clients prenaient plaisir à déguster les mets, en conversant jovialement. De respectables grands-mères, assises à deux ou à trois, prenaient un grand plaisir à manger des gâteaux couverts d'un monticule de crème fraîche tout en dégustant le café crème, pris dans de grandes tasses en porcelaine. Des dames vivaces, bien soignées et qui semblaient mordre dans la vie à pleines dents.

Le sourire malicieux, Nour questionna.

- Est-ce que tu penses que deux grand-mères marocaines puissent sortir, ensemble, et s'installer sur la terrasse d'un café ou à l'intérieur d'un restaurant, pour profiter de la vie comme le font ces deux femmes, là, devant nous ?

- Pourquoi tu dis cela ?

- Juste pour savoir.

Anis répondit que chaque pays a ses us et coutumes et que les vieilles personnes du Maroc, hommes ou femmes, savent autrement bien jouir de la vie. En faisant le pèlerinage aux lieux saints pour l'Omra, le petit hadj, à n'importe quel mois de l'année. En visitant les moussems, les fêtes régionales, comme la fête des roses à Mgouna, le festival des fiançailles d'Imilchil, dans le Haut-Atlas, sans oublier la célébration des mille et un marabouts disséminés à travers le Royaume Chérifien.

-Papa ! Je ne savais pas qu'il existe autant de fêtes et de célébrations au Maroc !

-Je n'ai pas évoqué les fêtes religieuses, le Maoulid commémorant la naissance du Prophète Mohammed, le début et la fin du mois de Ramadan, l'Aïd Al Adha et j'en passe. Et pour revenir au thème des vieilles dames, l'accès aux cafés n'est plus une exclusivité masculine.

Le thème du vieillissement de la population allemande fut soulevé, comparativement à celui des pays du Maghreb.

Père et fille furent unanimes de penser, qu'en fin de compte, le troisième âge a plus d'occasion de se réjouir en Allemagne.

Les musées, les zoos, les théâtres, les opéras, les cinémas, les salles d'exposition, les bibliothèques, les conférences, les parcs et les jardins, les excursions sur les grands lacs. Avec accès gratuit ou à prix modéré.

En outre, les vieux allemands disposent de moyens de transport publics performants, ce qui facilite le déplacement et qui encourage à sortir pour participer à la vie sociale. Sans parler de l'accès aux soins médicaux pour tous.

Père et fille parlèrent du miracle de l'économie allemande, palpable dans toutes les branches d'activité.

Quant à la pauvreté, elle est toute relative. Un allemand pauvre est un riche comparé à un pauvre des pays en voie de développement.

Les progrès socio-économiques réalisés en Allemagne, au cours de la deuxième moitié du vingtième siècle, a permis l'éclosion d'une société intégrée ce qui honore les dirigeants démocrates qui se sont succédés à la tête du pays.

Une fois le repas terminé, le ventre plein, les thèmes épuisés, le père et sa fille sentirent la paresse s'installer dans le corps et dans la pensée.

La digestion commença à faire son œuvre.

Avant que la somnolence ne s'installât pour de bon, Anis décida de quitter la table. Sa fille le suivit. Les plateaux et la vaisselle furent déposés sur un tapis roulant, les conduisant directement à la cuisine.

Il leur était pénible de quitter le Kaufhof. La chaleur et le confort des lieux leur faisaient oublier l'austérité de l'hiver, le temps gris et le froid qui sévissaient à l'extérieur.

Une fois dehors, ils étaient accueillis par un air glacé qui les ragaillardit. Il fallait bouger pour ne pas geler.

Transis, ils pressèrent le pas pour rejoindre la bouche du métro se trouvant à quelques mètres.

Ils reprirent le quai, direction Venitastrasse. Sur l'autre quai, direction Ruheleben, une foule dense et bruyante.

Durant son court séjour à Berlin, Anis ne cessait de faire l'aller-retour entre son pays et l'Allemagne.

Physiquement, il se trouvait parmi les Germains, dans un pays nordique, froid et glacial à cette époque de l'année. Par l'esprit, il s'imaginait à Casablanca, ville des jasmins et des bougainvilliers, des hibiscus et des lauriers. Ville où règne, toute l'année, une chaleur douce, un printemps illuminé et souriant.

Il lui était impossible qu'il repose ses méninges. À force de comparer et de contraster. Passant en revue les choses que les deux pays avaient en commun et cogitant sur les différences. Un tic intellectuel lancinant et hallucinant. Un exercice qui s'imposait à lui et auquel il ne pouvait se soustraire.

Il avait observé que dans toutes les stations de métro où il se trouvait, les trains arrivaient et repartaient toutes les cinq à huit minutes. En ordre, des foules d'individus descendaient et montaient dans les wagons, sans précipitation ni excitation. Discipline et respect de l'autre sont la force de frappe du peuple allemand.

Ces gens ne se pressaient jamais pour monter dans un train ou dans un autobus. Pas d'excitation, pas d'énervement, pas de coup de coude pour se servir le premier. Ils savaient que s'ils rataient un véhicule de transport, un autre allait arriver sans tarder.

Il en était de même devant les guichets des gares de chemin de fer et des aéroports.

De l'autre côté de la Méditerranée, il y a manque, non seulement de moyens de transport, mais aussi d'esprit d'organisation. Les horaires de passage ne sont ni affichés, ni respectés.

Les gens se conditionnent. Par la force des choses. Frustrés, ils intériorisent une situation de pénurie permanente. Pour réagir à cette oppression, ils sont contraints de sécréter, malgré eux, des moyens de défense. Alors, ils s'adonnent à la bousculade, au jeu des coudes, à la violence. Ils finissent par devenir des schizophrènes.

Revenant de la Mecque, un ami d'Anis racontait à ce dernier, qu'à l'arrivée des avions aux lieux saints, les pèlerins s'ordonnaient impeccablement devant les portes de contrôle pour passer, les uns après les autres. Par contre, la plupart de nos compatriotes s'agglutinait devant les guichets, gênant la fluidité de passage.

Sans aucun doute, le milieu influe sur le comportement général d'une société. Cette dernière évolue, dans ses comportements, avec l'évolution de ses infrastructures et de ses superstructures.

Le trafic automobile à l'intérieur de la ville de Berlin, a des règles simples que tout le monde respecte. Vous ne voyez jamais un piéton allemand traverser la route, en dehors des passages cloutés et avant que le feu vert ne lui donne le signal de passer. Là où il n'existe pas de feu signalétique, un automobiliste s'arrête toujours au passage clouté pour laisser passer le piéton.

Pour faire accepter et appliquer ces règles simples, il faut éduquer, sensibiliser et répéter sans se lasser. C'est un travail de longue haleine. Un travail de tous les jours. Un travail utile si l'on veut diminuer le nombre d'accidents faisant des milliers de morts et de blessés, chaque année.

"Suis-je envieux ? », se demanda Anis étonné. Il voulait contrôler cette envie mais il ne pouvait déconstruire ces émotions sporadiques. Heureusement que cette envie ne soit pas visible sur l'expression de son visage.« Et pourtant, se dit-il, je ne suis pas insatisfait de ma vie dans mon pays.»

Soudain, Anis sentit quelqu'un le tirer par le bras. Nour le sortit de ses rêveries pour lui annoncer qu'il faudrait descendre à la prochaine station.

À la station Schoenhauser Allee, ils devaient quitter l'U-Bahn pour prendre la correspondance menant vers le S-Bahn, le métro de banlieue. À cette station, le changement de train leur devenait familier. À l'avance, ils savaient qu'ils allaient dégringoler, exactement, soixante-dix-neuf marches d'escalier à l'aller et qu'il leur faudrait les remonter au retour.

Anis les avait bien senties, dans les genoux, ces sacrées 79 marches ! Un soir, à son retour de l'hôpital Buch, il les compta.

Le lendemain, en retournant à Buch, il les recompta, patiemment et il communiqua le chiffre exact à sa fille.

Le jour suivant, elle les dénombra, à son tour et, depuis ce jour-là, elle ne les escaladait plus, prestement, comme une gazelle, mais prenait patience de les grimper au rythme de son père.

Les escaliers, taillés dans le granit, étaient un exercice quotidien, un exercice incontournable pour des milliers de vieux et de non vieux, obligés de prendre le train pour se déplacer entre la banlieue nord-est et le centre de la ville de Berlin.

Peut-être, qu'un jour, des escaliers roulants seraient-ils installés à Schoenhauser Allee comme il était le cas pour la plupart des stations de métro berlinoises.

En parcourant la ville de Berlin dans tous les sens, Anis constata que sur la plupart des réseaux de métro et des réseaux de chemins de fer de la Deutsche Bundesbahn, des travaux importants de rénovation, de modernisation et d'extension étaient engagés.

Ce renforcement des infrastructures ne se limitait pas seulement à Berlin-Est, mais concernait également Berlin-Ouest.

Partout, on posait de nouveaux rails. Partout, on construisait de nouvelles stations et de nouvelles gares. Partout, on modernisait et embellissait les anciennes stations de métro.

Les moyens de transport de masse berlinois, semblaient déclarer une guerre ouverte aux moyens de transport privés, en l'occurrence aux voitures automobiles.

En Allemagne, il existait plus de quarante millions de voitures privées, sans compter les camions et autres engins de route. Le réseau routier s'étendait sur environ 230 000 Km, non compris les routes tertiaires.

À Berlin, plus de un million et demi d'automobiles sillonnaient les rues de la ville. La métropole paraissait super-motorisée, atteignant la limite du supportable. La pollution atmosphérique était perceptible et des bouchons freinaient la circulation, même en dehors des heures de pointe.

Se déclarant être les vrais amis de la nature, les moyens de transport publics s'engageaient, ouvertement, dans la concurrence avec les moyens privés. Et, ils le faisaient savoir clairement aux moyens de panneaux publicitaires.

Le S-Bahn allant de Schoenhauser Allee à Buch, semblait surfer sur une couche d'air, tant il était confortable et rapide.

Anis n'avait pas senti le temps passer. Peut-être parce qu'il avait somnolé tout le long de la route pendant que sa fille plongeait toujours la tête dans son magazine de santé, traitant de la maladie coronarienne.

Arrivés à Buch, ils prirent l'autobus n° 251 qui les déposa en face du complexe hospitalier des maladies cardiaques, le Herzencentrum-Bereich 6.

Comme d'habitude, ils montèrent les escaliers, du premier au quatrième étage, sans prendre l'ascenseur. Entrecoupés par de larges paliers reposants, les escaliers ne comprenaient pas beaucoup de marches.

De l'extérieur, les visiteurs pouvaient accéder directement au premier étage de l'hôpital. Ce dernier comprenait un restaurant, un kiosque pour la vente de journaux et de fleurs et une salle de repos pour déguster un café ou un thé et manger un sandwich.

Là, se trouvaient des cabines téléphoniques et des WC irréprochables. Avec de l'eau chaude et froide, du savon, du papier toilette et du papier pour essuyer les mains. Le tout respirant l'hygiène.

Soudain, Anis sentit comme une crampe au cœur. Un mélange explosif de joie et d'appréhension.

Ils atteignirent le quatrième étage.

Doucement, sur la pointe des pieds, ils se dirigèrent vers la chambre n° 1, située à l'entrée gauche d'un long couloir.

Grande surprise ! Angelika n'était pas dans la chambre !

Saisis de panique, le père et la fille se figèrent, les yeux fixés sur une malade couchée dans le lit réservé, habituellement, à leur parente. Ils connaissaient bien cette pensionnaire. Depuis deux jours, elle partageait la chambre avec Angelika.

La dame devait être opérée la veille, puisqu'elle était reliée à des appareils de surveillance médicale. Elle flottait entre conscience et torpeur. Les médecins avaient certainement décidé de l'esseuler pour lui procurer plus de tranquillité et de repos. Mais où avait-on installé Angelika ?

Ils frappèrent à la porte de la salle des infirmières, avoisinant la chambre n°1.

Une Krankenschwester aux yeux verts, habillée tout de blanc, expliquait que la patiente avait quitté le Herzencentrum, à midi, pour être transférée dans une autre clinique.

- Pourquoi le transfert ? Pourquoi une autre clinique ?

L'infirmière ne répondit à aucune question. Elle demeura silencieuse, discrète. Son silence énigmatique inquiéta les visiteurs.

- Qui a décidé ce transfert ? Pourquoi la famille du malade n'a pas été informée ? Est-ce que la malade est en danger ?

L'infirmière resta muette.

Devant l'insistance du père et de la fille, la Krankenschwester fit savoir que la décision de transfert ne pourrait être prise que par le médecin traitant.

- Pourrions-nous voir le médecin traitant ?

- Non ! Il n'est pas ici pour le moment. Il ne sera pas de retour avant longtemps. Mais je peux vous indiquer l'endroit où se trouve la patiente. Elle a été admise au Teil II. Vous pouvez vous y rendre.

- Où se trouve le Teil II ? Est-ce à Buch ou ailleurs ? Comment y aller ? Nous ne sommes pas motorisés.

- La clinique où elle se trouve, est située à Buch. Je vais vous indiquer l'adresse exacte. Vous pouvez vous y rendre en prenant le bus.

L'infirmière prit un stylo à bille rouge, un petit papier blanc de forme carrée et y inscrivit les indications suivantes.

Huefelland Teil II

Stat. 204

Ensuite, elle essaya de leur situer les lieux. Parlant doucement et clairement, tout en s'aidant des mains pour leur faciliter la compréhension.

- La station 204 n'est pas loin de la station du métro Buch, dit-elle. Pour y arriver, prenez le bus à la sortie de l'hôpital et quittez-le à Buch. Ensuite, prenez le bus n° 151 et descendez au premier arrêt. Marchez tout droit devant vous, puis prenez la première rue à votre gauche, là où vous voyez un grand immeuble dont la façade est bariolée de couleurs, jaune, vert et bleu. Vous marchez quelques mètres. A votre droite, vous allez voir une guérite installée en bordure d'une rue coupée à l'aide d'une barrière mobile. Dépassez la barrière, traversez une porte cochère et là, juste à votre gauche, vous avez la station 204. Je regrette vivement de ne pouvoir vous y conduire. Adieu !

Toutes les indications données avaient été plus ou moins retenues faute de concentration.

Mais, le plus important pour les visiteurs, était d'arriver au bus n° 151. En cas de problème pour trouver le chemin, ils comptaient sur l'aide des passants. Le père et la fille descendirent, précipitamment, les escaliers du Herzencentrum, les dévalant deux par deux, pour rejoindre l'arrêt du bus situé devant la porte de la clinique.

À Buch, ils trouvèrent facilement le bus 151 qu'ils quittèrent à la première halte.

Il était 14h30. Il faisait un froid de canard. Le ciel d'une grisaille maussade. Les trottoirs et les jardins des maisons couverts d'une fine couche de neige, brodant une fine dentelure sur les haies.

Les toits des maisons en pente, étaient blancs, comme saupoudrés d'ouate. Un vent piquant fouettait les joues, glaçait le bout du nez et gelait les oreilles.

Ils marchèrent une cinquantaine de mètres de la halte d'autobus. Une façade d'un grand immeuble, hachurée de couleurs, les rassura. Ils étaient sur le bon chemin.

Ils traversèrent la route, prudemment, pour ne pas glisser sur le sol gelé par endroits. Une fois arrivés devant l'immeuble bigarré, ils décidèrent de demander leur chemin aux passants. Par précaution et pour gagner du temps.

Les personnes questionnées, écoutaient à peine et repartaient rapidement, en disant ne pas savoir. Certaines gens, même parmi les adolescents, secouaient négativement la tête, sans s'arrêter, laissant montrer une peur à peine voilée. Ils refusaient visiblement le contact.

Inquiet, Anis se posa des questions.

-Pourquoi les gens, avaient-ils peur de nous ? À cause de notre accent allemand coloré ou à cause de notre peau ?

Les rares personnes qui avaient du temps à leur consacrer, ne savaient pas où se trouvait le Huefelland-Teil II, station n° 204. Elles lisaient le bout de papier tendu et le rendaient, regrettant ne pas pouvoir leur être utiles.

Contrariés, ils continuaient désespérément à chercher une aide. Dans une périphérie de Buch presque déserte, à la lisière de forêts impénétrables.

Une ambulance passa, toutes sirènes lancées. Anis lit la frayeur sur le visage de sa fille qui serra sa main. Des larmes coulèrent sur ses joues.

Soudain, elle arracha le bout de papier de la main de son père et alla, seule, à la rencontre d'une vieille dame qui passait. Une femme grande et mince, l'œil vif et la démarche alerte. Enveloppée dans un manteau noir et gantée de cuir noir.

- S'il vous plaît, Madame ! Interpela la fille d'une voix grêle et chevrotante, mêlée de sanglot. Où se trouve la station 204 ? Ma mère est malade. Elle vient d'y être transférée.

La dame parut attendrie. Elle prit le bout papier, le lit posément puis consacra le temps nécessaire pour indiquer le chemin.

En quelques minutes, le père et sa fille se trouvèrent devant la barrière et la porte cochère. Là, juste en face d'eux, se dressait le bâtiment portant le n° 204.

Un ancien complexe hospitalier aux façades en briques rouge-moisie, s'élevant sur quatre à cinq étages.

Par une petite porte, ils accédèrent à l'intérieur du bâtiment. Personne au rez-de-chaussée et au premier étage ! Un silence de cimetière !

Ils descendirent au rez-de-chaussée et s'engagèrent dans un long et large couloir. Le plafond du bâtiment était haut, très haut. Se trouvant à près de cinq mètres au-dessus de leur tête. Un silence absolu régnait dans la maison.

Ni malades, ni infirmières, ni médecins sur leur chemin. Et pourtant, au milieu du couloir, à leur droite, se dressaient des tables offrant toutes sortes de boissons. Café, thé, jus de fruit, eau minérale.

Apparemment, ils se trouvaient dans une maison de repos. Un véritable havre de paix, situé au milieu d'une forêt de pins et de sapins. Une maison d'une propreté parfaite. Une propreté inscrite dans le génome du peuple allemand.

Tout bas, Anis et sa fille échangèrent quelques mots doux, exprimant leur joie que la malade soit admise dans ce centre de convalescence. Une vraie maison de cure !

- Dans cette maison de repos, ma mère va, très vite, recouvrer ses forces. Je suis contente pour elle.

- Moi aussi, je suis content.

Arrivés à la fin du couloir sans rencontrer âme qui vit, ils revenaient sur leurs pas jusqu'aux escaliers.

À nouveau, ils montèrent au premier étage. Aucun être vivant dans cette maison fantôme !

La fille choisit de revenir sur ses pas, en dévalant les marches de l'escalier, quatre à quatre, tirant son père derrière elle.

Les revoici au rez-de-chaussée ! Cette fois-ci, ils empruntèrent le couloir parallèle à la façade de la maison.

Ils allaient frapper à la porte d'une chambre qu'ils pensaient être le bureau des infirmières, lorsqu'une femme en sortit, tout vêtue de blanc, de la tête aux pieds. Elle avait un minois d'ange et un sourire apaisant. L'infirmière inspirait confiance.

- Qu'est-ce qu'il y a à votre service ? demanda-t-elle gentiment.

- Ma mère Angelika, Frau Anis, a été admise chez vous, aujourd'hui, aux environs de midi. Nous voulons lui rendre visite. Pourriez-vous nous aider ?

L'infirmière saisit le bout de papier, le lit d'un coup d'œil rapide. Puis, d'une voix douce trahissant la compassion, elle dévoila.

- Votre mère n'est plus ici. Elle vient d'être transportée d'urgence dans une clinique de Buch. Il y a juste une demi-heure.

- Pourquoi transportée ? Qu'est-ce qui se passe ? Est-ce grave? Comment se porte ma mère? demanda la jeune fille d'une voix plaintive, les larmes aux yeux.

- Lorsque votre mère est arrivée chez nous, répondit la dame, calmement, elle ne se sentait pas très bien. Elle avait besoin de soins urgents. Les médecins qui l'ont examiné, ont décidé de la faire transférer dans une clinique bien équipée, pour traiter les maux de ventre dont elle souffrait.

- Il y a erreur sur la personne ! Ma mère ne souffre pas de maux de ventre. Elle n'a jamais souffert de tels maux. Elle venait de subir deux opérations successives au cœur. Est-ce qu'il s'agit bien de ma mère ? Frau Anis ? Angelika ?

- Oui, il s'agit bien d'elle. Elle se plaignait de maux de ventre. Nous avons remarqué du sang dans les selles. Elle avait besoin de soins urgents. Nous l'avons transférée dans un hôpital spécialisé dans la chirurgie interne.

- Parlait-elle ? Était-elle consciente au moment de vous quitter ? Est-ce grave ma sœur ?

- Elle était consciente quand elle nous avait quittés. Elle répondait aux questions des médecins. Vous pouvez lui rendre visite et lui parler. Etes-vous motorisés?

- Non, ma sœur ! Nous utilisons les moyens de transport public. Pourrions-nous la rejoindre à pied ?

- À pied, non ! J'ai de la peine pour vous. Il va falloir vous rendre en bus à Hobrechtsfelder Chaussee. Connaissez-vous ?

- Non, ma sœur ! Nous ne sommes pas de Buch. Nous venons de Berlin-Schoeneberg.

L'infirmière prit le bout de papier carré, le retourna et inscrivit au stylo à bille noire, l'adresse suivante.

708- OB VII -Hobrechtsfelder Chaussee.

Puis, elle donna des explications pour aider à trouver facilement l'hôpital.

- Vous prenez le bus n° 158 jusqu'à Buch, continua-t-elle. Ne le quittez pas à Buch mais au deuxième arrêt de l'autobus. M'avez bien compris ?

Ils répondirent par l'affirmative, en remerciant. Et, tels des lièvres inquiets, ils détalèrent, à toute vitesse, pour quitter la clinique et aller à la recherche de l'arrêt du bus 158.

Un quart d'heure plus tard, ils étaient à Hobrechtsfelder Chaussee. La nuit tomba bien avant le coucher du soleil. À cause du ciel bas qui assombrit le jour dès son lever. Rien à voir avec le climat méditerranéen éclatant de lumière.

Pour s'orienter, ils regardèrent, tout autour d'eux, et remarquèrent qu'ils étaient déjà passés par-là, en autobus, à plusieurs reprises.

La clinique où ils devaient se rendre, se trouvait à quelques centaines de mètres du Herzencentrum. Elle se situait du même côté que ce dernier centre, en bordure d'une route traversant un bois dense.

Les deux polycliniques étaient séparées par deux stations de bus.

Anis et sa fille entrèrent dans l'enceinte du complexe hospitalier OB VII, en saluant le gardien, haut perché, à l'intérieur d'une guérite vitrée, située à l'entrée de la porte principale. Il salua avec le sourire, en secouant la tête, sans poser de question.

L'OB VII était un immense centre hospitalier, situé en pleine forêt.

À quelques mètres de l'entrée principale, se dressaient des bâtiments modernes à plusieurs étages, se composant d'une pharmacie, d'une polyclinique et d'un immeuble de quatre étages où l'on pratiquait la chirurgie interne.

On y traitait les malades atteints du cancer, aux moyens de la radiothérapie, la chimiothérapie et autres thérapies ciblées et l'on y soignait, également, les personnes victimes de fractures.

Sur le toit du bâtiment, flottait un filet blanc-rouge indiquant la direction du vent aux hélicoptères devant évacuer les malades et les blessés graves dont ceux de la circulation de la route.

Le Herzencentrum comportait les mêmes équipements et balises facilitant la réception des patients par voie des airs.

La vue d'une ambulance arrêtée à proximité de la porte de l'immeuble à quatre étages, décida Anis et Nour à marcher dans cette direction.

A l'entrée du bâtiment, un grand tableau mural donnait, aux visiteurs, toutes les informations nécessaires sur les spécialités pratiquées dans l'hôpital et sur les endroits exacts où elles se passaient.

Le 708 qui les intéressait, se trouvait au quatrième étage.

Ils prirent l'ascenseur et, à la sortie, ils s'engagèrent, au hasard, dans le couloir se trouvant en face d'eux.

Au début du couloir, ils virent un médecin, entouré de deux infirmières.

Nour s'approcha du docteur et, en s'excusant de déranger, lui tendit le bout de papier carré, en précisant que sa mère avait été admise dans cet hôpital, ce jour à midi. Les médecins de Huefelland-Teil II avaient décidé le transfert, parce que la malade souffrait de maux douloureux au ventre.

Le docteur lit le bout de papier puis, regardant la jeune fille, droit dans les yeux, lui répondit avec assurance.

- Frau Anis ? Angelika ? Cette personne ne me dit rien. Elle n'est pas venue dans notre clinique.

Il rendit le précieux papier à la jeune fille et, sans autre commentaire, il tourna le dos pour s'éloigner, suivies par les deux infirmières.

À cet instant précis, Nour fendit en larmes. Le bruit de ses sanglots rompit le lourd silence qui régnait dans l'étage.

Anis serra sa fille contre sa poitrine pour essayer de la calmer mais il n'arriva pas à lui faire entendre raison.

L'une des deux infirmières revint sur ses pas, serra Nour à elle, lui caressa les cheveux, tenta de son mieux de l'apaiser. L'autre infirmière revint, également, sur ses pas.

-Angelika ! Cela me dit bien quelque chose, fit savoir cette dernière. Effectivement, elle vient d'arriver chez nous.

L'infirmière s'arrêta net de parler. Ne voulant plus rien ajouter, elle s'éloigna.

Nour et son père la joignirent, la pressèrent de questions, insistèrent pour qu'elle les conduise chez la malade, mais toutes leurs tentatives furent vaines.

Le médecin s'isola un instant avec les deux infirmières puis revint vers Anis et sa fille, quelque peu détendu, apparemment prêt à coopérer.

Il les invita à le suivre dans une salle de réception située à gauche de l'entrée du couloir. Il les fit asseoir dans des fauteuils, les fixa longtemps, sans dire un mot. Sa main droite se portait, de temps à autre, à sa barbiche noire, ornant son menton, qu'il caressait à plusieurs reprises, avec une certaine délectation.

Le médecin prit un air gentil. Ils sentirent qu'il allait parler, qu'il allait les mettre au courant de ce qui se passait. Patiemment, ils attendirent le verdict.

L'homme n'était ni grand, ni gros. Il ressemblait plus à un pasteur d'un temple protestant qu'à un médecin en blouse blanche.

Nour ne posa plus de questions. Elle se contenta de regarder le toubib cultiver sa manie de porter la main au menton, pour caresser longuement sa barbiche.

Soudain, l'air sérieux, il révéla.

- Frau Anis est en OP !

Il regarda sa montre et ajouta.

- Il est dix-sept heures. Elle rentre à cet instant même dans la salle d'opération pour subir une intervention chirurgicale. Attendez-moi ici, un instant. Je vais téléphoner à la salle d'OP pour en savoir plus. Je reviens pour vous donner de plus amples informations.

Quand il les quitta, la salle d'attente, plongée dans la pénombre, leur parut une tombe. Ils ne pouvaient croire leurs oreilles. L'attente devint une torture.

Nour s'approcha de son père, appuya sa tête contre son épaule et se mit à pleurer, en s'efforçant de faire le moins de bruit possible. Le père l'encouragea pour surmonter la situation. Il la consola autant qu'il put. En vain !

Les cinq minutes d'attente semblaient une éternité.

Soudain, le médecin réapparut.

A cet instant, il sembla aux visiteurs que le monde s'écroule sous leurs pieds. Ils redoutèrent le pire. Deux opérations successives à cœur ouvert, c'était le monde à l'envers. Ils ne s'attendaient pas à une troisième opération.

Qu'arrivait-il à la médecine ? N'avait-on pas oublié quelque outil de travail ou du coton dans la poitrine de la malade ?

La situation devenait insupportable. Les sens écorchés à vif. Les visiteurs vivaient un véritable capharnaüm. Les informations fournies paraissaient inconsistantes, évasives.

Une troisième opération en peu de jours ? Un supplice à infliger à une petite poignée de femme, devenant l'ombre d'elle-même !

Depuis la première intervention, elle n'était maintenue en vie que grâce à un réseau de tuyaux connectés au cou, aux bras, au poignet et au ventre.

Et maintenant, à cet instant même, elle allait subir une troisième opération ! Le risque était grand. Les chances d'un prompt rétablissement s'amenuisaient, s'estompaient.

Malgré tout, Anis et Nour gardaient l'espoir. Sans cesse, ils balbutiaient des prières. Des prières répétées afin que le Ciel couvre la malade de sa large miséricorde. Des prières, les seules lueurs subsistantes, susceptibles de déchirer les épaisses couches d'obscurité qui voilaient l'horizon.

Ils priaient pour que la malade puisse surmonter cette dure épreuve et remporter une nouvelle victoire sur la mort.

De retour, le médecin toussa pour attirer l'attention. Et d'un air grave et solennel, il avisa.

- L'opération vient de commencer à l'instant. Pour le moment, je ne peux pas donner plus de précision. Dans deux heures, appelez-nous au téléphone. Appelez plutôt vers 21 heures.

Constatant la profonde mélancolie sur le visage des visiteurs, il les fit rasseoir et prit place à leur côté, comme pour leur apporter son soutien.

Et d'un ton calme, il rassura que tout allait bien se passer.

- Rappelez de préférence à 22 heures, conclut-il en les fixant, tour à tour, dans les yeux.

Il prit le bout de papier gardé comme un fétiche et y inscrivit le numéro de téléphone à appeler : 94 01 74 41.

Soudain, comme sortie de sa longue léthargie, Nour adressa au docteur une série de questions pressantes. D'une voix attendrie mais inquiète. Dans cette voix, on ressentait comme un appel au secours. Comme une prière pour conjurer le sort. Une prière pour mettre fin aux enchaînements du destin qui s'acharnait contre la petite famille. Des enchaînements brutaux, précipités et qui tenaient la famille en haleine depuis des semaines.

- Pourquoi une troisième opération, docteur ? Se lamentait-elle, à nouveau. Pour opérer quoi, au juste ? Le cœur ou le ventre ? Dans l'état où se trouve ma mère, peut-elle encore supporter cette épreuve ? La situation est-elle critique ? Y a-t-il de l'espoir ? Pourrions-nous la voir tout de suite ?

- Nous savons que la malade avait subi deux opérations au cœur. Lorsqu'elle était arrivée dans nos services, nous constations une hémorragie interne. Nous avions décelé deux ulcères aux intestins. Tout d'abord, nous avions tenté de procéder à l'arrêt du saignement sans recourir à la chirurgie, en exerçant une pression sur la partie atteinte. Mais en vain. Comme la souffrance de la patiente était grande, nous avions décidé pour l'opération. Nous avons tenu compte de tous les paramètres médicaux avant d'opter pour la chirurgie qui restait la seule alternative. Nous savions que la situation est très délicate, mais ne rien entreprendre, c'est la condamner à une mort certaine. Espérons que son envie de vivre est grande. Soyez courageux. Rappelez à 22 heures.

Le docteur accompagna les visiteurs jusqu'à l'ascenseur, leur serra la main puis revint sur ses pas, en lançant la formule de salutation, «Tschüss !"

Se sentant seuls, les visiteurs restaient cois. Comme tétanisés. Silencieux, abasourdis, chacun plongé dans ses propres pensées. Devenant deux momies errantes, deux êtres vidés de leur substance.

Abattu, le père cogita en silence. Convaincu qu'il était impossible de deviner ce qui se passait derrière les coulisses. Les coulisses d'un monde énigmatique mû par sa propre logique. Un système Solide et solidaire.

Une tumeur dans les intestins, après deux opérations cardiaques successives !? Confusion dans les médicaments administrés à la malade ? Empoisonnement ou excès d'antibiotiques irritant le ventre ?

Anis oublia la notion du temps. Il ne se rendit pas compte des distances parcoures. Il ne fit pas attention aux correspondances effectuées à pied, pour passer d'une station de métro à l'autre. Il ne se rappela pas les moyens de transport empruntés pour aller du village de Buch à la station du S-Bahn d'Alt-Tegel, située au nord de la ville de Berlin. Aucun visage n'avait retenu son attention tout le long du parcours. Et pourtant il avait rencontré et croisé des centaines et des centaines de voyageurs !

NUIT SANS ÉTOILES

Sans se rendre compte, Anis, accompagné de sa fille, se trouva dans la rue Breitachzeile, au quartier Alt-Tegel, devant l'appartement de son fils Nouh.

Pourquoi et comment était-il arrivé là ? Mystère ! Il n'était pas prévu qu'il fasse ce détour. Il devait se rendre directement à Nollendorf. Avait-il suivi les pas de Nour ou bien c'était elle qui l'avait suivi ?

Peut-être avaient-ils pris le chemin de Nouh, tous les deux, par instinct familial. Pour avoir de la société. Pour chercher une consolation mutuelle en famille ?

Dès que les visiteurs traversèrent le seuil de la porte de la maison et écoutèrent le gazouillis des deux enfants en train de jouer, cette chaude ambiance les rappela à la vie.

La belle-fille reçut, chaleureusement, les deux invités, en proposant une collation chaude. Comme ils n'avaient envie de rien, elle leur offrit une tasse de thé. Ils en avaient vraiment besoin.

Les hôtes voulaient s'informer sur l'état de santé de la malade.

Nour raconta, avec force détails, le cauchemar vécu au courant de la journée. À la fin du récit, un lourd silence pesa sur la maison. Le gazouillement des enfants s'arrêta. Ces derniers vinrent se blottir contre leurs parents, devinant la gravité du moment.

La conversation tourna autour de la troisième opération subie par Angelika.

Nouh s'étonna de l'évolution rapide des choses. Hier matin, il rendit visite à sa mère qui semblait s'accrocher à la vie. Le seul problème, son entêtement de refuser à manger comme le recommandaient les médecins et les infirmières. Personne ne parla de maux de ventre, de ces « Geschwür », signalées par sa sœur Nour.

Tassé dans son fauteuil, Nouh bondit pour aller chercher un dictionnaire médical. Il voulut chercher la définition exacte du mot allemand Geschwür.

Après avoir lu le texte en allemand, il expliqua que le mot Geschwür signifie ulcères d'estomac. Les interventions chirurgicales pour leur traitement, étaient devenues banalisées. Par conséquent, elles ne présentaient plus de danger pour les malades.

Pour lutter contre la somnolence, Anis demanda un autre verre de thé. La boisson chaude lui fit beaucoup de bien et à sa fille aussi. Le sang afflua dans le visage de cette dernière. Ses joues reprirent des couleurs.

A cet instant précis où Anis la fixait dans les yeux, elle lui montra ses deux mains, aux doigts longs et fins.

- Regarde mes mains, papa! J'ai extrêmement mal aux bouts des doigts. Je sens comme du feu les consumer. Cela me brûle à me faire pleurer.

- Cela t'arrive-t-il souvent ?

- Oui. Quand il fait froid, mes mains gèlent, même camouflées dans des gants. Mais dès que je rentre dans un local chauffé, je sens le sang y affluer et elles deviennent brûlantes. Une vraie torture !

- Je pense qu'il s'agit d'un problème de circulation du sang. Il va falloir consulter un médecin.

Après une pause d'une vingtaine de minutes, Anis et sa fille décidèrent de retourner à Nollendorf, en prenant le métro à la station-terminus Alt-Tegel, se trouvant à moins de dix minutes de marche. Comme il faisait noir et qu'un froid de canard régnait au dehors, Nouh insista pour les y conduire en voiture.

À l'extérieur, il faisait nuit. À cette époque de l'année, par temps couvert, la nuit tombe vers deux heures de l'après-midi et souvent bien avant. Le soleil, le ciel bleu, les lumières et les couleurs qui remplissent les yeux, le cœur et l'âme, sont des biens rares dans le monde nordique.

- Attention à l'endroit où tu mets les pieds, avertit le fils.

Ce dernier montra, à son père, le sol gelé par endroits et lui expliqua que les glissades seraient inévitables si l'on n'y prenait pas garde.

- Parfois, continua Nouh, il arrive aux personnes âgées et même aux jeunes, de tomber en glissant sur ces plaques. On pourrait se casser les os à la suite d'une mauvaise chute.

Nouh montra les endroits dangereux à éviter. Des plaques sombres et brillantes qui se profilaient sur le sol comme le filet d'une lame de rasoir.

Jusqu'ici, Anis ne faisait pas attention au sol gelé, à ces plaques brillantes si dangereuses. Cependant, il marchait dans la neige avec précaution, pour ne pas glisser ou tomber dans un trou.

À Casablanca, il ne courait jamais un tel danger. D'ailleurs, il ne neige pas dans cette ville. Par ailleurs, il ne voyageait que rarement dans la montagne. Il préférait s'y rendre pendant les saisons d'été et de printemps.

Son problème à Casablanca, les nids-de-poule perlant des trottoirs étroits et mal aplanis. En plus de dénivellations inattendues qui faisaient tordre la cheville et faire mal pendant plusieurs jours.

Lorsque ses yeux s'habituèrent au noir, Anis vit le monde nordique comme un tableau de peinture féerique. La nuit se mit à briller et à scintiller de mille étoiles. Éclairée par une couche de neige luisante qui couvrait les toitures des maisons, les haies des jardins et les branchages des arbres. On dirait la voie lactée, à portée de la main, saupoudrant ce quartier boisé d'Alt-Tegel.

Dans la voiture, la température était douce. Nouh conduisait, sans problème, sur une chaussée givrée et glissante. Anis s'étonnait, posait des questions, s'informait. Il serait incapable d'être au volant par ce sale temps. Une question d'habitude.

Nouh arrêta la voiture devant la station de métro Borsigwerke, la seconde station après Alt-Tegel, en direction d'Alt-Mariendorf.

Avant de quitter Nouh, les visiteurs chargèrent ce dernier d'appeler l'hôpital à 22 heures pour s'enquérir de l'état de santé de la malade et pour les rappeler à 22h15.

Anis et sa fille arrivèrent à la maison totalement épuisés. Physiquement et moralement. Ils avaient passé la journée la plus longue et la plus éprouvante qu'ils aient jamais vécue.

Ils avaient grande soif mais pas d'appétit. En quelques minutes, ils absorbèrent quatre cartons de jus de pomme mélangé à l'eau de robinet.

Aucun n'osa ouvrir la radio pour écouter les nouvelles. Installés dans l'exigu salon qui faisait office de salle à manger et de chambre d'ami, autour d'une table couverte d'une nappe verte, ils se relaxaient, l'air absent.

Ils échangèrent peu de mots. Des bribes de conversation, suivies de longs silences. Et, comme un tic, ils jetaient, de temps à autre, un coup d'œil furtif sur la montre, attendant l'heure fatidique qui tardait à venir.

Le temps s'allongeait indéfiniment. Le temps prenait plaisir à se faire attendre. Sa fluidité lente devenait torture. Peu à peu, la division du temps, en minute et en seconde, perdait le sens de la mesure. L'appréciation de la durée s'altérait.

Anis luttait contre le sommeil. Sa tête, devenue plus lourde que normale, tombait comme une boule de plomb, en lui tordant le cou. La loi de la gravité universelle martyrisait la nuque. À plusieurs reprises, il risqua de s'étouffer.

Il refusa d'aller s'allonger comme le lui demandait Nour. Après une rude chute de la boule tordant l'encolure, Anis courut vers le robinet pour boire un grand verre d'eau.

Sorti de sa torpeur, il fut préoccupé par la notion du temps. Il imagina le temps coulant, fluide, intarissable comme l'eau de source. Il le conçut comme le produit sorti des mains d'un Être supérieur, égrenant la matière entre ses doigts pour créer et anéantir la vie autour de lui. L'expression « être supérieur » lui déplut. Il voulut l'éviter, plutôt l'ignorer pour sa connotation fasciste.

Il s'arrêta au mot matière. Le mot matière captiva son attention. Il trouva la chose tangible, concrète donc palpable. Matière et temps sont antinomiques. Par conséquent, le temps ne peut être qu'esprit, le souffle de Dieu. Le temps est invisible, impalpable, incolore et inodore !

Il le pensa comme une pieuvre mythique. Il le vit changeant comme un caméléon chimérique à mille têtes.

Autrefois, il avait l'impression de courir derrière le temps. Il s'impatientait de le voir passer pour arriver à la fin de chaque mois, ce qui donnait des couleurs à la vie.

Aujourd'hui, il sentait le temps comme un forcené, courant derrière lui pour l'attraper. Comme il a attrapé tant de millions d'êtres avant lui, des êtres auxquels Anis a survécu jusqu'ici.

Dans ses raisonnements enfiévrés, Anis aboutit à la conclusion que le temps-esprit conçoit les êtres et les choses, les idées et les pensées. Il les enfante. Il les transforme. Il les mûrit. Il les vieillit et après, il les tue !

Cette chose gourmande, ce temps-esprit, est-il conscience ou rêve ? Pourquoi dévore-t-il gloutonnement toute vie après avoir mis du temps à la donner et à la développer. Anis sentait cette mécanique invisible l'oppresser. Conscient que sa vague mouvante le soulevait, l'emportait au loin, le jetait sur d'autres rives.

- Il est 22h10 précises, annonça Nour, vigilante.

Elle secoua légèrement l'avant-bras du père, l'arrachant à ses chimères.

Ils s'habillèrent chaudement, manteau, cache-col, couvre-nez, capuchons, gants et chaussures fourrées. Ils prirent l'ascenseur au quatrième étage et sortirent dans la rue, agressivement accueillis par un froid sibérien.

Ils entrèrent dans la cabine téléphonique située à une vingtaine de mètres de la maison. Les mains tremblantes, Nour glissa la carte AMP dans la fente de l'appareil, composa le numéro de son frère et passa l'émetteur-récepteur à son père.

Ce dernier manqua de force pour parler.

- Allô, mon fils ! Comment va ta mère ?

- D'après le médecin traitant, elle est toujours sous narcose. L'opération s'est déroulée sans complication. C'est tout ce que je sais pour le moment. Le docteur m'a dit de rappeler demain matin, mais pas avant 11h30. Salue ma sœur de ma part. Bonne nuit à vous deux.

Mise au courant, Noura versa des larmes, en silence, en serrant fortement la main de son père.

Ils rejoignirent la maison en vitesse.

Nour embrassa son père et se retira dans la chambre à coucher de sa mère. Elle pensa au lit sur lequel elle allait dormir. Et, en y pensant, il eut un pincement au cœur.

Un lit métallique à une place. Avec des ressorts saillants, les uns plus grands que les autres. Un vieux lit, juste bon pour le rebut. Le matelas était si mince qu'on dirait une simple natte posée sur de la ferraille.

Chaque matin, au petit déjeuner, Nour se plaignait de ce grabat qui la torturait, lui meurtrissait les cotes et les reins. Et elle se demandait comment sa mère avait enduré ce martyre, les jours et les mois, avant son admission à l'hôpital.

Un lit offert par des proches parents pour dépanner la malade à court d'argent.

Anis se couchait au salon, sur un matelas pneumatique, prêté par son beau-frère Paul. Il avait essayé, à plusieurs reprises, de colmater les fuites d'air en usant de divers scotchs, mais toutes ses tentatives échouèrent. Le matelas pneumatique se dégonflait en moins d'une heure.

Cette nuit, Anis était extrêmement épuisé pour penser encore au lit. Il tomba comme une pierre sur le pneumatique crevé. Le sommeil enveloppant mit du temps à venir.

Après quelques mouvements brusques sur le côté gauche puis sur le côté droit, il trouva la position optimale de repos lorsqu'un profond soupir échappa de sa poitrine, le faisant sursauter.

-Que s'était-il passé en moi ? Pourquoi ce long soupir sorti du fond de mes entrailles ? Pourquoi cette longue expiration de désespoir ?

Anis n'avait jamais vécu pareil phénomène. Il n'avait jamais éprouvé pareille sensation d'accablement. Fatigué, il essaya de se rendormir. En vain. Une peur indéfinissable le saisit.

Et de nouveau, il sentit le sol dur meurtrir ses cotes. Il sentit le froid pénétrer son corps. Il essaya plusieurs postures, sur le côté droit puis sur le côté gauche, sur le dos, sur le ventre. Aucune position ne lui permit de fermer l'œil.

Il voulut ne plus penser à cette longue et pénible journée du 3 février. Il pria pour que le sommeil vienne. Le sommeil ne vint pas.

Sa tête explosait d'images hallucinantes que des forces invisibles et non maîtrisables y déversaient sans plus de répit. Des images d'ici et de là-bas qu'il tenta, en vain, de fuir.

Des apparitions nébuleuses et grotesques, sans contours ni formes, se métamorphosant en têtes humaines et bestiales, des têtes se formant et se déformant au gré de leur fantaisie, refusant de se dissoudre dans la pénombre de la chambre.

Anis frotta les yeux pour chasser ces visions démoniaques. Il les retrouva mutantes, en apparitions terrifiantes, se tortillant en tourbillons, devant ses yeux grandement ouverts. Des chimères défiant toute raison, des chimères fortement barricadées dans leur étrange royaume des ombres, aux confins du conscient et du subconscient.

Anis se redressa et alluma la lumière. Pour effacer les images de l'apocalypse accrochées à ses yeux, il bondit au robinet, remplit trois grands verres d'eau qu'il but successivement, d'un seul trait.

Il avait extrêmement chaud.

"Heureusement que les maisons sont chauffées, pensa-t-il. Sans chauffage central, impossible de vivre dans ce pays de gel et de givre !"

Dans ce pays de frimas et de gelée, les immeubles, les maisons particulières et jusqu'aux bus et aux trains, étaient chauffés, en ville comme en campagne.

Un jour, Anis quitta la maison, seul, pour aller se promener du côté du canal de Tiergarten, coulant à proximité du Siège du Parti de l'Union Chrétienne Démocrate, la CDU.

Il était habillé chaudement, manteau, cache-col, gants et tout le bataclan.

Après quelques minutes de marche, il fut gelé jusqu'aux os. Pour se réchauffer, il se mit à courir en direction du Bahnhof Zoo. Il savait que cette gare baignait dans une chaleur agréable.

En courant, il ne sentit pas de chaleur se dégager de son corps. Il continua à courir à perte d'haleine. Le froid vif l'agressait toujours. Il trouva le trajet conduisant à la gare infiniment long. Il ne pouvait rebrousser chemin. Il eut peur. Une expérience à ne jamais répéter !

Depuis ce jour, il ne s'était plus aventuré, au dehors, sans connaître parfaitement, l'itinéraire à suivre et, surtout, les endroits chauffés à emprunter, de temps à autre, pour se soustraire au froid.

Il retint une autre leçon qu'on lui dicta pour survivre dans cette Sibérie d'Allemagne. Pendant la saison d'hiver, il ne devait pas se promener trop près des lacs et des canaux. Y tomber signifie la mort certaine, et en peu de minutes !

Couché sur son grabat-de-lit, il eut des moments de lucidité lui faisant aimer la vie. Content de se débarrasser de ces ombres de la mort et de ces illusions étranges qui se déversaient dans sa tête pour encombrer son cerveau.

Il pensa au pays. Il pensa à son ciel d'azur. Il pensa aux rayons de soleil déversant des paillettes d'or et d'argent.

De nouveau, le thème de la chaleur s'empara de son esprit.

Il pensa aux énormes économies d'énergie et d'argent, réalisées dans les pays du sud. Le chauffage central est inexistant dans la plupart des bâtiments résidentiels et administratifs.

Il avait toujours habité des maisons sans chauffage central et travaillé dans des bureaux sans climatisation. Pendant les nuits de grand froid, les chambres des parents et des enfants étaient chauffées à l'aide de radiateurs électriques de deux mille watts.

Dans les campagnes, les gens se chauffent au charbon de bois. Il pensa aux milliers d'hectares de forêts d'arbres résineux et de palmiers dattiers abattus, chaque année, pour le chauffage des maisons et des gourbis. Pour la cuisson ménagère et pour la cuisson de la poterie dans les ateliers artisanaux.

Il se fâcha de la dégradation des forêts tropicales et, pour ne pas gratter davantage sur la plaie, il ferma ce chapitre revêche.

Et le voici en train de réfléchir sur ce qu'il allait faire demain.

Il souhaita ouvrir les yeux sur un nouveau jour. Un jour sans peur ni angoisse. Un jour de joie. Il ne pouvait supporter voir son épouse constamment sous le bistouri.

Il avait pleine confiance dans la médecine moderne. Il admirait le travail professionnel de l'ensemble du corps médical, sans cesse sollicité, mais patient et communicatif.

L'hygiène pratiquée dans les hôpitaux allemands, l'impressionna.

Il se rappela son admission aux urgences de Casablanca, suite à un accident de la circulation. Il devait attendre son tour, assis sur un banc souillé de sang. Le sol également barbouillé de rouge. Le corps médical rare, dépassé. Un autre chapitre à fermer au plus vite.

Anis pria pour que la médecine fasse merveille.

Il ne supportait plus voir sa fille, à toute heure, au bord des larmes. Atteinte au plus profond d'elle-même. La voir triste, le torturait. D'habitude, elle était joviale, chaleureuse, d'un optimisme communicatif. La voir effondrée, le troublait.

Soudain, ses pensées se brouillèrent et il tomba dans les bras de Morphée. Le sommeil fut de courte durée.

Vers trois heures du matin, il se leva en sursaut. Comme s'il avait entendu un bruit assourdissant détonner dans la rue.

Il regarda par la fenêtre. Pas d'accident de la circulation. Des flots de voitures déferlaient sur la chaussée Kleiststrasse et venaient mourir au carrefour de croisement avec Eisenacher Strasse, comme les vagues grondantes de l'océan sur la rive.

Par habitude, le bruit du trafic routier ne le gênait plus.

D'où venait ce bruit insolite qui l'arracha du sommeil ? Une suggestion inconsciente, un rêve ou un cauchemar vite oublié ?

Anis constata qu'il était mouillé de la tête aux pieds. Une sueur froide lui glaça les os. Le chauffage central s'arrêta à trois heures, mais la pièce garda une température agréable. Il changea de pyjama et revint au lit. Comme le sommeil ne revint pas, il décida de rester éveillé jusqu'au lever du jour.

Il éteignit la lumière. Pour tuer le temps et occuper son esprit, il alluma le transistor. Il fut extrêmement surpris de capter de nombreuses stations radios, dans la seule ville de Berlin. En modulation de fréquence. Curieux, il passa d'une station à l'autre, en balayant l'écran de l'appareil, de haut en bas et vice-versa.

Une richesse de canaux qui lui rappela la présence massive des radios espagnoles sur les ondes moyennes captées à Casablanca. Il conclut que la présence, en force, sur le sol marocain de radios du voisin du nord, était le signe extérieur de domination pour ne pas dire de supériorité.

Depuis qu'il avait mis les pieds sur le sol allemand, il ne faisait que comparer. Il ne pouvait pas se soustraire à cet exercice, pourtant fatigant pour les méninges. Peut-être trouverait-il, dans cette gymnastique intellectuelle, un dérivatif pour échapper à ses propres problèmes.

La ville de Berlin le séduisait. Une ville abondamment oxygénée par de nombreuses forêts dont le Tiergarten et la Grünewald, par des parcs et par des jardins savamment aménagés. Une ville embellie par la rivière, la Spree et par ses multiples canaux navigables. Une ville entourée par de grands lacs, le Tegel au nord, Wannsee au sud-ouest et Müggelsee à l'est.

Au milieu des années soixante du siècle dernier, Anis se rendit en Allemagne, au mois de juillet, à la fin de ses études d'ingéniorat. Il s'y rendit, pour la première fois de sa vie, pour rencontrer sa fiancée à Berlin et pour célébrer leur mariage, en famille, dans la mairie de Wedding et dans une ancienne mosquée de la ville.

Angelika se fit un grand plaisir pour faire découvrir, à son jeune époux, les sites romantiques de la ville et de sa large banlieue.

Des forêts, des prairies, des parcs, des lacs et des canaux pleins de charme et de magie.

L'été en Allemagne, c'est tout un autre monde. Un monde merveilleux, situé aux antipodes du froid et de la grisaille de l'hiver.

Quelquefois, les longs hivers paresseux, s'attardaient nonchalamment pour marcher sur le parterre du printemps. Timide et hésitant, ce dernier finit, parfois tardivement, à montrer le bout du nez.

Alors, une explosion florale envahit les haies des jardins et des villas, les bois et les bosquets et jusqu'aux balcons des immeubles.

Des fois, la température dépassait les 30°C, ce qui poussait les Berlinois et les Berlinoises à envahir le lac de Wannsee, la plus grande plage continentale de l'Europe. Serrés les uns contre les autres, les baigneurs occupaient jusqu'au dernier mètre-carré de grève.

Dans les rues, sur les boulevards, sur les terrasses des cafés et des restaurants, du beau monde. Les femmes, enfin débarrassées de leurs lourds caparaçons d'hiver, s'embellissaient, s'exhibaient dans des vêtements amples et légers. Les jupes virevoltes dévoilaient les jambes. Portant toutes sortes de motifs, les shorts, en coton et en lin, faisaient leur apparition. L'influence de l'Oncle Sam crevait les yeux. The American Way of Life, l'Américanisme. Les Allemands aspiraient à vivre de la même façon que les Américains, écouter la même musique, voir les mêmes films, porter les mêmes vêtements. Bref, s'intégrer dans le « Global Village » annoncé, quelques années auparavant, par le Canadien, Marshall Mac Luhan.

De retour en Allemagne, après plusieurs décennies, Anis avait des yeux neufs pour tout. S'intéressant à tout. Etonnés de voir les Germains trier à la source, les déchets ménagers et autres rebuts avant de les déposer dans des conteneurs spécialisés, des bacs bleus, jaunes, verts. Des containers destinés aux gravats et autres déchets du bâtiment, étaient également mis à disposition.

Quant aux déchets du jardinage, ils n'étaient pas brûlés pour éviter d'empoisonner l'atmosphère, mais triturés par les habitants des villas, à l'aide de machine, et mis dans des sacs biodégradables, pour faciliter leur transport par les agents des services communaux.

Les infrastructures économiques, sociales et culturelles de la ville de Berlin, étaient enviables ! De nombreux hôpitaux et cliniques publics et privés. Des bibliothèques, des librairies, des musées, deux grands zoos, des cinémas, des théâtres, des opéras et une philharmonique. Les moyens de transport publics variés, ponctuels et reposants. Les trottoirs larges, propres, bien travaillés, ne comportant ni nid de poule, ni autre guet-apens susceptible de vous faire tordre la cheville. Les installations électriques et téléphoniques, les canalisations d'eau et de gaz, enterrés. Et pourtant, les nombreux ouvriers réalisant ces travaux, venaient de l'Afrique du Nord. Leur travail soigné, parce qu'ils savaient qu'ils étaient strictement contrôlés.

Anis sentit des maux de tête. À force de comparer entre ici et là-bas. Il éteignit la radio qu'il n'écoutait pas. Il se concentra sur son corps. Il chercha la posture appropriée pour dormir.

Allongé de tout son long, il essaya, sans cesse, de couvrir le corps entier avec un édredon. Une couverture typiquement allemande. Impossible de satisfaire et les pieds et la tête. Il dut se recroqueviller, se mettant en boule pour satisfaire pleinement les deux extrémités de son corps et avoir enfin la paix avec lui-même. Il commença à s'endormir lorsqu'une musique, venant du voisinage, emplit ses oreilles.

Il tendit l'oreille, subjuguée par la mélodie. La musique était sentimentale, plutôt triste. Le refrain se répétait, sans cesse. Sans cesse repris par une voix nonchalante, distinctive, véhiculant pleines d'émotions. Une voix, parfois tragique, sortant de l'ombre, venant du dehors morose et froid.

Il se sentit infecté par la tristesse de cette voix. La chanson sembla accentuer sa peine et sa solitude.

Il entendit comme une plainte ou un gémissement venir de l'appartement voisin. Il pensa à la septuagénaire, sans enfants ni mari, soignée et approvisionnée, quotidiennement, par une personne du service social de l'arrondissement. Angelika lui avait parlé de cette voisine souffrant de l'arthrose au niveau des genoux, handicapant sérieusement sa mobilité. Souvent, elle lui rendait visite pour de menus services et surtout, pour faire ensemble, un brin de conversation brisant l'isolement.

Anis constata que la musique venait de l'appartement de la voisine. La chanson lui était familière pour l'avoir entendue, souvent, en compagnie d'Angelika. « Lilli Marlene », une mélodie d'adieu, de l'absence et de l'espoir.

À cet instant, il pensa à sa femme et se mit à pleurer comme un enfant. La mélodie sembla décrire son âme. La mélodie remuait, en lui, des émotions.

À six heures du matin, la musique s'arrêta.

L'immeuble sortit de sa torpeur. Claquements de portes, martèlement des talons de chaussures sur le sol, bruit des eaux dans les toilettes et dans les douches.

Couché sur le matelas pneumatique crevé, Anis essaya de quitter sa couche pour aller se débarbouiller.

Il ne pouvait pas se lever. Ses os étaient triturés. Son crâne chauffait. Impossible de freiner les images, les discours et les visages qui s'y engouffraient, qui apparaissaient et disparaissaient sans jamais s'éteindre.

Sa matière grise devenue la lave brûlante d'un volcan en activité, les pensées coulaient avec la force d'un torrent de montagne, entraînant tout sur son passage.

Sans cesse, comme un leitmotiv, la dame du palier revenait dans ses pensées. Une femme qu'il ne connaissait pas. Une dame qu'il n'avait jamais vue. Une femme qui lui transmettait son spleen contagieux.

Qu'est-ce qui avait privé cette vieille dame d'un sommeil réparateur? Quels vieux souvenirs agitaient-ils son corps et son âme ? Pourquoi ces longs soupirs voyageurs ?

"Comme moi, se dit Anis, elle n'a pas fermé l'œil de toute la nuit. Elle n'aurait plus de projets en tête. Ses secrets partiraient, à jamais, avec elle. Seul Dieu connait les méandres de son long cours, depuis la source du filet jusqu'à l'embouchure du fleuve."

Pourquoi cette triste chanson de Lilli Marleen, qui recommençait, sans cesse, comme une spirale vicieuse ? Avait-elle perdu un mari ou une personne chère à son cœur, au cours de la seconde guerre mondiale ? Ou bien, écoutait-elle cette chanson par nostalgie à un monde engloutie et qui ne reviendra plus jamais ?

Angelika fit découvrir Marlene Dietrich à Anis. Sa longue biographie, ses films et ses chansons.

Le texte de Lilli Marleen avait été écrit par un soldat de la première guerre mondiale, Hans Leip, avant son départ pour le front russe. Au cours de la seconde guerre, la chanson prit une dimension universelle, débordant largement les frontières de l'Allemagne.

Lilli Marleen fut utilisée par la Wehrmacht, comme hymne officieux, pour booster les troupes nazies, envahissant l'Europe.

Au même moment, la chanson changea de camp. Elle fut traduite et chantée en plusieurs langues dont notamment l'anglais.

Marlene Dietrich accompagna les soldats des Alliés, sur les champs de bataille et dans les lazarets, pour les divertir. De la sorte, elle combattit son propre pays et ses compatriotes parce qu'elle pensait qu'ils étaient dans le tort. Elle, que ses concitoyens prenaient pour une traître !

Au début des années quatre-vingt-dix du siècle dernier, la femme rebelle, la femme antinazie, mourut à Paris où elle choisit de s'installer, quand elle quitta l'Amérique et les studios de Hollywood.

Née à Shöneberg, à Berlin, elle fut enterrée sur le sol de sa ville natale, près de sa mère.

Tout à coup, Anis se mit à chanter Lilly Marleen, en allemand et à voix basse, comme il le faisait autrefois, en compagnie de sa femme, pour captiver l'attention de la famille et épater les amis, à l'occasion de certaines manifestations.

Vor des Kaserne, vor dem großen Tor,
Stand eine Laterne und steht sie noch davor.
So wollen wir uns da wieder sehn,
Bei der Laterne wollen wir stehn,
Wie einst Lilli Marleen,
wie einst Lilli Marleen.
…
Devant la caserne,
Quand le jour s'enfuit,
La vieille lanterne
Soudain s'allume et luit.

C'est dans ce coin-là que le soir
On s'attendait, remplis d'espoir
Tous deux, Lilly Marleen,
Tous deux Lilly Marleen.

REVIVAL DE L'ÎLE AUX PAONS

Un vendredi, à sept heures du matin, Nour tapa longtemps à la porte de son père pour le réveiller. D'habitude, c'était lui qui la pressait de quitter le lit.

Elle paraissait reposée, bien rétablie dans sa normalité, malgré le petit somme. L'esprit serein, les méninges détendues, réparée comme neuf.

-L'air berlinois ! Der Berliner Luft ! S'exclama Nour, pensant à sa mère qui affectionnait cette expression.

D'après cette dernière, Berlin possède un micro climat particulier qui influe positivement sur la santé morale et physique des gens. On vit longtemps dans cette belle région de l'Allemagne et on garde, généralement, une mobilité et une vivacité de l'esprit qui étonnent. Il n'y a qu'à voir autour de soi. Sur les boulevards, dans les magasins, les salles de spectacles, les cafés et les parcs, on ne rencontre que les vieilles personnes.

Anis vérifia la chose, en fréquentant la famille de sa femme, au début de leur mariage. Il fit connaissance avec les oncles, les tantes et autres personnes âgées de l'entourage de son épouse. Des gens relax, plaisants, aimant pleinement la vie et s'impliquant dans la vie communautaire.

Ils fréquentaient des clubs de sport, chantaient dans les chorales et s'engageaient dans les associations caritatives pour apporter un mieux-être aux gens dans le besoin.

Et ce qui étonnait le plus Anis, c'était cette grand-mère qui s'inscrivit dans une université de la ville pour suivre des cours de civilisation et d'histoire. Elle apprenait beaucoup de choses des jeunes personnes qu'elle fréquentait et elle leur apportait, disait-elle, les leçons de sa longue expérience de la vie.

Et cet autre octogénaire qui faisait éclater de rire jusqu'aux larmes, en disant posséder des spermatozoïdes actifs, capables d'engrosser une jeune femme de dix-huit ans !

Les vieilles personnes allemandes aiment voyager, écouter avant de parler et sont d'une curiosité juvénile.

À la veille de la retraite, Anis fut sidéré d'entendre la majorité de ses collègues de travail, encore en service, lui reprocher de vouloir vivre la vie, en projetant de voyager pour voir le monde.

-Une fois la vie active terminée, s'entendait-il dire, il ne te reste plus qu'à raccrocher les crampons. Tout ce qui reste à faire, ce sont les cinq prières à accomplir aux heures de l'appel du muezzin.

Anis pensait faire les deux choses à la fois. Prier et voyager pour admirer la beauté de la création divine.

Berlin et ses habitants avaient séduit Anis et continuent encore aujourd'hui à le séduire.

La métropole allemande, au climat continental, est plongée dans une végétation exubérante qui embellit les nombreuses collines environnantes. Partout où l'on se trouve, on rencontre la mère-nature. Cette dernière se manifeste à travers les forêts et les bosquets, la Sprée et ses multiples canaux, les lacs et les étangs, les parcs et les jardins.

Anis aimait comparer Berlin festive à Marrakech, gaie et colorée. La ville rouge a un microclimat identique de celui de Berlin. Elle plonge dans une nature non moins attachante, avec ses vastes palmeraies verdoyantes et son grandiose Atlas aux eaux cristallines, couvert de forêts de conifères et de feuillus.

-Et si l'on jumelle les deux villes ! Pensa Anis, tout content de sa dernière trouvaille.

Quand il passait des vacances dans la ville du sud du Maroc, le matin, il se sentait frais et dispos, même s'il avait veillé tard dans la nuit. Par contre, à Casablanca, il lui faudrait sa ration complète de sommeil. Sinon, le lendemain, il se lèverait harassé, baillant et titubant comme s'il avait transporté des sacs de sel, toute la nuit.

Depuis son arrivé à Berlin, Anis ne faisait que courir, toute la journée, le cœur lourd, l'esprit anxieux. Mais, chaque matin, il se levait frais et dispos, les fatigues physiques et mentaux de la veille, oubliées.

Le miracle du sommeil ! Un présent de la Nature purifiant le cerveau et le revitalisant. Un don divin reposant notre corps et notre esprit, amplifiant nos fantaisies et notre créativité.

"Dis-moi ce que tu manges, je te dirai qui tu es ! » Un dicton qu'on pourrait bien appliquer au sommeil.

"Comme tu dors, comme tu es !"

Pressée de débarrasser la table, Nour arracha son père à ses pérégrinations habituelles.

-Bientôt huit heures, papa !

Pendant le petit déjeuner, le père et sa fille ne s'étaient pas adressé un seul mot. Chacun plongé dans son monde imaginaire, dans ses rêves secrets.

- La journée va être longue, avisa Nour. Et si nous sortions faire des achats ? Je veux te mijoter quelque chose de consistant pour lutter contre le froid.

Anis trouva l'idée bonne bien qu'à cette heure de la journée, il ne pensa même pas au repas de midi.

Ils quittèrent la maison, emmitouflés dans leurs chaudes fringues, de la tête au pied, bravant les coups de vent glacé qui fouettait le visage. À pas hardis, ils remontèrent la rue Kleiststrasse, remontèrent Tauentzienstrasse, traversèrent les grands magasins KADEWE pour se réchauffer avant de s'engager dans le prestigieux boulevard du Kurfuerstendamm.

Ce quartier central de la ville apparaissait désert, maussade, sous un ciel de plomb, bas à écraser le sol.

Et pourtant, par beau temps, le Kurfuerstendamm demeurait l'un des pôles d'attraction les mieux animés de la ville. Il attirait une foule cosmopolite par ses grandes surfaces aux vitrines attrayantes, par ses cafés et ses restaurants et par son église tronquée, la Gedichtniskirche, devant laquelle s'installaient de nombreux artistes portraitistes de différentes nationalités.

Anis et Nour rasèrent des vitrines alléchantes avant de choisir, enfin, de rentrer au centre commercial Hertie qui les reçut chaleureusement.

Ils se débarrassèrent des gants, du cache-col et des capuchons et descendirent au sous-sol, dans le compartiment réservé aux produits alimentaires.

Aménagés avec soin et délicatesse, les rayons séduisaient le regard. Le métaproduit, par sa marque, son package, ses caractéristiques techniques, déclenchait le besoin d'achat par sa promesse de satisfaction et par son prix abordable.

Anis fut étonné que les Allemands gardent encore le Pfennig, le sou ! Par esprit de radinerie bien allemande ou par peur de l'inflation, une peur intégrée dans la mémoire collective du peuple, depuis les années vingt du siècle dernier ?

La phobie des Allemands pour l'inflation n'est pas un mythe. En la jugulant, les pouvoirs publics donnent l'impression de la maudire autant qu'ils abhorrent la dictature et l'absolutisme.

Ludwig Wilhem Erhard, homme politique ouest-allemand, démocrate-chrétien et d'orientation libérale, reste encore dans toutes les mémoires. Ministre fédérale de l'Économie puis chancelier de 1963 à 1966, il est considéré, comme le père du « miracle économique allemand », d'après-guerre.

Dans ce bled allemand, il est impossible de rentrer dans un centre commercial sans visiter les toilettes pour se rafraîchir. La propreté allemande dans toute sa splendeur !

Dans n'importe quelle salle d'eau, que ce soit à l'aéroport, au restaurant, au café ou dans n'importe quel service public ou privé, en milieu urbain comme en milieu rural, on trouve toujours de l'eau courante, du papier hygiénique, du savon liquide et des serviettes en papier ou en tissu.

Les Allemands ne cachent jamais leur toilette dans les lieux inaccessibles ou dans les réduits secondaires d'une construction. Pour eux, la toilette est le visage de la maison, son image de marque, la manière de vivre de ses occupants.

Toute gargote servant à manger au public et disposant de places assises, doit obligatoirement avoir des toilettes adéquates.

- Hé papa ! Tu as l'air occupé ! Tu ne m'as pas adressé la parole depuis ce matin. Tu es tout le temps absent. À quoi penses-tu?

-À rien, ma fille ! Je regarde les gens autour de moi. Un exercice qui occupe l'esprit.

-Bien ! Je vais faire des achats. Plus tard, je viendrai te chercher, ici. Balade-toi à travers les rayons, mais ne t'éloigne pas trop.

Anis visita les toilettes avant de s'aventura dans le magasin. Allant d'un rayon à l'autre. Regardant les produits. Les soupesant. Lisant leurs caractéristiques, les dates de production et de péremption. S'intéressant au couple qualité-prix.

Il était stupéfié par le grand nombre d'articles vendus en-dessous d'un Mark. Une tablette de chocolat, Ritter Sport Voll-Nuss, à 0,79 Mark seulement !

-À ce prix, se dit-il, la marchandise disparaîtrait, à Casablanca, en un clin d'œil. Est-ce cela, ce qu'on appelle le miracle allemand ? Un miracle qui ne s'essouffle pas et qui se perpétue, malgré les problèmes nés de la réunification des deux Allemagnes.

Par contre, il releva, à travers la conversation qu'il avait eue avec son beau-frère Paul, que l'État et ses multinationales, cherchaient à faire des coupes sombres dans les budgets de fonctionnement et dans ceux affectés aux secteurs social et culturel.

Ce qui poussa Paul à entamer ses propres restructurations. Il abandonna la consommation du Cabernet sauvignon pour se rabattre sur le Bordeaux AOC, acheté chez Lidl. Il annula son adhésion au syndicat, jugé complice de l'État et du patronat. Et le voici, poussé par sa cupidité, à ne pas renouveler la concession trentenaire de la tombe de ses parents et grands-parents, reposant au cimetière berlinois Urnenfriedhof de la rue Seestrasse.

À travers la discussion avec Paul et sa femme Heidi, à travers l'écoute de la radio et la lecture quotidienne du Kurrier, Anis tira la conclusion que les Allemands devenaient des frondeurs, un peuple aussi râleur que les Français. Et il ne s'étonna pas qu'ils attrapent, un jour, le virus français des grèves sauvages.

Les commentaires de Paul revenaient, sans cesse, dans l'esprit d'Anis pour lui dessiner une toute autre Allemagne que celle dont il avait rêvé.

Les restructurations et les privatisations intervenues après la réunification des deux Allemagnes, bouleversèrent totalement la vie des gens. Aussi bien la vie des Ossies vivant à l'Est, autrefois communistes, que la vie des Wessies de l'Ouest capitaliste.

La perte de job brisait des foyers, produisait des sans-domicile-fixe, poussait les couches fragilisées à s'adonner à l'alcool et à la drogue.

Des vices ravageurs en incubation, éclatèrent en plein jour. Les vols à main armée, les violences sexuelles suivies de meurtres de femmes et d'enfants, les amoks terrorisant certains collèges et lycées. Et en plus, de nombreux scandales politiques et économiques dont le financement des campagnes électorales, connu sous le vocable « CDU Spendenaffäre » et la privatisation rapide de l'économie de l'ancienne RDA.

Cette privatisation fut confiée à la Treuhandanstalt, une sorte de fiducie, chargée de la vente, selon la loi du marché, de milliers d'usines de l'ancienne Allemagne de l'Est considérée, à l'époque, comme la sixième puissance économique mondiale.

Ce fut la ruée vers l'or, comme au temps de la découverte du métal jaune au Colorado. Une ruée que certains critiques allemands ne tardèrent pas à stigmatiser, comme le plus grand abattoir de l'Europe.

Par contre, l'irruption de la technologie des computers, en Allemagne, étonna Anis. La cybernétique accélérait le rythme de la vie, changeait non seulement le monde du travail, mais le monde dans sa globalité.

Après la chute inattendue du mur de Berlin et l'effondrement tout aussi imprévu du monde communiste, tout devenait possible.

Dorénavant, la globalisation étendait sa toile d'araignée, tous azimuts. Les temples hollywoodiens, les fast-foods et les multinationales envahissaient la terre pour en faire un village parlant la même langue, portant les mêmes habits, chantant les mêmes tubes.

Les réseaux sociaux modifièrent la vie des gens, les faisant osciller entre un monde matériel, tangible et un monde virtuel peuplé d'avatars.

Un monde physique et un autre numérique. Les deux s'interpénétrant et s'opposant tout à la fois. Ne laissant plus de place ni au rêve ni à la rêverie.

Paradoxalement, le monde devenait sens-dessus, sens-dessous. Les sociétés se fissuraient, s'inquiétaient pour leur avenir. La planète se fragilisait, menacée par l'explosion démographique, la pollution et le réchauffement climatique.

Le clonage des animaux ouvrit le chemin au clonage possible de l'être humain. La manipulation génétique des produits alimentaires déclenchait une vive polémique sur le devenir de l'homme.

Déstabilisée plus que jamais, la société aspirait à retrouver la sécurité, à connaître la vérité et à épouser de nouvelles valeurs en conformité avec la morale et l'éthique.

Restées en retrait, éclaboussées par les scandales sexuels et financiers, les églises ne proposaient aucun modèle de société parce qu'elles n'en avaient pas.

Dans le pays du miracle économique, la masse des chômeurs crevait le plafond des cinq millions. Connue pour son ancienne culture sociale remontant aux Fugger, une riche famille de la ville d'Augsbourg du XVIIème siècle, l'Allemagne sembla divisée. Éclatée entre une minorité nantie et une classe moyenne qui se dégonflait comme un ballon de baudruche.

Le nouveau mot d'ordre semblait devenir.

>Hast du was bist du was,
>
>hast du nicht bist du nicht.

(Si tu possèdes un bien, tu es quelqu'un. Si tu es fauché, tu n'es rien.)

Au moment où le Dax « boomt », où la haute industrie et la haute finance faisaient des gains astronomiques, on taxait les salaires d'être hauts. On menaçait de les réduire tout en diminuant les charges sociales.

Parallèlement à ces bouleversements, la jeunesse déboussolée cherche d'autres repères qu'elle ne trouve pas. Le burn-out, le syndrome d'épuisement professionnel, fit son apparition les entreprises allemandes.

Les quartiers berlinois de Friedrichshain et de Kreutzberg, peuplés de Turcs et de laissés pour compte, devenaient les repères pour de jeunes paumés, incapables de vivre au rythme d'un monde véloce.

Le squattage des maisons inhabitées devenait normalité pour des sans-toits, vivant de mendicité et de restes des poubelles. Les maisons closes se multipliaient. La jeunesse se réfugiait dans la drogue et le racolage.

Un livre sur la délinquance, toujours actuel, devenait un best-seller. Pas seulement à l'intérieur de l'Allemagne. Le roman-biographie intitulé « Wir Kinder vom Bahnhof Zoo ». Il connut un retentissement dans toute l'Europe et fut traduit dans plusieurs langues, avant de passer sur les écrans du cinéma. L'auteure était une droguée et prostituée de treize ans, dénommée Christine F.

A force de tourner et de retourner cette Allemagne sous tous les angles, Anis perdit tous les repères. Il ne vit plus, dans ce pays, qu'un caléidoscope de mirages et de leurres, un fourré de dragons et de mythes.

-Hé papa ! Je t'ai cherché partout dans le magasin, s'exclama Nour. Où t'es-tu caché ? J'ai terminé mes achats. Aujourd'hui, nous allons manger un vrai repas ! Un tagine de veau avec des tomates, des carottes, de la pomme de terre et de la vraie coriandre dénichée dans une épicerie turque pas loin d'ici. Un vrai tagine marocain ! Une autre façon de vivre l'ambiance lumineuse de la Méditerranée.

Pour la première fois, la jeune fille se mit à rire.

-J'ai acheté trois tomates du Maroc et une grosse pomme de terre, dit-elle. Je ne me rappelle jamais avoir acheté une seule pomme de terre au Maroc ! Le légumier m'aurait pris pour une folle et me l'aurait offerte gratuitement.

Dans la rue, il faisait toujours froid. Un froid mélancolique.

Dans ces temples de consommation, extrêmement rares dans les pays du sud, régnait une ambiance chaleureuse de fête. À condition d'avoir plein de sous dans la poche. Sans argent, la vie serait insupportable dans ce monde provoquant, étalant une richesse insolente.

Dans la plupart des supermarchés, remarqua Anis, les produits pas chers se trouvaient sur les étagères basses, côté pieds. À hauteur des yeux, s'étalaient les produits plus chers.

Certaines grandes surfaces vendaient des produits non emballés, en vrac, à des prix abordables.

Cette fois-ci, Anis s'intéressa aux classes sociales allemandes. Il tenta de distinguer le richard du smicard. Il zyeuta à gauche et adroite, dans les magasins et sur les boulevards, pour essayer de dénicher le veinard ou la veinarde ayant pris une retraite anticipé, après avoir amassé une belle richesse. Les apparences ne mentent pas. Le cardigan, le costard anglais, le tweed, la coupe des cheveux élégante, le gros cigare au bec et la voiture de marque Rolls Royce, Ferrari ou Bugatti sont autant de marques extérieures qui ne leurrent pas.

Anis n'avait rien vu de tout cela. De visu, il était presque impossible de faire la différence entre les gens. Tout le monde s'habillait correctement, proprement, sans tape-à-l'œil. Une simplicité toute naturelle masquant l'orgueil et le sentiment de supériorité propre à la germanité.

Selon Paul, au moment des grands soldes annuels, les Turcs se levaient, très tôt, pour s'amasser devant les magasins. Vers dix heures du matin, toutes les bonnes affaires parties. Par contre, dans certaines maisons de commerce, les rayons offrant les bonnes affaires à bas prix, le « Schnaeppchenmarkt », seraient accessibles tout le long de l'année.

- Hé papa ! s'exclama Nour, arrachant Anis à ses rêvasseries. Un vrai repas, bien mijoté, va certainement nous faire beaucoup de bien.

Un vrai repas chaud à la maison, c'était comme une consolation. Un signe que la vie continuait, que la routine n'était pas morte et que le rituel finissait par reprendre ses droits.

À 11h30 précises, Anis descendit dans la rue pour appeler son fils Nouh. Nour resta dans la cuisine pour surveiller le plat.

De nature ponctuelle, Anis fit l'effort de l'être deux fois plus. Dans le pays des Germains, le respect de l'horaire est une religion. L'heure, c'est l'heure. Le temps, c'est de l'argent.

- L'état de santé de ma mère reste stationnaire. Elle s'est réveillée mais elle n'a pas encore pris conscience. L'hôpital m'a informé que les visites ne sont possibles qu'à partir de 18 heures. Aujourd'hui, je ne lui rends pas visite. Rappelez-moi vers 23 heures, lorsque vous serez de retour de Buch. Au revoir et bonne journée !

Anis mit sa fille au courant. Elle trouva le temps long et se demanda pourquoi attendre jusqu'à 18 heures.

Au déjeuner, ils eurent bon appétit. Le réveil d'Angelika ouvrit de belles perspectives.

Après le manger, Anis proposa d'aller faire les magasins pour tuer le temps. Il découvrit qu'ils sont accueillants, surtout par les jours de grand froid. Ils drainaient beaucoup de monde et ça lui donnait l'impression de se trouver en société. Il se représentait les grandes surfaces comme une forêt décorée de multitude de lampions et de bougies. Par ses couleurs-lumières, la nuit comme le jour, elle attirait des nuées de papillons multicolores, survolant et se posant sur les produits.

Mais où aller voir les magasins ? Dans quel quartier ? Père et fille avaient l'embarras du choix.

Rester à Schoeneberg et aller visiter l'exposition de la mairie. Puis, remonter la prestigieuse avenue John Fitzgerald Kennedy. Des endroits faisant revivre le souvenir de la guerre froide et la visite rendue à Berlin par JFK, accompagné du chancelier Willy Brandt. Le souvenir de la fameuse phrase prononcée par le Président américain, devant des milliers de Berlinois de l'Ouest, enthousiastes.

"Ich bin a Berliner !"

Ou bien aller au quartier de Charlottenburg visiter le château et ses jardins, copies-conformes de Versailles de Louis XIV. Aller à Leopoldplatz, à Gesundbrunnen, à Kreutzberg ou à Alexanderplatz ?

Anis et Nour avaient parcouru la ville de Berlin de long en large, pour aller d'une clinique à l'autre ou pour tuer le temps, en attendant l'heure de la visite des malades. Ils connaissaient tous les lieux cités. Ils avaient flâné sur le boulevard Unten den Linden. Ils avaient marché du Brandenburger Tor à Alexander Platz, en passant par le Bahnhof Friedrichstrasse pour s'arrêter prendre un café ou un repas léger.

Dans le pays des Germains, les façades des immeubles descendaient rectilignes, lisses. Sans arcades pour se protéger de la pluie et de la chute de neige. Les seuls abris sont les magasins et les stations de métro.

Le clou de Berlin-Est, son apothéose, en quelque sorte, devenaient les Galeries Lafayette qui venaient d'ouvrir leurs portes, à l'angle des rues Friedrichstrasse et Fransösische Strasse. Les magasins français donnaient la réplique aux prestigieux magasins de Berlin-Ouest.

Les Galeries Lafayette étalaient des produits de qualité n'ayant rien à envier aux articles rencontrés au KADEWE, à Hertie ou au C&A.

- Papa, trancha Nour. Je te propose d'aller passer le temps à Alt-Tegel.

Anis trouva l'idée bonne. Tout d'abord, parce qu'il s'agissait du quartier où séjournaient Nouh et sa famille.

Ensuite, les lieux lui rappelaient son premier contact avec les grands lacs berlinois. Ils lui rappelaient les inoubliables souvenirs qu'il gardait de sa femme, tout au début de leur mariage. Entreprenant, à deux et à pied, de longues randonnées dans la forêt et le long des berges du lac Tegel.

Quand il faisait beau, ils naviguaient sur le Moby Dick ou sur le Berlin, pour aller jusqu'aux rives les plus lointaines du lac Wannsee.

Tout le long du parcours, de chaque côté des rives, se déroulait une nature verdoyante de prés et de forêts où se dissimulaient de prestigieuses villas et d'admirables anciens châteaux.

Sur le Moby Dick, régnait une ambiance de fête. Musique, lunch, boisson, café et gâteau. Une atmosphère de convivialité qui rappela les premiers jours suivant le mariage d'Anis avec Angelika.

Un jour, cette dernière proposa à son jeune époux de prendre le bac pour aller visiter l'île des Paons, Die Pfaueninsel. Une réserve écologique protégée, couverte d'une végétation luxuriante, où se dressait un vieux château datant de la fin du dix-huitième siècle. La citadelle, d'architecture romantique, rappelait la magie des contes de fée des Frères Grimm.

Le château fut édifié par le Roi de Prusse, Fréderic Guillaume, pour sa maîtresse, la comtesse Wilhelmine von Lichtenau, surnommée la « Pompadour prussienne ».

Ce jour-là, le ciel était bleu-clair, la température clémente. Le soleil éclatant jouait, à cache-cache, avec des nuages de coton passagers.

Un cri de cornemuse nasillarde troubla la quiétude de l'île.

-Des paons qui criaient, expliqua Angelika à Anis. Viens, suis-moi ! Je vais te montrer toute une famille d'oiseaux, le papa paon, la maman paonne et leurs bambins paonneaux.

Anis fut séduit par un paon qui, après avoir braillé, descendant et remontant son long col nacré de bleu, commença à faire la roue.

-C'est un mâle, précisa Angelika. Il veut se montrer à toi dans toute sa splendeur, en tournoyant pour te faire admirer les différents profils.

Stimulés par l'air vivifiant de l'Île, le couple courait pour se faire rattraper, tombaient au sol, se relevaient, se bécotaient, riaient tout joyeux.

Sans se rendre compte, les jeunes gens s'éloignaient, de plus en plus, des autres randonneurs. Allègrement, ils continuaient à courir pour se faire rattraper. Ils s'arrêtaient, de temps à autre, s'enlaçaient un bon moment, les yeux fermés, puis se remettaient à galoper comme de jeunes poulains en liberté.

Tout à coup, il se mit à pleuvoir, légèrement. Puis des cordes descendirent du ciel, continuellement, de plus en plus fort.

Devinant la direction du château de l'Île, ils prirent le chemin du retour, zigzagant entre les arbres, pataugeant dans les flaques d'eau, trébuchant sur les racines, se faisant écorcher par les ronces.

Habillés légèrement et sans parapluie, trempés jusqu'aux os et ruisselant de tout leur corps, ils couraient la tête pleine de rêves, le cœur joyeux.

Ils arrivèrent à rejoindre le bac, à temps. Serrés l'un contre l'autre, ils se casèrent dans un coin du bateau pour éviter le regard des curieux. Continuant à ruisseler de la tête aux pieds, ils prirent le métro, donnant le dos aux passagers pour ne pas essuyer des moqueries.

Quand ils arrivèrent à Gesundbrunnen, au 41 Stettiner Strasse, la maman d'Angelika fut terrifiée.

-Vous venez de la jungle tropicale, s'écria Emma, effarée. Ma petite Angelika, tu as une petite santé et tu vas attraper la crève. Tu n'es pas faite pour aller vivre en Afrique. Mais tu ne m'écoutes jamais. Tu ne fais qu'à ta tête.

-Maman ! Qu'est-ce que tu as, toi et la famille, contre l'Afrique et les Africains ? Ce sont des gens bien. Des gens simples qui vivent dans la nature et en symbiose avec elle.

-C'est pour cela que tu reviennes toute mouillée comme un chat de gouttière ! Je ne t'ai jamais encore vue dans un tel état. Dis-lui de se changer et suis-moi dans la salle de bain.

C'était le début d'un hyménée, le commencement d'une longue vie à deux, la vie d'un couple mixte que plus d'un pensait n'être que de courte durée. Une vie commune qu'on pensait ne pas dépasser les sept premières années fatidiques.

Et le voici notre Anis nostalgique, rêvant de sa bien-aimée, des berges du lac Tegel et du Moby-Dick ! Plus de trente-cinq années de mariage s'étaient écoulées, le séparant de ses premiers pas à Berlin et des souvenirs qu'il gardait encore toutes fraîches de l'Île des Paons.

Le mariage fut conclu à la mairie de Wedding et célébré dans la plus ancienne mosquée de la ville. Devant un imam pakistanais, récitant parfaitement le Coran mais ne parlant pas un seul mot d'arabe !

La Maison de Dieu se trouvait au district de Wilmersdorf, bien intégrée dans son environnement. Son design, selon Angelika, fut confié à l'architecte allemand Karl August Herman, la construction entreprise suivant le modèle de Taj Mahal, en Inde. L'ouverture de la mosquée eut lieu en 1928.

Un tiers de siècle de mariage passé comme un beau rêve !

Vers quatorze heures, le père et sa fille sortirent du terminus de la station de métro Alt Tegel, accueillis par un froid pénétrant.

Pensant à la chaude ambiance des magasins, ils se dirigèrent, tout de suite, vers le C&A situé à quelques mètres de là.

Ils firent le tour des rayons puis quittèrent pour aller s'engouffrer dans les magasins de Karlstadt puis de Woolworth.

La température agréable de ces lieux leur fit grand bien.

Anis fut sensible à la chaleur humaine. La chaleur d'une foule de clients. La chaleur des vendeuses prêtes à rendre service et avec le sourire. Une véritable atmosphère de kermesse. Il sentit faire partie intégrante de la cohue, de cette société de consommation dont il avait l'impression de partager les rêves.

Il embrassait des yeux plein de monde. Des gens de plus en plus nombreux, se renouvelant devant chaque rayon. Il les rencontrait, il les croisait, il les frôlait, il les entendait, pris dans un fourmillement perpétuel. La masse des clients se composait de petits et de grands, de jeunes et de vieux, tous des gens anonymes, mais des gens en chair et en os et cela le réconfortait.

Avec eux et parmi eux, il avait l'impression de former la même famille, goûtant, ensemble, au même plaisir. Le plaisir de flâner, de toucher aux objets, d'écouter la musique, d'essayer des vêtements avant de passer éventuellement à l'acte d'achat.

Bien soignées, de la tête aux pieds, les vendeuses mettaient de l'ordre dans les rayons, répondaient aux questions, donnaient des conseils à ceux qui les demandaient. Telles des abeilles industrieuses, les caissières manipulaient sans interruption de l'argent en s'aidant de leurs machines électroniques crachant des bandes de papier imprimées, remises aux clients avec de la monnaie.

Anis remarqua qu'une grande partie des achats se faisait par carte bancaire. Il constata que la publicité le suivait partout où il allait. Il sentit qu'elle l'agressait, qu'il ne pouvait lui échapper. Elle le traquait dans les stations et dans les couloirs du métro, dans les trains, dans les bus, dans les rues et les boulevards, à la radio et à la télévision.

Il se focalisa sur le phénomène « publicité », encombrant tous les coins et les recoins de l'Allemagne. Il se demanda pourquoi tous ces réclames ne finissaient pas par lasser les gens et pourquoi ces derniers en absorbaient à longueur de journée, sans les rejeter.

Il pensa ne pas être concerné par la pub. Qu'elle était faite pour la masse. Et que si l'on prenait les gens, individuellement, leur sentiment serait identique au sien.

Et pourtant, elle constituait la nourriture quotidienne de la masse qui la consommait consciemment ou inconsciemment et à toutes les sauces.

Anis, lui-même, trouvait un malin plaisir à déambuler dans les magasins berlinois et à prendre tout son temps pour lire certaines publicités. Conçues avec une rare intelligence, elles prenaient des visages multiformes. Et quand on l'invitait à goûter à certaines gourmandises publicitaires, il ne déclinait pas l'offre.

Il réalisa que l'acte d'achat lui faisait grand plaisir. Même si cet achat est insignifiant. Cet acte lui donnait le sentiment d'appartenance à ce monde. Au moment précis où il sortait son porte-monnaie. Au moment où il payait. Au moment où il glissait l'objet de son désir dans son sac.

Cet après-midi, Anis visita un grand nombre de magasins sans passer à l'acte d'achat. Le peu d'argent qui lui restait, lui interdisait toute folie, les folies étant toutes relatives.

-Papa, tu parais absent. Tu me parles rarement. Es-tu fatigué ?

-Mon esprit bat la campagne. Je suis ici et là-bas. Mais, mon flegme me protège. Il est peut-être dû à ma tension basse.

-Il est temps d'aller prendre une tasse de café à Eduscho. Pour remonter le tonus. Et pour fuir ce vent glacial qui balaie, continuellement, les boulevards.

Anis trouva l'idée bonne. À Eduscho, sorte de café-magasin où l'on consommait la boisson debout, la tasse de café coûtait 1,50 DM.

La boisson leur fit grand bien. Un vieux couple s'approcha et demanda de partager leur table. Ils acceptèrent avec un plaisir apparent, contents d'avoir de la société.

La dame était sympathique. Elle leur souriait, de temps à autre, mais sans engager de conversation. Elle demanda à son compagnon s'il ne voulait pas un pull Eduscho. Il hésita un moment puis accepta. Le café bu dare-dare, le couple fit le tour de la boutique pour choisir, ensemble, le vêtement souhaité. La femme prenait l'initiative. L'homme suivait, toujours indécis.

Anis et Nour quittèrent Eduscho, l'esprit reposé mais les pieds lourds. Il était temps d'aller prendre le S-Bahn, à Alt Tegel, pour se rendre à l'hôpital de Buch.

Trouvant la chaleur du train relaxante, Anis replongea dans ses chimères, l'esprit en veilleuse. Sa façon de vivre la vie depuis que la maladie se révéla chez son épouse. Peut-être trouverait-il, dans cet état d'indolence, une échappatoire à la réalité quotidienne qui le taraudait.

Cette fuite dans la rêvasserie le reposait. Elle devenait, pour lui, une sorte d'intermèdes publicitaires venant hacher un film d'horreur qui tournait dans sa tête.

Il n'avait jamais envisagé le fait d'être directement touché dans sa propre famille. De voir sa femme souffrir. De la voir subir des opérations en série. Elle qui jouissait d'une excellente santé morale et physique.

Le train continuait sa chevauchée d'enfer, s'arrêtant et redémarrant avec des claquements de portes.

Il regarda vaguement à travers les fenêtres. Ses pensées se concentraient sur le vieux couple d'Eduscho. Les deux personnes étaient alertes et vivaces. Il les avait observées boire le café et manger, avec grand appétit, deux grands gâteaux. La dame avait choisi un gâteau forêt-noire surmonté d'une cerise flottant sur un monticule de crème, l'homme prit un gâteau au fromage blanc. Ensuite, les deux personnes prirent le temps qu'il fallait pour choisir le vêtement adéquat. L'homme s'emmêlait dans les couleurs, la femme lui indiquait l'habit et la couleur qui lui seyaient. Ils quittèrent la boutique sans passer à l'acte d'achat.

-Ma femme est bien plus jeune que ce couple, se dit Anis dans son silence intérieur. Pourquoi le destin aveugle s'acharne-t-il sur elle ? Qu'a-t-elle fait ? Au moment où les enfants volent de leurs propres ailes, au moment où nous voulons profiter de la retraite, le destin surgit et frappe.

Le mot destin le surprit. Fatalité ou programme héréditaire inscrit dans notre génome ?

Anis se dépatouilla dans ses pensées désordonnées. Il mélangea religion et raison. Il tenta de leur trouver un terrain d'entente. Il passa du monde rationnel régi par des lois naturelles bien établies au monde chaotique mû par ses propres lois inexpliquées. Il se concentra sur ce papillon fragile, le voyant tout blanc, posée sur une fleur-perroquet de Thaïlande, agitant ses frêles ailes poudreuses qui, quelques heures plus tard, provoquèrent des inondations catastrophiques au Golfe du Mexique ! Comme quoi, on trouve toujours une explication à l'inexplicable !

Volcan en ébullition crachant son feu, sa tête bouillonnait, lâchait sa lave incandescente, lui brûlant les tempes. Anis sortit son mouchoir et le passa sur son front, sur sa nuque et sur son visage. Il lui parut le train chauffé à blanc.

Un adage lui passa par la tête.

"Il n'y a que les bons qui partent. Les mauvaises herbes restent."

Il essaya d'en tirer quelque enseignement mais trouva la sentence lapidaire, ne rencontrant pas son assentiment. Il essaya de la désarticuler lorsque Nour cassa ses cogitations erratiques.

- Papa ! As-tu fait attention au vieux couple d'Eduscho ?

- Oui, pourquoi ?

- La dame, bien qu'âgée, était pleine d'entrain. Elle avait un langage clair et distingué, sûr et convaincant. Son assurance lui donnait de l'autorité sur l'homme indécis. Son port de tête volontaire, Sa démarche élégante, elle était pleine de charme. Son rayonnement inspirait le respect. Es-tu d'accord avec moi ?

- Je suis d'accord. Mais en quoi cette dame t'intéresse ?

-Maman est beaucoup plus jeune que cette dame. Je suis sûre et certaine que ma mère va s'en sortir. Elle aura encore de belles et longues années devant elle. N'est-ce pas ?

- Oui, je partage tes réflexions. Je pense que la vie est plus forte que la mort. La vie recèle des mystères. Ta mère aime et respecte la vie.

Je t'avais raconté l'histoire de cet oiseau moribond qu'elle avait ramassé, un jour, dans le jardin. Ses grands ailes le trahissaient, se dérobaient sous lui, ne lui permettaient plus de prendre l'envol.

Elle ramassa l'oiseau mal-en-point. Elle le réchauffa dans ses mains. Elle le soigna. Elle le nourrit et étancha sa soif à l'aide d'une seringue remplie d'eau. Puis, elle l'installa dans une cage, à l'abri du chat qui rôdait tout autour.

Elle l'a hébergé pendant quelques jours et elle ne l'a libéré que lorsque l'oiseau a récupéré toutes ses forces pour assumer sa liberté. Je t'avais montré une photo d'Angelika en train de glisser la seringue dans le bec de l'oiseau qui s'était très vite habitué à cet exercice.

Ta mère adorait la vie. Elle se comportait comme une mère et une sœur pour toutes sortes d'animaux domestiques qui nous avaient accompagnés, pendant de longues années. Il en va de même pour les plantes. Elle était convaincue que la flore a aussi une âme. Croyant que les plantes poussent bien quand on les entoure de beaucoup d'amour. Quand on leur parle et quand on leur chante.

-Papa ! Préparons-nous pour descendre ! Nous sommes arrivés à la station Bornholmer Strasse. Il va falloir prendre la correspondance.

PLUS DE PEUR QUE DE MAL

Au milieu des années soixante, quand il se rendit à Berlin pour la première fois, Anis vit de loin, en compagnie d'Angelika, le fameux pont d'acier en forme d'arc de la Bornholmer Strasse.

Le pont, dénommé par les Berlinois Bösebrücke, était situé du côté de Berlin-Est. Une quarantaine de mètres laissés à l'Ouest. La ligne de démarcation séparant les deux Berlin, passait au-dessus du pont.

Le pont métallique en arcade, de structure massive, était, autrefois, le seul point de passage des Allemands de la RFA se rendant à Berlin-Est. Bien-entendu, munis d'un visa en bonne et due forme.

-Bösebrücke, le vilain pont ! expliqua Angelika. Vilain, parce qu'il est compact, tout hérissé de boulons, d'écrous et de contre-écrous. Quand j'étais enfant, le Bösebrücke me faisait peur, surtout à la tombée de la nuit. Je l'appelais le Pont du Diable et j'imaginais un tas d'histoires, sur les mauvaises fées, prendre vie là-dessous.

Inauguré en 1916, le pont n'enjambait ni vallée ni rivière mais un entrecroisement inextricable de rails de chemins de fer.

"Lorsque je vis le Vilain, en compagnie d'Angelika, se souvint Anis, c'était au coucher du soleil, sous un ciel rougeoyant. Le pont ressortait de la brume, couronné d'or, comme un arc de triomphe. À ce crépuscule inoubliable, Bösebrücke prit, à mes yeux, une beauté majestueuse."

Nour prit la main de son père et ils se dépêchèrent pour aller prendre la correspondance du S-Bahn, en direction de Bernau.

Quand ils arrivèrent à Buch, il fut nuit. Le bus 158 qui devait les prendre pour l'hôpital, était au rendez-vous.

Arrivés à la porte de la polyclinique, ils se turent. Une peur étrange les prit à la gorge.

Anis saisit la main de sa fille. Elle était glacée et tremblante.

Un mélange troublant d'optimisme et de pessimisme les désorienta. La peur devant l'inconnu alourdissait leurs pas. Empressés de voir la malade et en même temps très inquiets devant ce qui les attendait. À ce moment précis, ils se sentirent face à face avec le destin.

Aller vers l'inconnu désarçonnait, amoindrissait la volonté. Anis essaya d'échanger quelques bribes de conversation pour donner du courage à sa fille. Cette dernière ne répondit pas.

Ils traversèrent la porte principale du complexe hospitalier. Le gardien, perché dans sa guérite vitrée, les salua de la tête en souriant.

Ils franchirent la route goudronnée aux abords gazonnés, passèrent devant la pharmacie et la polyclinique et se dirigèrent vers le bâtiment principal qui abritait les urgences et plusieurs autres spécialités.

A l'entrée de l'immeuble, Nour fondit en larmes. Elle ne put contenir l'émotion. Le flot des pleurs coulait. Des gémissements plaintifs secouaient son frêle corps.

Émus, les gens qui passaient, la consolaient d'un regard attendri.

Anis serra sa fille contre sa poitrine. Il essaya de la calmer par des propos apaisants. Impossible. Elle sanglotait. Soudain, elle s'arrêta, refusant d'aller plus loin.

Anis sentit une profonde blessure dans le cœur.

Il lui essuya les yeux, la prit par les épaules et insista pour qu'elle le regarde droit dans les yeux.

-Ecoute ma fille ! Tu es grande et tu dois rester raisonnable. J'ai le pressentiment qu'Angelika va bien. Arrête de pleurer, s'il te plaît. Tu me fends le cœur. Toute la journée, tu t'es comportée courageusement. C'était toi qui me remontais le moral. Calme-toi et sois courageuse comme ta mère. Elle survivra à toutes les épreuves. Nous avons affaire, ici, à un hôpital appartenant à l'Etat, un hôpital connu pour la compétence de son personnel et pour leur dévouement pour les malades. A ce que je vois, l'établissement est ultra-moderne. Il est d'une propreté digne d'un hôtel de cinq étoiles. Toute la Nomenklatura de l'ex-RDA venait ici pour se faire soigner et prendre du repos.

En guise d'acquiescement, Nour répondit par un hochement de tête. Les larmes ne coulaient plus. Mais elle paraissait abattue, les traits tirés comme si elle n'avait pas dormi pendant plus de quarante-huit heures.

Elle sortit un mouchoir. Elle s'essuya les yeux et le nez. Elle jeta un regard attendrissant sur son père puis murmura.

- Allons chercher le 708 !

À l'entrée du bâtiment principal, un grand tableau mural de couleur blanche, portait des indications inscrites en couleur rouge.

Ils repérèrent l'endroit recherché.

Station intensive, 708, 1er étage.

Ils s'engagèrent dans un couloir et débouchèrent sur les urgences.

Nour sonna à la porte.

Une jeune infirmière, habillée d'une blouse verte, ouvrit la porte. Elle avait l'air sympathique. Elle inspirait confiance.

- Frau Anis, est-elle chez vous ?

- Oui, elle est ici. Vous pouvez la voir et lui parler. Auparavant, lavez-vous les mains et prenez des blouses au placard. Je reviens, dans un petit moment, vous chercher.

Le père et sa fille sentirent le sang refluer au visage. Un grand moment de bonheur.

Ils lavèrent les mains au savon liquide. Ils les asséchèrent avec du papier doux et absorbant, arraché à une machine fixée au mur. Ils ouvrirent l'armoire et trouvèrent une pile de blouses vertes, pliées et rangées avec grand soin. Ils en enfilèrent deux, bien repassées et sentant bon.

Abasourdi, Anis entra maladroitement dans la blouse d'hôpital, oubliant de se débarrasser de sa veste. Il se sentit ballonné, gauche. Ses avant-bras n'étaient pas libres de se mouvoir. Gêné dans cet habit de médecin qu'il porta pour la première fois de sa vie !

L'infirmière revint et demanda de la suivre.

Elle les conduisit dans une grande salle plongée dans une douce pénombre.

Il y avait quatre lits de malade, distants les uns des autres, entourés de toutes sortes d'appareils électroniques où défilaient, continuellement, des graphiques colorés et des chiffres sans cesse changeant.

Sur le premier lit à gauche, Anis et Nour aperçurent Angelika qui leur faisait signe de la main pour s'approcher. Pressée de les étreindre, elle les accueillit avec joie.

Appareillée, la malade était couchée dans le lit, le haut du buste relevé à l'aide d'oreillers bien calés derrière le dos.

Le père et sa fille ne pouvaient croire leurs yeux. Angelika était là, bien présente, en chair et en os, l'œil vif, le sourire toujours aux lèvres, les joues pleines et rouges, le corps en vie.

Nour se jeta sur sa mère et la couvrit de baisers. À son tour, Anis embrassa sa femme et lui tint la main.

Ils lui exprimèrent toute leur joie de la trouver en bonne santé. Elle était totalement transformée. Le visage, d'habitude fin et sans rondeur, paraissait plein, sans la moindre ride, comme s'il venait de sortir d'un lifting. Les plis naturels au cou et les cicatrices laissées par les cathéters avaient disparu comme par miracle.

La joie brillait dans ses grands yeux. D'une voix sûre et claire, Angelika exprimait son bonheur. Le bonheur de voir la famille réunie autour d'elle.

Après les embrassades et les cajoleries, échange d'informations des deux côtés.

Nour s'assit sur un tabouret et poussa un autre à son père pour lui permettre de s'installer tout près de sa femme.

Angelika s'informa, à nouveau, sur la santé des visiteurs. Elle voulait savoir s'ils avaient mangé, s'ils n'avaient pas faim.

Ils la rassurèrent que tout va bien et que, par contre, ils voulurent tout savoir sur son état de santé.

Ils la questionnèrent sur les motifs de la dernière opération. Ils s'étonnèrent qu'on n'ait pas découvert la tumeur au ventre au Herzencentrum, au moment où le corps médical avait entrepris un check-up général, avant la première opération à cœur ouvert.

Et pourtant, les médecins s'étaient intéressés à tous les organes du corps et jusqu'aux caries dentaires pour un éventuel traitement avant l'opération principale.

Angelika raconta, avec force détails, les différentes péripéties de sa longue mésaventure.

- Après la seconde opération au cœur, j'ai ressenti un mal atroce au ventre. À maintes reprises, je l'avais signalé au corps médical mais personne ne m'a pris au sérieux. Au contraire, les infirmières me poussaient à manger bien que rien ne reste dans mon ventre. Mon corps refusait toute nourriture y compris de l'eau. J'avais un dégoût pour tout ce que je mettais dans la bouche. Un soir, j'eus une très forte diarrhée, accompagnée de fortes douleurs me cisaillant l'estomac.

Les infirmières enregistraient la chose mais ne me donnaient rien pour soulager mon mal. Le soir, les douleurs atteignirent le paroxysme. Je ne pouvais plus tenir. Je pensais que j'allais mourir.

Vers minuit, je quittai mon lit pour aller aux toilettes, en m'appuyant au mur pour me tenir debout. Soudain, je tombai au sol, inconsciente. L'infirmière de garde avait constaté une forte hémorragie. Affolée, elle alla chercher le médecin. On me soigna, on me porta au lit et on me brancha, toute la nuit, à trois sacs de sang vidés successivement dans mon corps, pour compenser le sang perdu. L'ordre avait été donné de faire procéder immédiatement aux analyses des selles.

Le lendemain, j'ouvris les yeux sur un monde ouaté où mes perceptions me trahissaient. Mais, la transfusion me donna quelque force. Je réalisais que j'existais, que je vivais.

Le médecin qui m'avait pris en charge, décida alors de me transférer à Huefelland, Teil II, Station 204 pour examen approfondi du système digestif.

Une ambulance m'y transporta. Je me trouvais dans un état lamentable. Voguant entre la conscience et l'inconscience.

À Huefelland, après le diagnostic, le médecin ordonna de m'envoyer, immédiatement, à l'hôpital spécialisé dans la chirurgie interne. C'est la raison pour laquelle je me trouve ici.

Les médecins qui m'avaient examinée, avaient procédé à une endoscopie et constaté une perforation de l'intestin ce qui avait provoqué l'hémorragie. Ils avaient essayé de stopper l'hémorragie sans pratiquer d'opération. Leurs tentatives n'avaient pas réussi. La décision fut prise d'opérer bien qu'une troisième intervention chirurgicale fut fatale, surtout à l'état où je me trouvais.

Ne rien faire et laisser l'hémorragie faire son œuvre, conduirait à une mort certaine.

À dix-sept heures précises, on me conduisit à la salle d'opération et on me mit sous narcose. Je n'ouvris les yeux, pour la première fois, qu'à sept heures du matin. Je fus surprise de voir un groupe de médecins et d'infirmières autour de mon lit. L'équipe était apparemment ravie, heureuse de me voir revenir à la vie.

Tout ce beau monde commença à me féliciter.

-Félicitations ! Vous avez lutté toute la nuit et vous avez gagné. Vous nous avez bien aidés à vous récupérer. Encore une fois nos chaleureuses félicitations !

Anis suivait le récit de sa femme, tous yeux et toute ouïe, ne quittant pas ses lèvres.

Il fut excité par tant d'événements arrivant tout à la fois. Il ne se rendait pas compte qu'il ne cessait de bouger le derrière sur son tabouret mobile, croisant les jambes puis les séparant. Serré comme un boudin ficelé et engoncé dans sa nouvelle tenue verte, il avait l'air d'un manchot.

Tout à coup, il sentit tout son poids peser sur le bord du tabouret. Il voulut se recentrer mais il perdit l'équilibre.

Il allait tomber comme un sac de pommes de terre à la renverse, lorsque dans sa course, il s'accrocha désespérément à la table portant l'appareillage de contrôle de la patiente.

La table le suivit docilement, roulant silencieusement sur ses pieds. Lorsqu'il lâcha prise, il tomba sur le dos avec un grand fracas. Les médecins et les infirmières de service accoururent pour le ramasser et s'enquérir sur son état de santé.

Plus de peur que de mal. Pas de bosse à l'arrière de la tête mais des douleurs sans conséquences au dos. Bien remis sur les pieds, il se rassit bien sagement sur le tabouret et ne bougea plus.

Les infirmières vérifièrent les cathéters, les fileries et les tuyaux raccordés à la malade, remirent la table médicale à sa place et puis, un grand éclat de rires remplit la salle. La patiente, sa fille, le corps médical, personne ne pouvait retenir le fou rire.

Une infirmière s'approcha d'Anis, à nouveau, pour lui demander si tout allait bien.

- Je n'ai rien, dit-il, en souriant. Je vais bien. Merci !

Honteux de l'incident provoqué et manquant d'air, il demanda à sa fille de desserrer les nœuds de sa blouse, sur le dos, pour se sentir plus à l'aise.

De nouveau, un paisible silence regagna la salle plongée dans une douce pénombre. Les trois autres patients dormaient d'un sommeil profond que rien ne pouvait perturber.

De temps à autres, les infirmières faisaient la ronde pour surveiller les malades et contrôler les indications des appareils de mesure.

Angelika plongea ses doigts grêles dans les cheveux d'Anis, le caressa et lui dit, en souriant.

- Tu fais toujours le Hampelmann ! Le guignol du village !

- Le Kasperle, si tu veux. Je suis entré dans le personnage par mon comportement de pantin. Entortillé dans une blouse médicale portée au-dessus de ma veste, je me suis senti comme un gros boudin ficelé. En outre, la vue de l'infrastructure hospitalière m'en a bouché un coin. Je n'ai jamais encore vu pareille. La compétence du corps soignant, la modernité du matériel, l'organisation jusqu'aux moindres détails et la propreté.

Je me suis senti vraiment comme un Hanswurst, comme un clown dans un cirque.

- Cher mari ! Tu es amusant et tu aimes amuser autour de toi. Je te connais bien. Tu as amassé les espiègleries des Rbatis et des Slaouis doublées par les ruses et les plaisanteries des Casablancais. Et si tu joues le clown, c'est avant tout pour te distraire, toi-aussi.

Je t'avais toujours dit de prendre ton temps pour toute chose. Sans précipitation. Tu avais largement le temps pour te débarrasser de ta veste. Je pense qu'il est tard pour vous deux. Il est temps de retourner à la maison.

-Nous allons te quitter pour rattraper le bus de 18h50. Ici, dans ce bled allemand, l'heure, c'est l'heure. Après l'heure, ce n'est plus l'heure.

- Descendez à la station de métro de Wittenbergplatz. Là, vous prenez un casse-croûte à la boutique Imbiss, située près du KADEWE. Les frites sont appétissantes, la viande bien préparée.

Après les embrassades, le père et sa fille quittèrent la malade, le cœur léger, heureux.

Ils se débarrassèrent de leurs blouses vertes. Ils lavèrent les mains au savon puis détalèrent comme deux lièvres pour rejoindre la station de bus.

Le bus était au rendez-vous à la seconde près.

La manie comparative s'empara de l'esprit d'Anis. Il se sentit agressé par cette ponctualité d'airain. Plus de place à la fantaisie. Plus d'espace au laisser-aller. L'heure, c'est l'heure !

Depuis qu'il foula le sol de Berlin, il ne trouva rien à reprocher à l'horaire des moyens de transport, bus et trains. Il s'étonna que les moyens de transport publics soient chauffés l'hiver.

Pour ne plus se torturer les méninges par des comparaisons insensées, Anis transféra, par la pensée, dans la ville de Casablanca, toute l'infrastructure relative au transport public berlinois. Par la simple magie du copier-coller !

Alors, il imagina la joie immense de ses concitoyens, empruntant des escaliers roulants, prenant des autobus confortables et ponctuels et montant dans des métros spacieux traversant tous les quartiers de Casablanca.

-Papa ! Tu dors ? Prépare-toi. Nous allons descendre, une station avant Nollendorf Platz, pour aller à l'Imbiss recommandé par maman.

Sorti de ses pérégrinations, Anis fut étonné du trajet parcouru sans qu'il s'en rende compte. Il ne se souvenait pas avoir croisé le regard des nombreux voyageurs qui montaient et descendaient les wagons, depuis la station de Buch.

-Tu es tout le temps sur la lune, papa !

-Une habitude, ma fille. Ma nature burlesque. Me faisant fuir la réalité quotidienne. Je vis souvent cet état quand je suis accablé physiquement et mentalement. Mon psychique m'imposait du repos en me fourvoyant dans des divagations sans fin.

Le casse-croûte pris à l'Imbiss fut effectivement consistant et appétissant. Des frites de vraie pomme de terre, cuites à point et bien croustillantes. Rien à voir avec celles de Mac Do que plus d'un les prétendait artificielles.

Dans la nuit, ils appelèrent Nouh pour lui apprendre que l'état de santé de la maman ne présentait plus de signe d'inquiétude.

La nouvelle fit grand plaisir au fils qui proposa de les accompagner, le lendemain, à l'hôpital. Il les invita à venir, chez lui, à dix heures, pour prendre le petit déjeuner. Ce serait l'occasion pour voir les enfants, plus longtemps, et pour jouer avec eux.

L'invitation fut acceptée avec grand plaisir. Anis et Nour avaient besoin d'un peu de société. Ils avaient besoin de parler aux autres et de les écouter.

Parler aux vendeuses des grandes surfaces de distribution, perchées sur leurs hauts talons et portant un T-Shirt de la marque dont elles faisaient la promotion ? Elles vous répondraient.

- Puis-je vous aider à trouver quelque chose ?

Les serveuses de restaurant vous abordaient avec un large sourire pour placer le menu sous vos yeux et disparaître. Les marchands de casse-croûtes n'ont pas de temps à perdre. Achetez ou circulez !

-Puis-je vous aider à vous remonter le moral ? Aucune boutique n'offre encore ce genre de service.

Le 5 février, à 15 heures précises, heure fixée pour le début des visites, le père et ses deux enfants se rendirent aux urgences, à la station 708.

Ils lavèrent les mains, enfilèrent les blouses vertes et suivirent l'infirmière de service.

Angelika avait changé de lit. Son ancienne place était occupée par une vieille dame qui semblait être plongée dans un profond coma.

Comme à l'accoutumé, Nour se jeta sur sa mère et la couvrit de baisers. Celle-ci était contente de voir la petite famille complète autour d'elle. Comme au temps de jadis, avant que les enfants quittent la maison parentale pour voler de leurs propres ailes.

Les yeux de la maman brillaient de joie. Elle admirait les deux grands enfants, assis l'un près de l'autre.

Elle demanda à son fils de s'approcher. Elle le prit par la main, l'attira à elle et l'embrassa longtemps sur les joues et sur le front. Pour un moment, elle oublia qu'elle était malade. Elle voulait incarner la mère de famille responsable. Rassembler, enseigner, conseiller. Mais, elle semblait plutôt préoccupée par l'avenir de Nour qui n'avait pas encore intégré le monde du travail.

-Dieu merci, dit-elle à sa fille, je vais beaucoup mieux. Je serais très contente si tu reviennes à Boston pour continuer tes études. C'est très important pour ton avenir. Ton père restera auprès de moi. Aux prochaines vacances, tu pourras retourner à Berlin. Obéis-moi ! C'est de ton avenir qu'il s'agit.

Noura promit de suivre le conseil de sa mère.

Le 6 février, le père et sa fille retournèrent à la station intensive 708. Une infirmière les informa qu'Angelika avait quitté la station.

- Pourriez me dire où se trouve ma mère et pourquoi ce nouveau transfert ?

- une minute, s'il vous plaît !

L'infirmière s'absenta un moment puis réapparut pour informer que la patiente est au troisième étage, à la station 701, chambre 3010.

Anis et Nour se dirigèrent vers l'ascenseur. Avant de monter, ils lurent sur le tableau mural installé à proximité de l'élévateur.

"Station 701 Innenmedizin"

Père et fille se tenaient la main comme pour se donner du courage. Inquiets, le cœur battant, ils se regardaient sans souffler mot.

Arrivés au troisième étage, ils sentaient ne plus avoir de force dans les jambes. Tremblotant, ils s'engagèrent dans un large couloir, tournèrent à droite pour prendre un autre couloir à la recherche de la chambre 3010. Ils frappèrent doucement à la porte et entrèrent sur la pointe des pieds.

Alitée, Angelika était branchée à des fileries et à des tuyaux pour le maintien des fonctions vitales. La malade leur fit grande-peur. Extrêmement amaigrie, le teint très pâle, un petit corps décharné flottait entre conscience et inconscience.

Paniquée, Nour se précipita sur sa mère et l'embrassa partout, sur la bouche, sur les joues, sur le front, sur la tête, sur les mains.

Anis attendit son tour pour embrasser sa femme et lui tenir la main. Angelika paraissait consciente mais elle était devenue, en si peu de temps, l'ombre d'elle-même.

Anis et Nour ne se rendirent même pas compte de l'existence d'une autre patiente dans la chambre. Une femme d'une quarantaine d'années, de forte corpulence, plongée dans la lecture d'un magazine. Elle était couchée sur le dos, le buste haut, la tête dans l'illustré. Elle portait des vêtements de ville, un pull rouge et un pantalon noir.

Ils la saluèrent. Elle répondit avec un hochement de tête.

- Tu parais fatiguée, demanda Anis. Qu'est-ce qui se passe ?

- J'ai eu une très forte tension. Plus de 20. Je suis très affaiblie. Je n'en peux plus. J'abandonne.

Angelika montrait les signes d'une profonde déprime.

Anis et Nour essayèrent de la consoler, de lui remonter le moral. Elle demeura inconsolable. Elle ne voulait plus rester clouée au lit. Elle ne voulait plus rester allongée, jour et nuit, en totale dépendance. Elle voulait bouger. Se lever, marcher comme tout le monde. Être en possession de ses propres moyens. Sans recourir à l'aide d'autrui.

Elle voulait manger normalement, comme tout le monde. Mais ses forces la trahissaient, l'abandonnaient.

Elle se sentait impuissante, faible, souffrante et malheureuse.

Les problèmes de santé qui persistaient, qui s'aggravaient de plus en plus, avaient entamé son moral et semblaient l'acculer dans un état dépressif incontrôlable. Une tristesse contagieuse apparaît sur son visage, sur ses yeux mi-clos et dans ses lamentations inhabituelles.

-Je veux me mettre debout, marcher comme tous les autres malades. Je veux aller et venir. Je veux être débranchée. Déconnectée de tous ces tuyaux et de toutes ces fileries qui m'enchaînent, me terrassent et me sanglent au lit. Je me sens emmurée vivante.

Je veux sortir me promener dans la forêt, au soleil. Je veux voir les fleurs, je veux humer l'air frais du matin, je veux sentir le parfum de la nature, l'odeur de la terre mouillée. Je veux enfin manger et boire sans souffrir. Mais aucun mets, aucune boisson ne traverse ma gorge. Je trouve tout «eklig », sans goût, écœurant, amer et répugnant. Je souffre de vous causer des problèmes.

Les coins des yeux d'Angelika se mouillèrent.

Cette scène plongea Anis et sa fille dans une profonde consternation. Cette fois-ci, Nour eut le grand courage de contenir ses émotions. Elle s'appliqua, avec douceur, à remonter le moral de sa mère. Elle lui cajola les joues, la serra contre elle, la réchauffa de mots tendres et doux pour lui donner l'envie de vivre.

On frappa à la porte. Une infirmière entra. Elle salua puis s'adressa à Angelika avec gentillesse.

-Vous avez de la visite. C'est bien ! Vous allez vous en sortir. Il faut avoir de la patience. Je vais vous prendre la tension.

La jeune infirmière mesura la tension artérielle, inscrit le résultat sur une fiche bleue, vérifia les flacons suspendus au-dessus du lit de la malade puis quitta la chambre en saluant. Anis la suivit puis revint, après un moment, l'air content.

Il saisit la main de sa femme et la serra dans les siennes. Il voulut lui exprimer son soutien. Il voulut lui donner confiance en elle, en l'avenir. Il voulut lui donner le goût de vivre.

-Ne sois pas triste ! Je vois le sang refluer dans ton visage. Je vois tes joues rosir. La transfusion te donne des couleurs. Sois patiente comme le recommande l'infirmière. Dans deux ou trois jours, tu recommenceras à manger et à boire, normalement. Tu vas bientôt recommencer à te lever, à marcher et à pratiquer de la rééducation physique avec la physiothérapeute. Tu n'es pas seule. Ta petite famille t'aime beaucoup et te rend quotidiennement visite. Ne pense plus à rien. Essaie de te reposer, de bien dormir chaque fois que tu le peux, surtout la nuit.

Angelika fit un léger sourire. Elle regarda son mari et sa fille puis demanda.

- Avez-vous mangé ? Avez-vous faim ? Il y a tout ce qu'il faut à la clinique. Vous pouvez aller prendre un sandwich et un café au kiosque du premier étage. Il y a aussi des machines à sous au troisième étage. Elles distribuent des boissons chaudes et froides.

Là, se trouve un salon et une télévision réservés aux visiteurs. Je ne peux pas vous y accompagner, hélas !

-Ecoute ! Nous n'avons besoin de rien, répondit Anis. Nous aimerions plutôt rester auprès de toi. Nous serions les plus heureux au monde si tu commences à manger et à boire. Il faut faire des efforts si tu veux guérir rapidement.

-Le manger ne passe pas à travers ma gorge. Je n'y peux rien. Ce n'est pas de la mauvaise volonté. Je ne touche à aucun des repas qu'on me sert quotidiennement. Les infirmières m'encouragent pour me nourrir, mais ça ne passe pas.

-Avale au moins un peu de soupe.

-J'ai demandé de la soupe. Les infirmières refusent de me l'apporter. Elles disent qu'elle est exclusivement réservée aux malades qui viennent d'opérer.

Avant que la maman termine sa phrase, Nour bondit comme une lionne, quittant la chambre sans explications.

Quelques minutes plus tard, elle revint le sourire aux lèvres.

- Dorénavant tu auras de la soupe, maman ! À partir de ce soir ! Je me suis adressé à l'infirmière. Elle n'a pas refusé la demande.

Tard dans la soirée, Anis et sa fille quittèrent l'hôpital, non rassérénés sur l'état de santé d'Angelika.

De Buch à Nollendorf, ils ne s'adressèrent pas une seule parole.

Plongé dans ses pérégrinations habituelles, Anis ne se rappela pas comment il était arrivé à destination, en effectuant, au moins, trois correspondances.

Une coupure de temps et d'espace dans son esprit absent.

Et pourtant il avait pris un bus, des U-Bahn et un S-Bahn. Il avait emprunté des correspondances longues et courtes. Il avait monté et descendu des escaliers en foulant des dizaines de marches.

Il avait accompli tout ce travail, machinalement, de manière routinière, sans effort physique ou mental.

Sur ce long parcours, rien n'attira son attention, rien ne le gêna, rien ne vint interrompre son voyage interne, rien ne se produisit pour le sortir de sa chrysalide.

-Mon Dieu, murmura-t-il en reprenant conscience de son existence. Je voyage hors de moi, sans le moi ! Je vagabonde. Je bats la campagne au moment même où je veux reposer mon esprit. Je suis absent et présent, depuis que mes pieds foulèrent le sol de ce pays de grisaille où le soleil ne voit le jour que très rarement. Que suis-je devenu ? Des lambeaux d'illusions flottants ou une substance ferme prenant corps. Parfois, il m'arrive de pincer ma peau ou de courir au robinet pour m'arroser la tête et le visage avec de l'eau froide. Pour retrouver mon identité perdue, pour reprendre conscience de mon existence. Alors je recommence à poser des tas de questions, les mêmes questions frôlant la folie. Pourquoi me fourré-je, sans cesse, dans mon for intérieur, dans cet univers immatériel où se réverbèrent, se diffusent et se réfractent toutes sortes de sentiments et d'émotions ? Pourquoi vois-je, quand je ferme les yeux, cette figure dégoutante, aux dents proéminentes et écartées, qui me menace de son rire sarcastique ?

Le changement de climat introduisit la morosité dans l'âme d'Anis. Un ciel de plomb, toujours bas, toujours gris. Le même paysage morne et triste. Les heures du jour prenant les mêmes couleurs que celles du soir. Un soleil qu'on ne verrait jamais atteindre le zénith. Et en plus, l'homme portait une lourde charge de stress et d'angoisse.

Et pourtant, vu de l'extérieur, l'homme restait impassible. Visage inexpressif, dépourvu de tristesse. Mais, de l'intérieur, un vrai volcan ! Bouillonnant rouge. Personne ne voyait cette lave incandescente qui coulait en lui, modifiant sa texture interne.

Il aurait souhaité, mille fois, attirer l'attention des gens sur lui, pour compatir avec lui. Leur compassion, leur consolation et leurs mots gentils seraient un baume à son cœur peiné. Mais la vraie cause de sa souffrance, ne pouvait être éliminée que par la médecine moderne qui, en sauvant sa femme, remédierait à son mal. Une médecine scientifique mais compatissante. Une médecine non préoccupée, uniquement, par le soin du corps-machine.

Le malade souffrant veut parler, veut être écouté. La médecine scientifique et compatissante doit être disponible, humaine dans son exercice. Réconforter, consoler et encourager et non pas fuir les endroits où se manifestent la peine et la souffrance.

À la maison, les langues se délièrent. Père et fille parlaient de la malade. Son état de santé les inquiétait.

Anis refusait d'évoquer le spectre de la mort qui ne cessait de visiter son esprit. Il avait horreur de sentir la mort roder. Une chose pénible qu'il voulait refouler à l'infini. Il refusait d'envisager cette réalité amère, cette vérité absolue que personne ne peut nier.

Tout enfant, il banalisait la mort. Il l'imaginait comme un simple trou noir qu'on comble de terre et puis, c'est la fin des fins. Plus rien après.

À huit ou neuf ans, il veilla la grand-mère maternelle toute la nuit. Elle voulait boire sans arrêt. Il lui servait verre après verre et puis après, elle rendit toute l'eau bue et fut prise par le hoquet de la mort. Dès qu'il vit son visage grimacer, secoué de spasmes, il pensa ne servir plus à rien. Par instinct, il se mit à réciter la prière de la mort dans l'oreille de la moribonde pour lui rappeler la

Chahada avant de quitter la terre et pour lui faciliter son envol vers l'inconnu.

Quand la famille le joignit, la grand-mère expira le dernier souffle, la bouche largement ouverte, les yeux grandement ouverts comme pour regarder le ciel.

On chassa l'enfant qui osa affronter la mort, sans aucune peur. On le considéra comme anomal, habité par un malin génie et on ne lui parla pas pendant plusieurs jours.

La mort est un grand tabou. Il est préférable de l'ignorer. Ne dit-on pas, communément, que si tu oublies la mort, elle t'oubliera ?

Dans la famille comme à l'école, nous apprenons un tas de choses pour gagner note vie, pour gagner dans la vie.

Les parents font de gros sacrifices pour éduquer l'enfant, pour lui apprendre à aimer la vie. On ne lui parle de la mort que pour lui dire qu'elle existe et qu'elle viendra plus tard, beaucoup plus tard, lorsque nous serions vieux, très vieux.

Et pourtant la mort appartient à la vie. Vie et mort sont intimement liées, inséparables, l'une ne pouvant exister sans l'autre. L'une coextensive à l'autre et vice-versa. Elles s'imposent à nous. L'être humain n'a pas le choix de les accepter ou de les refuser. Ce sont des phénomènes surnaturels dont l'explication dépasse notre entendement.

Seules, la religion et la spiritualité apportent des réponses apaisantes aux âmes tourmentées. Des réponses révélées, d'une part, par la Parole de Dieu dont la clef est la foi et, d'autre part, par une philosophie de l'intelligentsia, qui reste, hélas, ésotérique pour la masse écrasante de la race humaine.

Tout commun des mortels souhaite avoir une longue vie, exempte de maladie. Mais, lorsque la mort montre le bout du nez, chacun de nous souhaite la repousser, le plus tard possible, même s'il est souffrant, tel le bûcheron de la fable de Lafontaine.

Perdant tout espoir dans une vie meilleure, notre bûcheron appelle la mort de tous ses vœux. Une fois qu'elle est là, il lui demande, poliment, de l'aider à porter son lourd fagot sur son dos, acceptant sa vie misérable au néant, à la fin des fins.

Il est vrai que la religion nous prépare, nous, les croyants de toutes les religions, à accepter la mort et à la considérer comme chose naturelle. Dans l'Islam, le pèlerinage est une initiation à la mort, une anticipation à l'aventure de la mort. Le pèlerin, en partance pour la Mecque, règle ses dettes, prend congé de sa famille et de ses amis, comme le mourant au terme de sa vie.

L'extinction ultime, le dernier souffle rendu, les yeux largement ouverts sur le monde caché, une situation tragique qui déclenche de fortes émotions, accompagnées de larmes. Difficile de quitter, une fois pour toutes, cette terre à laquelle nous nous sommes habitués. Ce dernier pas à franchir, reste le grand mystère.

Le père et sa fille refusaient de parler de la mort, s'interdisaient d'y penser. Un tabou difficile à banaliser, à accepter.

Et pourtant, la mort constituait le thème central de leurs allers et de leurs venues, la toile de fond qui accaparait leurs pensées non exprimées. Ils voulaient rester constamment auprès de la malade, pour lui tenir la main, pour lui parler, pour lui souffler les doux mots qui l'accrocheraient à la vie. Ils voulaient l'écouter parler, au moment où elle sentirait le besoin de communiquer. Ils voulaient lui transmettre la chaleur de leur cœur, lui donner goût à la vie, l'aider à échapper aux griffes acérées de la solitude dépressive. Ils voulaient la sortir du trou sans fond de la dépression, suscitant des idées macabres, secrétant des sentiments négatifs et destructeurs. Par leur présence, ils voulaient donner à la malade de l'espoir et de l'espérance. Ils voulaient occuper son esprit, le réanimer. Ils voulaient peser sur le sort pour qu'il puisse épouser la trajectoire souhaitée, une trajectoire menant aux rives paisibles de la vie.

Habités par Angelika, possédés par elle, Anis et ses enfants rendirent visite à la malade, tous les jours, y compris les week-ends. Pour qu'elle ne se désaccouple pas de la cellule familiale, pour qu'elle ne soit pas coupée de ces visages et de ces voix connus qu'elle a l'habitude de voir, d'entendre, de toucher.

Chaque jour, leur présence aux côtés de la malade, renforçait le fil conducteur la liant à eux. Source intarissable d'amour, cette étroite relation arrosait la malade, lui donnait de nouvelles forces.

Leurs chuchotements mettaient plus de brillance dans les yeux d'Angelika, plus de couleur sur ses joues.

Progressivement, Angelika sortait de sa léthargie. Elle communiquait avec les mouvements des cils, le fleurissement du sourire sur les lèvres.

Angelika vécut près d'une vingtaine d'années après la triple opération.

Jouissant d'une bonne santé et d'un bon appétit, curieuse de voir le monde !

L'année dernière, au mois de juin, elle fit un long voyage, en compagnie d'Anis, en autocar Holiday Reisen. Départ de Berlin, en direction de Montbéliard pour y passer la nuit. Puis raid vers le Sud, passant par Dijon et Lyon pour aller s'installer en Provence, à Avignon. Ensuite, séjour dans un hôtel à Nice et visite de la côte d'Azur de Marseille à Monaco, en passant par Saint Tropez, Fréjus et Cannes. Une dizaine de jours de course contre la montre perlés de visites guidées inoubliables.

Les années précédentes, le couple visita la Pologne, la Tchéquie et la Hongrie. La Normandie enchanta Angelika qui passa par

Giverny pour visiter la maison de Claude Monnet, son peintre-idole. La Bretagne charma le couple qui escalada le mont Saint Michel, jusqu'au sommet pour visite de l'abbaye.

À Saint-Malo, ils allèrent se recueillir sur le tombeau du grand romancier Chateaubriand et participer à une visite guidée, des lieux qu'il avait fréquentés dont sa maison.

Ils furent surpris et en même temps amusés, d'apprendre que le grand écrivain devait annuler son mariage scellé à l'église, pour le remplacer par un mariage civile, comme l'exigeait la Révolution Française.

Le prochain voyage programmé concernait les châteaux de la Loire, en France. Angelika ramassa une large documentation sur le sujet et s'apprêta à réserver des places, pour elle et son mari, auprès de l'agence de voyage Holiday Reisen. Le destin décida autrement, juste peu de mois, avant la tournée.

L'homme propose, Dieu dispose.

"Elle partit subitement, racontait Anis à ses consolateurs, les yeux noyés de larmes. Sans aviser. Un départ inattendu."

LA DERNIÈRE DEMEURE

Au cimetière Urnenfriedhof, le dernier adieu à la défunte, se passa dans le recueillement.

Lorsque la dernière personne de la longue file jeta les trois poignées de sable dans la tombe encore ouverte, le pasteur invita l'ensemble des personnes présentes de prendre le temps nécessaire pour méditer.

Une invitation pour entrer en contemplation silencieuse avec soi-même, pour se recueillir, dépouillé, devant Dieu. Une invite pour prier pour l'âme de la défunte, très présente dans la mémoire de chacun et pour faire les ultimes adieux.

Une trentaine de minutes plus tard, le pasteur avança vers la foule, serra la main de chacun, avant de quitter les lieux.

Pensif, Daniel retourna sur ses pas, en direction du temple où l'attendait une autre cérémonie mortuaire.

Le peu de chemin parcouru fut, pour lui, un trajet de charme et de grande retrouvaille avec le Créateur. Envahi par la Parole de Dieu, il s'agenouilla pour prier dès qu'il franchit la porte de la chapelle.

Il médita sur le mystère de la vie et sur le miracle toujours renouvelable de la mort et de la résurrection promise. Il sentit le Royaume de Dieu grandir et prendre vie en lui.

Pour la première fois de sa vie, Daniel eut la chair de poule et ses cheveux se dressèrent sur sa tête. Une sensation d'intense spiritualité qui ne l'avait pas habité depuis ses tous premiers débuts d'étudiant, suivant les cursus de formation au ministère pastoral.

Il pensa à la création divine. Il trouva l'infiniment petit, plus vaste que tout ce que peut penser et imaginer l'homme. Il leva les yeux au ciel pour contempler l'infiniment grand. Il réalisa que l'être humain n'est qu'à ses tout premiers balbutiements pour se faire une idée de la chose.

Fait à l'image de Dieu, l'homme aspire à explorer les mondes visibles et invisibles mais, à chaque petit pas fait en avant, il constate que le chemin qui reste à faire, se chiffre par milliards d'années-lumière, outrepassant, vertigineusement, sa dimension humaine.

Pour la première fois de sa vie, Daniel eut l'impression que le mortel qu'il était, n'atteindra jamais la Vérité derrière laquelle, il courait. Semblable en cela, au fameux chien des mathématiciens, qui courait désespérément derrière son maître, sans jamais l'attraper. Chien et maître se déplaçaient, à la même vitesse, sur un même système de coordonnées cartésiennes. Le chien s'approchait, de plus en plus du maître, en décrivant une trajectoire hyperbolique venant tangenter l'axe des x sur lequel se déplaçait le maître.

S'isolant pour méditer, Daniel appréhenda que les mondes visibles et invisibles imprimés dans le cerveau de l'homme, seraient la reproduction, à l'échelle humaine, de la création divine.

Pour la première fois de sa vie, depuis ses premiers cursus et stages, Daniel se posa des questions existentielles, des questions qui lui firent peur. Des questions qui l'amenèrent à réfléchir intensément sur sa condition humaine. Le ver de terre qu'il était, se focalisa sur sa fonction privilégiée de berger, de guide des fidèles sur la voie du Seigneur.

"Suis-je le bon Berger qui fait paître le troupeau de Dieu, qui m'est confié ? Le conduis-je aux bons pâturages ? Porté-je les agneaux fatigués sur mon dos ? Soigné-je les brebis malades ? Ramené-je les égarés sur le bon chemin ?"

Dès le début de sa carrière pastorale, Daniel prit sur lui de servir l'Église. Jeune pasteur, il fut convaincu qu'il ait choisi la bonne voie. Sa foi était intacte, inébranlable. Il sentait le souffle de la puissance divine l'inonder. Un souffle si fort qu'il lui arrivait, plusieurs fois par jour, de tomber à genoux pour prier et implorer le Seigneur de lui venir en aide pour persévérer et croître, chaque jour, dans la vraie foi.

Le jour où le pasteur se réunit avec les membres de la famille d'Angelika pour recueillir un résumé de biographie de cette dernière, cette rencontre l'ébranla au plus profond de lui-même. Par les confidences échangées de part et d'autre.

Lorsque Daniel s'isola pour rédiger le panégyrique, il réfléchit, à nouveau, sur les similitudes troublantes entre la destinée de la disparue et celle de son épouse, morte quatre années auparavant.

Avant la cérémonie funéraire, Daniel chercha le contact avec Anis pour continuer leur discussion à propos du mariage mixte.

Devant la chapelle, à l'ombre d'un tilleul, Le pasteur parla le premier, pour donner l'occasion au mari endeuillé de s'exprimer, comme il l'entendait, dans la direction qu'il choisirait.

Débordé par l'émotion, Anis laissa parler les larmes dans ses yeux.

Daniel le consola et, pour renouer le contact, il se mit à parler de sa regrettée femme. Rappelant que c'était une Musulmane de Kazakhstan qu'il connut à Berlin et que le mariage fut célébré dans sa famille patriarcale kazakhe. Leurs deux enfants ont été élevés dans les deux religions pour vivre une union mixte en harmonie.

Anis écouta le récit du pasteur avec un grand intérêt. Dans sa tête, se bousculaient des tas de questions à poser, mais il se retint car il considéra que ce n'était ni le moment, ni l'endroit pour discuter d'un tel sujet.

Cependant, Anis fut extrêmement étonné qu'un protestant luthérien puisse devenir pasteur en épousant une Musulmane sunnite. Car, parmi les conditions de validité d'un tel mariage est que l'époux se convertisse à l'Islam. On ne peut être chrétien et musulman à la fois.

Islamisé, Daniel serait automatiquement rejeté par l'Église.

Anis se pressait les méninges pour se remémorer si un cas d'espèce se produisit dans l'histoire. Vivre dans deux religions à la fois. Et pourquoi pas dans les trois religions célestes ? L'Islam n'englobe-t-il pas justement les trois religions révélées ? Les trois religions des Écritures Saintes n'appellent-elles pas justement à suivre la religion de l'Islam ?

Pour cesser de se faire grésiller les méninges, Anis posa cette question brûlante à son interlocuteur.

-Pour vous marier à une Musulmane, aviez-vous accepté de vous convertir à l'Islam ?

Gêné, Daniel esquiva la réponse. Il caressa longtemps sa barbiche avant de répliquer brièvement.

-C'est une longue histoire. Il est temps de commencer la cérémonie des obsèques. Je vais demander à la chorale et aux autres personnes présentes d'entrer dans la chapelle.

Anis fut ennuyé de poser une question aussi directe.

Cette courte entrevue sembla déstabiliser le pasteur et semer le doute dans son esprit.

Depuis le jour fatal de rencontre avec Anis et ses proches, Daniel ne conduisit plus de cérémonie funéraire et ne participa plus à la rédaction d'oraison funèbre. Ce jour-là, c'était la première et la dernière fois qu'il confessa son mariage mixte, en public et en pleine lecture de panégyrique. Mais, sans aller plus loin dans ses aveux.

Depuis ce jour-là, il douta de s'être trompé sur sa vocation. Il douta que ce n'était pas l'esprit divin qui l'ait conduit sur la voie du Seigneur.

Daniel eut l'impression de marcher sur des sables mouvants. Tel un bateau en dérive, il s'imagina tanguer, sans bouée de secours, au milieu d'un océan déchaîné.

Rattrapé par son passé, il sentit sa conscience mortifiée, sa foi entamée. Il avait aimé Soraya, la Kazakhe, d'amour fou. Il tint à sa bien-aimée par-dessus tout, malgré la résistance farouche de sa mère.

À l'époque, il alla jusqu'à penser que l'Amour est plus important que l'appartenance à l'une ou l'autre religion. Il pensa que toute confession reste sans pouvoir lorsque deux personnes s'aiment. Alors, il déduisit que si tu crois en Dieu, tu n'as pas besoin de religion.

De plein gré, il accepta de se marier avec la Musulmane. Et pour ce faire, il n'hésita pas à se convertir à sa religion.

Néanmoins, il n'avait pas signalé cette conversion aux autorités ecclésiastiques.

Pourquoi avait-il failli à cette obligation de signalement ? Il était conscient que ce ne fût point une lacune. Il s'agissait bel et bien d'une omission délibérée.

Passant de l'assurance à l'égarement, de l'enthousiasme au doute, Daniel sentit un profond désordre intérieur.

Avait-il intégrer l'ordre religieux par extrême amour de Dieu ou bien par désir de faire plaisir à sa mère qui le poussa sur cette voie ?

N'avait-il pas choisi cette voie pour bénéficier des avantages matériels dus à la fonction ?

Sans continuer à se mortifier davantage, il revint à Dieu de tout son cœur. Bien convaincu qu'il se destina au sacerdoce en toute liberté.

Pour sortir de l'obscurité du doute, il tenta de museler ses scrupules infondés. Voulant être positif, il ne regarda que ce qu'il y a de bien en lui et autour de lui. Voulant masquer sa défaillance éminemment humaine, il pensa que l'Église, elle-aussi, n'était pas exempte de faiblesse.

Se donnant bonne conscience, il récita une prière de circonstance pour étouffer, en lui, les pensées négatives. À ce moment, il ressentit la paix divine le pénétrer, une paix supérieure à la raison raisonnante.

Daniel avait la conviction intime de ses croyances. Sa foi était entière. Le hasard, c'est la Volonté du Seigneur. Dieu, le Créateur de toutes choses avait tout déterminé à l'avance car son Savoir omniprésent couvre le passé, le présent et le futur.

Toutefois, le pasteur ne nia point la responsabilité du libre choix que le bon Dieu accorda à ses créatures intelligentes, pour les rendre comptables de leurs actes.

Daniel avait la vive conscience de son importance au sein de l'Église. En tant qu'intermédiaire entre la Maison de Dieu et les fidèles de sa paroisse. Intègre serviteur de Dieu, il ne négligeait pas pour autant sa communauté et sa famille.

Cependant, le pasteur constata que sa voix ne ralliait plus le troupeau, frappé de plus en plus par l'irréligiosité. Une partie non négligeable de la population allemande, devenait indifférente à la religion pour ne pas dire franchement hostile.

Sa voix semblait devenir étrangère à ses ouailles. Les fidèles se faisaient rares. Ils ne venaient nombreux que les jours de baptême et de confirmation et les jours des fête religieuses. Or l'Église, ce ne sont pas les briques, le béton et l'acier qui la charpentent. L'Église, ce sont les croyants assidus qui la fréquentent. L'Église se vide.

Il eut un sentiment de découragement, un sentiment d'échec.

Et pourtant, Daniel pensait avoir accompli le service pastoral avec conviction. Le doute ne vint que très rarement troubler son esprit. Il avait laissé, derrière lui, l'âge frivole de l'adolescence.

Teenager, il s'adonnait à la lecture de la saga des Borgia et compulsait les philosophes athées ou panthéistes. Des lectures dissimulées, jamais dévoilées comme il avait dissimulé certains côtés de sa vie privée, incompatibles avec l'éthique pastorale. Des années durant, il avait étouffé ses remords, caché ses souffrances.

Mais, pendant ces années, le pasteur a évolué. Il abandonna les débats stériles entre la religion et la philosophie. Il se détourna de Schopenhauer qui éleva la philosophie au rang supérieur, accessible à la seule minorité des intellectuels pour reléguer la religion comme pitance à offrir à la masse. Daniel tourna le dos au négateur de la Divinité, Friedrich Nietzsche, et à sa vision dichotomique du monde. Un Nietzsche qui distinguait la moralité de l'élite, les Übermenschen ou Surhommes de la moralité de la masse écrasante des esclaves, faits pour baisser la tête et pour obéir.

Au milieu de la lecture du panégyrique d'Angelika, le pasteur se confessa à l'assistance, faisant savoir qu'il était marié avec une femme musulmane. Une femme de Kazakhstan avec qui, il avait passé plus de quarante-cinq années de vie commune. Le Ciel la rappela, à lui, il y a quatre ans.

Le pasteur s'arrêta là. Il n'osa pas aller plus loin dans ses confessions. Pour dire qu'il s'était converti à l'Islam pour épouser une Musulmane. Pour dire qu'il avait appris les enseignements de l'Islam par l'intermédiaire de son épouse et qu'il trouvait cette religion aussi simple et aussi dépouillé que le protestantisme luthérien.

Il n'alla pas plus loin dans ses confessions pour ne pas semer le doute dans l'esprit de l'assistance. En tant que pasteur, il se devait de donner le bon exemple, de paraître le bon pâtre. Semer le doute dans l'esprit des fidèles, ce serait les priver de la paix de l'âme.

De longue date, Daniel misa sur la jeunesse pour ramener, progressivement, les brebis égarées à l'Église. En apprenant le catéchisme aux enfants et en leur distribuant des paniers de confiserie aux fêtes de Pâques. En les intéressant à la décoration théâtrale, par leur participation active à la composition des décors et des costumes en rapport avec l'œuvre à présenter sur la scène. Les jeunes furent encadrés par des comédiens amateurs volontaires, pour jouer la nativité et le mystère de la passion, notamment aux fêtes de Pacques et de Noël.

Dans la paroisse, certains après-midis, les seniors organisaient des conférences sur la santé du corps et de l'esprit, autour d'une table conviviale offrant du « Kaffee und Kuchen ».

Le pasteur faisait l'effort de rendre heureux les fidèles de sa paroisse. Certains le lui disaient en face. Ça lui faisait plaisir. Alors, il continuait son chemin, sans relâche, car il sentait la joie des gens se refléter dans son cœur.

Parfois, Daniel passait des nuits blanches, à penser à la complexité de l'existence, aux problèmes qui empoisonnent nos vies et éclaboussent le paysage ecclésial. L'Église est accusée de tous les maux de la terre. Viols sexuels sur les mineurs, corruption, gabegies financières, alliance avec les puissants et les riches, possessions de richesses évaluées par plusieurs milliards d'euros.

Certains fidèles attaquaient ouvertement Daniel. L'accusant d'être le complice de l'Église, responsable de tout ce qui entachait son image.

Certains lui reprochaient de s'inféoder lui et sa communauté religieuse, aux pouvoirs politiques et financiers. D'autres accusaient l'Église d'être à la traîne, ne s'intéressant que du bout des lèvres aux problèmes sociétaux. Des pasteurs, des évêques et des cardinaux embourgeoisés, incapables de dénoncer, de l'intérieur de leurs châteaux-forts, les abus de l'Église, de toutes les églises, comme l'avait fait, en son temps, un certain Martin Luther à l'égard du Vatican.

Daniel se faisait traiter comme s'il était Mgr l'évêque Franz-Peter Tabartz-van Elst, en personne. On le prenait pour le très dépensier évêque de Limburg an der Lahn, ville située à une trentaine de kilomètre à l'est de Coblence.

En outre, les fidèles ne comprenaient pas pourquoi le gouvernement allemand se ralliait aux Princes du culte pour obliger ses citoyens à payer le denier de l'Église, le « Kirchensteuer ». Un denier évalué à plusieurs millions d'euros. Résultat de celle politique absurde. Les fidèles quittent massivement l'Église pour échapper à cet impôt injuste et impopulaire.

-Quand je m'adresse à mes ouailles, se disait Daniel, je sens qu'ils ont assez de ma rhétorique. Comme si je tourne le même disque, à l'infini. Ils aiment la dialectique, l'échange. Ils aiment qu'on parle d'eux, qu'on fasse quelque chose pour eux, qu'on améliore leur qualité de vie. Au lieu de les sacrifier au capitalisme asocial, les réduisant en lambeaux, consumés par le burn-out.

Alors, je me suis mis à changer mes discours, à les adapter pour m'adresser à ce qui est de plus rationnel chez l'homme.

Cependant, je ne peux pas porter, seul, le fardeau de l'humanité sur mon dos. Le lit de la mort approche. J'ai décidé de démissionner, de quitter le sacerdoce pour avoir la paix avec l'Église et avec moi-même.

Chaque jour, je prie le Seigneur pour m'aider à trouver et à suivre sa voie.

ABOUT THE AUTHOR

Mohammed Essaadi est ingénieur, diplômé de l'Ecole d'Électricité Industrielle de Paris, Charliat. Il est licencié en sciences économiques de la faculté Hassan II à Casablanca. Il a entrepris des études supérieures grâce aux bourses du Ministère des Travaux Publics du Maroc et de la Coopération Technique de la France. Il a été affecté à l'Office National de l'Électricité, l'ONE, dans le département de l'électrification rurale. Puis il a dirigé les Services des Relations Commerciales avant de rejoindre la Direction générale en tant que cadre supérieur. Il est marié et père de deux enfants. Il vit à Casablanca, au Maroc.

Il est l'auteur des livres suivants.
"Jeunesse Spoliée" publié par Bénévent-France en 2009;
"Colette Au Pays des Maures", édité par Authorhouse en 2012;
"Les Larmes du Rêve", publié par Authorhouse en 2013.

Il écrit des poèmes en anglais dans:
snapcafe.wikispaces.com/page/history/essaadi

Auteur à suivre via le lien:
http://www.facebook.com/pages/Mohammed-Essaadi/190417324416850